꼬
리

꼬리

시베리아 숲의 호랑이, 꼬리와 나눈 생명과 우정의 이야기

1판 1쇄 발행 2021. 12. 10.
1판 2쇄 발행 2022. 1. 26.

지은이 박수용

발행인 고세규
편집 민성원 디자인 조명이
발행처 김영사

등록 1979년 5월 17일 (제406-2003-036호)
주소 경기도 파주시 문발로 197(문발동) 우편번호 10881
전화 마케팅부 031)955-3100, 편집부 031)955-3200 | 팩스 031)955-3111

값은 뒤표지에 있습니다.
ISBN 978-89-349-4971-8 03810

홈페이지 www.gimmyoung.com   블로그 blog.naver.com/gybook
인스타그램 instagram.com/gimmyoung   이메일 bestbook@gimmyoung.com

좋은 독자가 좋은 책을 만듭니다.
김영사는 독자 여러분의 의견에 항상 귀 기울이고 있습니다.

시베리아 숲의 호랑이,
꼬리와 나눈 생명과 우정의 이야기 ————

꼬
리

박
수
용

김영사

저는 오랜 세월 연해주와 만주에서 야생의 시베리아호랑이를 관찰해 온 다큐멘터리스트였습니다. 땅속이나 나무 위에 잠복하고, 호랑이들이 다니는 길목에 무인 카메라를 설치해 호랑이를 관찰하고 촬영했습니다. 호랑이를 쫓아다니는 것이 아니라 오랜 세월 호랑이가 다니는 길목을 조사하고 그중 출몰이 잦은 곳에 잠복지를 만들어 호랑이가 올 때까지 기다렸습니다. 제가 처음 시작한 촬영 방식은 언젠가부터 보편화되어 이제는 해외 다큐멘터리 제작팀들도 이런 방식으로 호랑이를 촬영하고 있습니다.

호랑이 다큐멘터리를 제작하는 것은 저나 제작사에 이익이 되고 명성을 높이는 일이었지만, 멸종 위기의 시베리아호랑이에게는 도움은커녕 피해만 주는 일이었습니다. 잠복지와 그 속의 인간 냄새 때문에 호랑이들은 제 영토를 확보하지 못했고, 무인 카메라의 쇠 냄새와 총구를 닮은 렌즈 모양 때문에 호랑이들은 먼 길을 돌아가야 했습니다. 야생호랑이는 제 영토에 인간이 더 많이 출몰하는 상황이 끔찍했을 겁니다. 그들 입장에서 인간은 성가시고 위험한 존재이기 때문입니다.

세월이 흐르면서 저는 야생호랑이를 더 깊이 이해하게 되었고, 그들의 애환도 알게 되었습니다. 그들의 삶에 대한 이해가 깊어질수록, 다큐멘터리 제작은 가욋일로 여겨졌고 그들에게 실제 도움이 되는 일을 하고 싶어졌습니다. 그래서 다큐멘터리 제작을 그만두고 연해주 라조 자연보호구의 갈리나 살키나 박사, 산지기 대장 블라디미르 칼레스니코프(본문 중의 발로쟈), 스테파노비치 무잘레프스키를 비롯한 여러 산지기들과 함께 2011년 시베리아호랑이보호협회SIBERIAN TIGER PROTECTION SOCIETY; STPS를 설립했습니다. 그 이후 지금까지 이 단체를 지원하며 야생호랑이 보호 활동을 해오고 있습니다.

이 책은 전작《시베리아의 위대한 영혼》에 이어 두 번째 저작입니다. 전작과 마찬가지로 이 책의 내용은 이러한 관찰과 보호 활동 와중에 실제로 있었던 사실입니다. 다만 이 책의 구성상, 사실 중 일부는 시간과 공간을 이동시켰습니다. 그래야 연해주 원시림 속에서 일어나는 야생호랑이들의 애환과 인간과의 갈등, 그들이 처한 현실을 더 잘 보여줄 수 있다고 생각했기 때문입니다. 또한 이런 일을 겪으면서 느낀 감성을 다큐멘터리로는 전부 표현할 수 없다는 생각에 '논픽션 자연문학'이라는 글의 형식으로 이야기를 써 내려갔습니다.

살아 있는 생명은 누구나 불완전합니다. 사람도 호랑이도, 그래서 연민을 느낍니다. 연민은 살아 있는 것들에 대한 까닭 없는 아픔이며, 배가 고프면 먹어야 하고 한 번 나면 죽어야 하는 불완전한 것들에 대한 막막한 슬픔입니다. 태어나 먹고살다 사라지는 것들이기만 하면, 아득히 다가오는 사랑입니다.

저는 이런 감성들을 소리 없이 사라져간 한 호랑이에게서 느꼈습니다. 이 책은 그 호랑이에 관한 이야기이자 그에 대해 제가 느낀 감성을 담고 있습니다.

이 책을 통해서 시베리아호랑이가 처한 현실을 이나마라도 들려줄 수 있어서 다행이라고 생각합니다. 그리고 제 스스로도 고이 간직할 수 있을까 의문스러웠던, 자연에 몸을 두고 오랜 세월 지내면서 가지게 된 본질적인 느낌들을 조금이나마 공유할 수 있어서 좋습니다.

연해주의 오지에서 같이 호랑이 보호 활동을 해온 갈리나 살키나 박사, 산지기 대장 블라디미르 칼레스니코프, 그 외 스테파노비치 무잘레프스키를 비롯한 수많은 산지기들에게 고마움을 표합니다. 그리고 이 책이 나오기까지 힘써준 아내와 김영사 편집부, 그 외 출간을 도와준 모든 분에게 감사드립니다. 마지막으로 책에 수록한 사진 중 일부를 제공해주신 블라디미르 메드베체프와 갈리나 살키나 박사를 비롯한 STPS 관계자에게 감사드립니다.

2021년 초겨울

박수용

차
례

작가의 말 • 4

1부

소금절벽 ——————— 15

숲속의 편지 ——————— 29

습격 ——————— 42

용의 등뼈 ——————— 54

안개 ——————— 69

백두산사슴 ——————— 85

밤하늘의 불꽃 ——————— 101

시간이 흘린 낙엽 ——————— 114

강물 너머 ——————— 124

2부

겨울의 시작 —————— 135

갈등 —————————— 149

갈림길 ——————————— 163

회색지대 ———————— 177

양봉장 —————————— 193

건초창고 ———————— 207

함박눈 —————————— 222

용의 정령 ———————— 237

에필로그
_물 맑은 숲에서 일어난 일 • 242

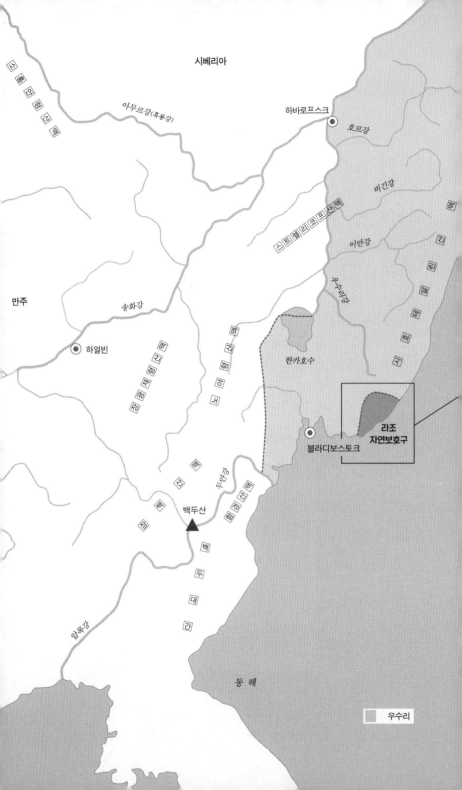

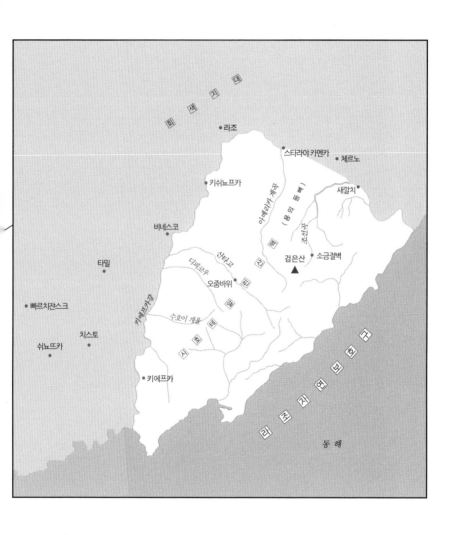

라조

스타라야 카멘카
체르노

키쉬뇨프카
새깔치

비네스코

타밀

아베리카 계곡

산타프

조선곶

소금절벽

빠르치쟌스크

키에프카강

다비코우
오줌바위

수호이 개울

검은산

치스토

쉬뇨뜨카

키에프카

희색치대

조선지역보호구

동 해

1부

산유화

김소월

산에는 꽃 피네
꽃이 피네
갈 봄 여름 없이
꽃이 피네

산에
산에
피는 꽃은
저만치 홀로 피어 있네

산에서 우는 작은 새여
꽃이 좋아
산에서
사노라네

산에는 꽃 지네
꽃이 지네
갈 봄 여름 없이
꽃이 지네

소금절벽

검붉은 개미들이 떼 지어온다. 몸속 깊은 곳이 간질거린다. 몰려온 개미들은 간장과 폐부를 조각조각 떼어 먹고 심장으로 올라온다. 숨이 막힌다. 조선강의 물결은 고요하다. 멀리서 왜가리가 회를 친다. 따분할 정도로 평화로운 숲과 은은한 물결 소리에도 내 마음에 격랑이 인다. 자연에 갇혀 마음속 허공을 자유롭게 떠돌다가도, 문득 주변을 둘러보면 시커멓게 나를 둘러싼 한 평의 폐쇄 공간이 나를 누른다. 격류에 휩쓸리면 고요해지려 하고 고요해지면 격류에 몸을 싣고 싶은가 보다. 마음 뻗해도 강물 끊어지면 그 길 다 절벽인데, 강물에 취한 듯 왜 이리 흐르는 길 끝이 없나? 이럴 때마다 간질이 발작하듯 개미들이 몰려온다. 나지막한 천장에 닿을세라 머리를 숙이고 허리를 구부려 병신춤을 춘다. 그리고 마음속으로 노래를 부른다.

아―니 아―니 노진 못하리라

한 송이 떨어진 꽃을 낙화 진다고 설워 마라

한번 피었다 지는 줄은 나도 번연히 알건마는

모진 손으로 꺾어다가 시들기 전에 내 버리니

버림도 쓰라리거든 무심코 밟고 가니

핀들 아니 슬플소냐

숙명적인 운명이라면 너무도 아파서 못살겠네

얼씨구나 좋다 지화자 좋네, 아―니 노진 못하리라•

  오늘도 나는 비트••에서 살아 있는 것들을 기다리고 있다. 어치
두 마리가 은사시나무 사이로 서로 따르기도 하고 엇갈려 날기
도 하며 봄을 어른다. 그러다 검푸른 잣나무 가지에 내려앉더니
보라색 별꽃이 갓 피어난 바닥으로 날아내려 깡충깡충 뛰기도
하고 아장아장 걷기도 하며 메마른 잣나무잎들을 뒤적여 드문드
문 떨어진 잣송이와 지렁이를 찾는다. 매에게 잡혀간 수컷의 죽
음에도 새끼를 먹여 살리기 위해 정신없이 분주한 푸른 박새, 겨
울의 냉기로부터 벗어나 땅굴 입구에서 실룩이는 땅벌, 그 옆에
서 연초록 움을 돋우는 산마늘, 내가 슬프듯 긴 겨울을 이겨내고

•   경기 민요 〈창부타령〉의 일부.

•• 땅속의 작은 잠복지.

꿈틀거리는 저 생명들도 슬프다. 나 자신을 충분히 탐험한 뒤 나를 둘러싼 다른 생명들이 비로소 눈에 들어올 때, 그들도 나처럼 태어나 살기 위해 고민하다 사라지는 존재라는 사실을 깨닫는다. 그들도 나와 같이 배가 고프면 먹고 싶고, 잠이 오면 자고 싶고, 한 번 나면 한 번 죽는 존재들이다. 내가 그들의 이름을 알고 있든 이름 모를 생명들이든 한결같은 연민을 느낀다. 존재의 생성과 소멸을 멀리서 바라보는 순수한 마음은 이런 느낌이 들 때 생겨난다.

살아나는 바깥세상을 바라볼수록 오지의 반 평짜리 비트에서의 시간은 느려지고 내 종족과 살아 있는 것들에 대한 그리움은 봄철 구애를 위해 사방에서 한사코 몰려드는 물뱀과 두꺼비 떼의 그것처럼 진해졌다. 이 비트를 기어 나가 새 생명 움트는 저 숲길을 걷고 싶다. 꽃 피고 잎 깨나는 저 길을 끝없이 걷고 싶다. 설령 저 숲을 걷는다 하더라도 나는 맨발로 걸을 것이다. 저 평화로운 숲의 외면도 내 마음 깊은 곳에선 너무 외로워 보여 내 발바닥으로라도 애무하며 걸을 것이다. 삶에 집착하면 죽음이 허술해지고 죽음을 이해하면 삶이 허망해진다. 간질처럼 도지는 이 허술함과 허망함을 달래기 위해 나는 야트막한 비트에 머리가 닿을세라 무릎을 굽이고 허리를 구부려 또다시 병신춤을 추었다. 살아 있는 것들과 오고 있을 것들이 들을까 봐 노래는 마음속으로만 불렀다. 깊이….

봄 햇살이란 먼 산의 아지랑이 같아서, 이쪽에서는 마른 덤불에 쓸쓸히 얽히고 저쪽에서는 갓 피어난 이파리에 유리알처럼 튕기는데다, 너절하게 달라붙는 물모기와 각다귀까지 어른거려서 강변 둔치가 가까워졌다 멀어졌다 하며 울렁거렸다. 그 속에서 휘리릭 움직였다. 강가의 아름드리 자작나무 밑이었다. 다시 휘리릭 움직였다. 저게 뭘까? 길쭉한 게 지팡이 같기도 하고 구불거리는 게 구렁이 같기도 했다. 잠시 조용하더니 또다시 휘리릭 움직였다. 검은색과 누런색이 번갈아 띠를 이루고 있다. 머릿속에 어떤 형체가 얼핏 떠올랐다. 꼬리였다! 호랑이 꼬리였다! 거칠어지려는 호흡을 가다듬고 주의 깊게 앞을 살폈다. 역시나 두툼한 호랑이 꼬리였다.

마른 덤불이 뒤엉킨 데다 햇살까지 어른거려서 꼬리의 주인은 보이지 않고 꼬리만 팔랑팔랑 물모기를 쫓고 있다. 거대한 육식동물의 은밀한 잠복에도 살육이나 죽음을 앞둔 예리한 기운은 없다. 내 안의 기운이 허해져서인지 섬찟함이나 두려움 같은 것도 느껴지지 않는다. 다만 검고 노란 띠가 아지랑이 피어오르는 덤불 사이로 살랑일 때마다 내 안의 자존감이 한 꺼풀씩 벗겨지며 잊혀진 고대의 숲으로 돌아가는 태고의 여행을 하는 기분이 들었다.

언제부터 와 있었을까? 전혀 눈치를 채지 못했는데…. 잠복지 40미터 앞 아름드리 자작나무에서 다시 30미터 앞은 소금절벽이다. 흘러내리던 산맥이 강을 앞두고 끊어지며 자작나무가 늘어선 진흙 절벽이 형성되었다. 절벽을 휘돌아 굽이치며 조선강^{朝鮮}江[•]이 은빛 비늘을 반짝인다. 부드러운 강바람에 물오른 자작나무의 달콤한 내음이 실려왔다. 그 끝자락에 짭짤한 소금기가 배어 있다.

어느 숲이든 소금기가 밴 토양이 한두 곳쯤 있기 마련이다. 소금절벽은 그런 곳이다. 울긋불긋한 진흙에는 빗물이 흘러내리며 만든 물골들이 죽죽 파여 있고 그 위에 초식동물이 긴 혓바닥으로 소금기를 핥아낸 자국들이 마치 어미소가 송아지의 등짝을 핥아놓은 것처럼 매끄럽게 반질거리며 여기저기 널려 있다. 해마다 봄이 되면 사슴이나 노루, 멧돼지 같은 동물들이 소금기를 핥으러 50미터가량 이어진 이 진흙 절벽을 찾는다. 그런 동물들을 관찰하기 위해 나는 으슥한 덤불 밑에 비트를 파고 들어가 숲의 고독을 누리고 때로는 달래며 여러 달째 잠복하고 있었다. 내가 사슴을 기다리듯 저 앞에 웅크린 꼬리의 주인도 그런 동물을 기다리고 있다. '꼬리'에게 묘한 동류의식이 느껴졌다. 가슴을 두근 거리게 하는 어떤 장면이 머릿속을 빙빙 맴돌았다.

조선강을 끼고 돌아 나오는 소금절벽의 입구로 멋진 뿔을 가진

• 연해주 라조 지역에 있는 까레이스키 바찌. 까레이스키는 조선 사람, 바찌는 넓은 계곡이란 의미로 '조선 사람들이 사는 넓은 계곡', 즉 조선곡^{朝鮮谷}이다. 1900년대 초, 이 계곡에는 한 무리의 조선 사람들이 인삼과 감자를 재배하며 살고 있었다. 그들은 스탈린 시절에 중앙아시아로 강제 이주 당했고 지금은 구들장 같은 흔적만 남아 있다.

수사슴이 암컷들을 데리고 나타난다. 눈을 부릅뜬 '꼬리'가 사슴에 시선을 고정한 채 앞발을 가지런히 모아 턱밑으로 당긴다. 그리고 그 위에 고개를 딱 붙이고 미동도 하지 않은 채 집중한다. 한 걸음 한 걸음 오다 서다, 수사슴이 점점 가까이 다가온다. '꼬리'는 바짝 오그려 양 옆구리에 갖다 붙인 뒷다리를 움찔움찔, 언제든 지면을 박차고 튀어 나갈 듯 온몸을 활처럼 웅크린다.

기다란 목을 씰룩이며 주변을 살피던 수사슴이 경계를 풀자 암사슴들이 흩어져 소금절벽으로 다가선다. 지켜보던 수사슴도 소금절벽을 향해 천천히 걸어간다. 수사슴이 소금절벽의 진흙을 막 핥으려는 순간, 움찔거리던 '꼬리'가 웅크린 몸을 퉁긴다. 첫 번째 도약에 수사슴이 눈치를 채고, 두 번째 도약에 놀란 수사슴이 몸을 돌리고, 세 번째 도약에 수사슴도 필생의 첫 도약을 한다. 그리고 '꼬리'의 네 번째 도약이 수사슴의 두 번째 도약과 맞물리며 둘은 한 몸이 되어 자갈밭을 뒹군다.

'으웨에-엑!' 수사슴의 단말마 비명이 조선곡의 나른한 기운을 뒤흔든다. 수사슴의 뒷다리가 푸들푸들 떨리다 이내 축 늘어진다. 목줄을 물었던 피 묻은 송곳니를 드러내고 '꼬리'가 결기 서린 얼굴을 내 쪽으로 천천히 돌린다.

기대가 부풀어 오를수록 사방은 고요해졌다. 강가에 늘어선 자작나무들이 강바람에 훤칠한 가지를 설렁거리며 잎을 희뜩희뜩 뒤집는다. 그중 한 그루, 딱따구리가 파먹은 구멍에 수컷 잃은 박

새가 둥지를 틀었다. 어미가 먹이를 물어올 때마다 새끼들이 아귀다툼을 벌인다

시간이 지날수록 물모기 떼가 극성을 부린다. 단군신화에서는 호랑이가 곰보다 참을성이 부족하다는데 실제로는 그렇지도 않은 모양이다. 조선강의 물결 소리는 잔잔하다. 사슴이 나타나기를 고대하며 나도 꼬리도 숨을 죽였다. 꼬리를 휘둘러 모기를 쫓을 뿐, 벌써 한 시간 넘게 꼼짝도 하지 않는다.

"따그락 따그락."

자갈 튀는 소리와함께 강물이 첨벙거렸다. 우수리사슴 대여섯 마리가 소금절벽 너머 조선강을 건너오고 있다. 두 마리는 물이 얕은 곳을 골라 절반쯤 건넜고 나머지는 강 건너 자갈밭에서 서성이고 있다. 살랑이던 꼬리의 움직임이 멈췄다. 심장박동이 빨라지기 시작했다.

하나둘 사슴들이 강을 건넜다. 한 발을 내딛고 고개를 삐죽삐죽, 또 한 발을 내딛고 귀를 쫑긋쫑긋, 초식동물 특유의 경계를 취하며 소금절벽으로 천천히 걸어온다. 꼬리와의 거리는 대략 40미터. 호랑이가 사슴 사냥을 나서기엔 아직 멀다.

선두의 큰 암사슴이 멈춰 서서 목을 길게 빼 들었다. 그러자 무리 전체가 긴 목을 늘였다 줄였다 하며 이쪽을 쳐다본다. 나를 보는 것 같기도 하고, 내 앞의 꼬리를 보는 것 같기도 하다. 꼬리는 여전히 미동조차 하지 않는다. 아직 경계음을 내진 않았지만 큰 암사슴이 더욱 신경질적으로 목을 늘이며 동료들에게 주의를 준

다. 두 갈래 뿔이 달린 젊은 수사슴이 한쪽 발로 자갈밭을 탕탕 찼다.

"삐-이얏 삐-잇!"

마침내 큰 암사슴이 끓는 주전자에서 뜨거운 김이 터져 나올 때처럼 얇고 높은 울음을 날카롭게 터트렸다. 그 소리에 맞춰 사슴 무리가 돌아서 달렸다. 첨벙첨벙 강물을 튀기더니 순식간에 조선강 너머로 모습을 감췄다. 현실은 상상과 다르다. 현실에서의 사냥은 열에 한 번 성공하기도 힘들다. 사냥은 실패했다. 그런데도 꼬리는 일어서지를 않는다. 시베리아호랑이의 사냥치고는 좀 이상하다. 사냥에 실패했으면 다음 사냥감을 찾아 자리를 뜨는 것이 보통인데, 꼬리는 꼬리만 갸웃거릴 뿐 조용하다.

사슴이나 멧돼지는 철마다 좋아하는 먹이가 나는 곳으로 이동하며 생활한다. 초봄에는 땅이 일찍 녹아 식물의 알뿌리를 캐 먹을 수 있고 새싹이 빨리 나오는 양지바른 곳으로, 봄에는 배 속의 새끼에게 겨우내 섭취하지 못한 염분을 공급하기 위해 소금기가 있는 곳으로, 여름 장마가 시작되면 부드러운 새순이 뒤늦게 올라오는 야산이나 숲속의 모기를 피할 수 있는 강가로, 가을과 겨울에는 열매가 많이 떨어진 숲으로 움직인다. 겨울철 참나무나 잣나무숲에 가보면 바닥의 눈과 낙엽이 온통 파헤쳐져 있다. 사슴과 멧돼지가 도토리나 잣송이를 찾아 먹은 흔적이다. 바늘 가는 데 실 가듯 시베리아호랑이는 이런 동물들을 따라다니며 사냥한다. 가끔은 그런 곳에 미리 가서 잠복하기도 하지만 사냥에 실패하면 훌훌 털고 일어선다.

사냥감이 줄어서 저러는 걸까? 요즘은 온갖 방식의 밀렵이 기승을 부려 큰 무리를 지은 사슴이나 멧돼지 떼를 보기가 힘들어졌다. 그래서 사냥감을 찾아 나서기보단 괜찮은 사냥터인 이곳에 눌러앉아 몇 마리의 사슴이라도 기다리는 것이 나은 걸까? 아니면 늙은 호랑이인 걸까? 호랑이도 나이 들면 뼈마디가 틀어지고 순발력이 떨어져 사슴이나 멧돼지같이 눈치 빠르고 재빠른 동물은 따라잡기가 힘들어진다. 그래서 늙은 호랑이는 동물들이 나타날 만한 장소에 미리 가서 줄곧 기다리곤 한다. 꼬리의 주인은 고삐 매인 암소가 주저앉아 되새김질할 때처럼 움직일 줄을 몰랐다. 살랑이는 꼬리짓 속에서 날이 점점 어두워졌다.

새벽 안개가 강을 따라 너울거리다 마른 모래에 물방울처럼 스며들었다. 밤을 달래며 초목을 잠재우던 강물 소리 위로 다시 박새 새끼들이 먹이 보채는 소리가 들려왔다. 해오라기 한 마리가 과아 – 과아 – 소리를 흘리며 강을 거슬러 올라갔다. 태양이 계곡을 깨우자 아주 오래전 잃어버렸던 친구를 다시 만난 것 같았다. 그 느낌은 곧 햇살 속으로 흩어지며 사라졌다. 꿈에서 깨어나 다시 삶을 정면으로 바라보지 않으면 안 되는 낮의 시간이었다. 꼬리의 움직임은 사라지고 없었다. 태양이 자작나무 꼭대기로 떠오를 때까지 기다리며 주변을 자세히 살폈지만 아무런 낌새가 없다. 밤사이 별다른 기척을 느끼지 못했는데 꼬리는 어느

새 떠나버렸다. 바람의 방향이 바뀌어 나의 냄새를 맡았는지도 모르겠다.

잠복지에서 조심조심 기어 나왔다. 내 무르팍과 발밑에서 부러지는 마른 나뭇가지 소리에 깜짝깜짝 놀라며 꼬리가 머물렀던 아름드리 자작나무로 천천히 기어갔다. 자작나무 밑에는 무거운 형체에 짓눌렸던 새싹이며 마른 풀들이 납작하게 누워 있었다. 주변의 풀과 덤불에는 새벽이슬이 송골송골했으나 꼬리가 누워 있었던 자리는 이슬에 젖지 않았다. 잠복지를 괜히 나왔다는 후회가 들었다. 떠난 지 얼마 되지 않았고 아직 주변에 있을지도 모른다. 마음을 차분히 가라앉히고 주변을 돌아보며 귀를 기울였다. 조팝꽃 타래 사이를 날아다니는 풍뎅이들의 날갯소리에 섞여 떼를 쓰듯 들려오던 박새 새끼들의 울음소리가 뚝 그쳤다. 몸이 서늘해지며 근질거렸다. 허리 언저리에서 시작된 그 감각이 등을 타고 오르더니 가슴을 죄었다가 머리카락을 쭈뼛 세우고 빠져나갔다. 주변을 다시 둘러보았다. 풍뎅이와 물결 소리 외에 숲은 기척 하나 없이 고요했다.

그런데도 내 몸을 관통하며 소름을 돋게 하는 어떤 기운이 그의 존재를 느끼게 했다. 어떤 느낌은 너무 강렬해서 때로는 우리의 허울을 뚫고 본질적인 것으로 가슴에 바로 파고들 때가 있다. 내가 짝사랑하는 상대가 먼발치에서 나를 바라볼 때나, 충분히 나를 상대하며 심지어 죽일 수도 있는 어떤 존재가 숲속 어딘가에 은밀히 몸을 숨기고 나를 바라볼 때 이런 느낌이 일어난다. 죽음이 가까이 있을 때 살아 있다는 감성을 더 진하게 느낀다. 나는 그를 볼 수 없지만 그는 나를 보고 있다.

강가로 난 자작나무 오솔길에 이슬에 젖은 어린 침엽수 몇 그루가 서 있다. 그곳을 뚫어지게 바라보았다. 나는 먼 곳의 어치가 활공하는 소리나 굴뚝새의 미약한 날갯짓 소리를 들을 수 있다. 바람에 날리는 낙엽 소리와 낙엽 깔린 숲을 다람쥐가 달려가는 소리도 구분할 수 있다. 어린 침엽수 뒤에서 가랑잎이 밟히고 마른 나뭇가지가 부러지는 소리를 들었다고 생각했다. 온 신경이 그쪽으로 쏠리며 날카롭게 곤두섰다. 시간이 정지된 숲에 붙박이처럼 한참 그대로 서 있었다. 서늘한 기운이 줄어들며 근질거리던 감각이 천천히 사라졌다. 어미가 먹이를 물어왔는지 다시 박새 새끼들이 아귀다툼을 벌인다. 어린 침엽수가 소복이 모여 있는 곳으로 가만히 다가갔다. 주위를 돌아보았지만 느낌의 주인은 사라지고 없었다. 푸른 솔가지들이 바닥으로 늘어진 그 뒤에 호랑이 발자국이 찍혀 있었다.

앞발 볼의 너비가 13.1센티미터, 엄청난 크기였다.* 연해주 라조 지역에서 시베리아호랑이를 연구하는 갈리나 살키나 박사

---

* 야생호랑이는 발자국이나 보폭 같은 흔적으로 암수나 나이, 크기를 어느 정도 판별할 수 있다. 그중 앞발자국이 가장 유용한 정보를 제공하는데, 앞발자국에서도 발의 볼이 차지하는 비중이 매우 커, 발가락보다는 발볼의 너비가 중요한 기준이다. 시베리아 암호랑이는 앞발 볼의 너비가 보통 8.5~10센티미터이며 시베리아 수호랑이는 10.5~13센티미터이다.

가 평생 측정했던 호랑이의 발자국 중 발볼이 가장 컸던 것이 13.2센티미터였다. 13.1센티미터면 호랑이가 자랄 수 있는 대로 다 자란, 거의 시베리아호랑이 최대의 발자국이다. 이 지역에서 가장 크고 힘센 으뜸 수호랑이, 왕대王大의 발자국이었다. 시베리아호랑이는 줄무늬가 굵고 간결해서 다 자라면 검은 줄무늬가 이마에는 임금 王 자로, 등줄기로 넘어가는 뒷덜미에는 큰 大 자로 뚜렷하게 나타난다. 이런 현상은 체격이 작은 암호랑이보다는 체격이 큰 수호랑이, 그중에서도 가장 큰 수호랑이에게서 두드러진다. 그래서 이 지역의 원주민 우데게*는 한 지역에서 가장 크고 강한 수호랑이를 왕대라 부른다.

살랑이던 꼬리의 주인은 왕대였다. 온갖 위험과 액땜거리가 도사리는 자연에서 밀려나거나 사라지지 않고 왕대로 성장한다는 것은 쉽지 않은 일이다. 때로는 자존심을 접고 물러서야 하고 때로는 용기를 내어 결판을 지어야 하며 심지어 떨리는 속마음을 감추고 무모한 배짱을 부려야 할 때도 있다. 그러고도 끊임없이 다가오는 경쟁을 이겨내야 하며 가만히 있어도 스스로 찾아드는 질병이나 부상과 같은 불운을 피해야 가능한 일이다. 그렇게 해서 왕대가 되면 누구도 두려워하지 않고 아무것도 거리끼지 않으

---

* 우데게는 중화민족과 러시아민족이 진출하기 오래전부터 연해주와 만주에서 살아오던 원주민으로 여진족의 후예들이다. 우리 민족과 마찬가지로 언어학상으로 알타이, 인종학상으로 퉁구스 계통에 속한다.

며 숲을 활보할 수 있다. 가고 싶은 만큼 가고, 간 만큼이 자신의 영역이며, 그 안의 모든 암호랑이와 사냥터는 자신의 차지가 된다. 왕대들은 보통 네다섯 마리의 암호랑이를 거느리며 2,000제곱킬로미터* 이상의 영역을 돌아다니는데, 그 영역의 광대함은 가늠하기 어려울 정도다.

왕대가 되기까지 키워왔던 육체적 풍모에 더해 일인자가 되었을 때라야 가질 수 있는 정신적 고양은 왕대를 더 돋보이게 한다. 늑대 무리에서 가장 먼저 으르렁거리거나 이빨을 드러내는 개체는 그 무리의 우두머리가 아니다. 그는 무리의 나팔수거나 우두머리를 의식하는 존재일 뿐이다. 호랑이라 하더라도 여유가 없다면 자신이 먼저 겁먹고 덤벼들거나 볼썽사납게 도망친다. 하지만 왕대는 다르다. 일인자만이 가지는 카리스마와 너그러움이 마음을 더 여유롭게 하여 자잘한 마찰 같은 것은 아예 생기지도 않거나 뛰어넘어 버린다. 가지지 못했을 때의 악착스러움이 가졌을 때의 여유로 바뀌게 되고, 그래서 같은 종족이나 인간과 같은 다른 종족과의 우연한 만남에서도 서로 간의 사고 없이 적절하고 품위 있는 양보가 이루어진다.

꼬리의 발자국은 끊어졌다 이어지며 오솔길을 따라 조선강 상류로 올라갔다. 나무가 울창하고 오솔길은 가늘어 길이 비좁게

• 3개 도 4개 시군에 걸쳐 있는 지리산 국립공원의 면적이 약 473제곱킬로미터다.

열렸다가 지나가면 금방 닫혀버리는 듯했다. 굵은 나무들 뒤에선 누군가의 숨은 시선이 느껴지는 것 같았고 습한 땅에 가끔 찍힌 커다란 발자국은 지금 바로 내 앞을 걸어가는 듯했다. 칼날 위를 걷는 듯 숲속을 떠도는 자연의 그 감각은 너무나 명확하고 깊이 다가와서 그의 존재가 실제 나와의 물리적 거리에 비해 훨씬 가까이 느껴졌다.

그런데 발을 디딘 자리마다 발자국 뒤쪽이 조금씩 이지러져 있다. 발가락이 진흙을 먼저 건드리고 있다. 체격이 작은 암호랑이는 몸이 가벼워 사뿐사뿐 걷지만, 몸이 무거운 수호랑이들은 눈길을 걸을 때 앞발을 끈다. 앞발을 딛기 전 발가락이 먼저 지면에 닿아서 발자국 뒤쪽에 초승달 모양의 흔적을 남긴다. 눈이 깊을수록, 그리고 늙어서 몸이 무거울수록 초승달이 커져 나중엔 반달 모양이 된다. 꼬리는 눈밭보다 얕고 단단한 진흙 위를 걸어갔는데도 발을 끌고 있다. 발자국이 무거워 보였다. 늙은 왕대였다.

숲 속 의 편 지

켜켜이 쌓인 암갈색 낙엽 더미에서 야생 백작약이 올라왔다. 연등처럼 둥그스름한 작약꽃 안에는 황금색 분가루가 가득, 살랑이는 바람에 향기를 실어 보낸다. 깊은 계곡에선 은방울꽃들이 피어나고, 산비탈에서는 개복숭아가 하얀 꽃무리를 터뜨렸다. 에메랄드빛 물총새가 피라미를 입에 물고 삣 하고 소리 지르며 조선강을 쏜살같이 날아간다.

"땅강아지가 울고 있다. 비가 내릴 거야."

장대한 골격으로 땅바닥에 엎드려 멋진 구레나룻에 진흙을 잔뜩 묻힌 채 무언가에 귀를 기울이던 늙은 산지기 스테파노비치가 말했다. 나도 땅에 엎드려 귀를 기울였다.

"풋 풋 풋."

땅강아지인지는 모르겠지만 확실히 뭔가가 울고 있다. 우데게들은 비 오는 날이면 땅강아지가 세상 좋아서 울고, 눈 오는 날이면 배곯을 일이 걱정돼서 울어댄다고 생각한다. 공기가 눅눅한 게 심상찮더니 밤부터 가는 비가 내렸다. 밤새 내리던 부슬비는 아침이 돼서야 그쳤다.

홍수 때 떠내려온 아름드리 고목들이 조선강을 가로질러 놓여 있다. 고목 끝에 엎드려 목을 축였다. 강물이 맑다. 자작나무의 허연 껍질과 연한 잎들이 아침 햇살에 너울져 강바닥의 모래와 자갈 위로 부드러운 물그림자를 만들며 일렁거린다. 강물 깊은 곳에서 까만 반점투성이 열목어가 느린 물살을 타며 둥실거리고, 얕지만 물살이 제법 센 여울에서는 하얀 물거품 사이로 산천어가 은빛 비늘을 반짝이며 급류타기를 한다.

오늘도 숲은 무르익은 신비로 가득하다. 여울에 밀려나 쌓인 모래톱 위의 앙증맞은 발자국 하나에도 가슴이 설레고, 지저귀는 새소리 하나에도 무슨 의미일까 호기심이 자란다. 다 이해할 수도, 감히 바라볼 수도 없는 광활한 미지의 세계가 없었다면 나는 먼지 같은 존재의 미소微小함을 느끼지 못했을 것이다. 그랬다면 죽음이 채 오기도 전에 유한의 틀에 갇혀 고사했을 것이다. 나는 걸음마를 배우는 아기처럼 광활한 미지를 걷고 머리가 아닌 몸으로 느낀다. 그러다 문득 그 미지의 세계와 하나 됨을 느낀다. 지금 이 순간이 그렇다.

자작나무 오솔길을 따라 조선강 상류로 올라갔다. 한참을 올라가자 노루 한 마리가 조선강의 얕은 물을 첨벙첨벙 튀기며 도망간다. 봄날의 야들야들한 거미줄을 타고 새끼 거미가 기어 다니고 꽃술처럼 늘어진 나무 이끼 아래에서 고사리가 새순을 내민다. 소금절벽으로 내려오는 길목인 그곳에 오랫동안 무인 카메라를 설치하고 작업을 해왔지만 성과가 없었다. 꼬리의 발자국이 그곳으로 향하고 있었다. 발가락 사이로 삐져나온 발자국의 진흙이 금방 밟은 듯 뾰족하고 선명하다. 근처 어딘가에서 비를 피하고 오늘 아침에 움직인 모양이다.

내가 걸어가는 폭 1미터의 이 산길이 바로 호랑이가 다니는 길이다. 커다란 호랑이가 좁은 덤불을 헤치며 사슴이나 멧돼지를 찾아다니는 것은 자연스럽지 않다. 덤불에 걸리거나 나뭇가지를 밟아 다른 동물들에게 자신의 접근을 알려줄 뿐, 잡덤불을 부스럭거리며 먹이를 구하는 건 멧돼지나 오소리가 하는 일이다. 호랑이는 편한 길을 골라 조용하지만 당당하게 자신의 영역을 돌아보고 사냥을 한다. 산중호걸이 누가 무서워 대로大路를 양보하겠는가? 그가 산길을 걸으면 모든 동물들이 길을 양보하고 피하지 않을 도리가 없다. 숲에서는 인간도 한 마리 무력한 동물에 지나지 않는다. 군자는 대로행大路行이요, 호랑이도 대로행이다. 그래서 호랑이를 산중군자山中君子라 부른다.

간밤의 봄비로 오솔길을 가로지르는 도랑물이 불어났다. 촉촉해진 도랑가 진흙 위에 호랑이 발자국이 찍혀 있다. 얼핏 봐도 발자국이 꼬리의 것보다 작다. 앞발 볼의 너비가 9.4센티미터, 새로운 호랑이가 지나갔다. 2미터의 도랑을 사뿐히 건너뛴 뒤 무인

31

카메라를 지나 조선강 상류로 올라갔다.

무인 카메라를 돌려보았다. 빠르게 돌아가는 화면 속에 누런 것이 지나갔다. 호랑이였다. 연초록 숲을 배경으로 일직선으로 난 오솔길을 한 발 한 발 당당하게 걸어왔다. 마음을 가라앉히고 다시 자세히 보았다. 화면 속 오솔길로 걸어 들어와 몇 걸음 걷다가 뭔가에 놀라 멈췄다. 왼쪽 숲을 쳐다본다. 작은 센서가 설치된 곳이다. 사람의 귀로는 1미터만 떨어져도 들을 수 없는 미약한 센서 소리를 15미터 거리에서 듣고 멈춰 섰다. 한참을 바라보다 다시 무인 카메라 쪽으로 걸어온다. 길쭉한 수염이 안으로 정갈하게 오그라진 얼굴은 맑고 앳돼 보였고 눈동자는 크고 둥글었다. 첫인상은 유순해 보이지만 야생의 풍취가 물씬 풍기는 젊은 암호랑이였다. 어미로부터 독립한 지 길어야 2년, 다섯 살이 채 안 돼 보였다. 작은 무인 카메라가 숨겨진 오솔길 왼편을 피해 오른편으로 바짝 붙어서 걸었다. 사슴 똥을 발라 쇠와 플라스틱 냄새를 지우고 자작나무 껍질과 낡은 벌집으로 잘 위장했는데도 카메라 냄새를 맡은 듯, 경계하는 눈빛이 역력하다.

성큼성큼 내딛는 앞발이 물기에 젖어 있다. 배 밑의 털도 촉촉하다. 화면 속 자작나무 새잎에 고였던 물방울이 똑똑 떨어지고 있다. 비가 그치자마자 움직였다. 부드러운 눈이나 비의 습기는 호랑이의 발자국 소리를 줄여준다. 소리가 줄면 사냥감에 접근하기가 한결 쉬워진다. 게다가 기껏 만들어놓은 영역표시들이 눈에 덮이거나 비에 씻겨 나가서, 빠른 시간 안에 자신의 영역임을 다시 선언할 필요가 있다. 그래서 시베리아호랑이는 비나 눈이 내린 직후, 또는 이슬이 내린 새벽에 활동량이 많아진다. 소리 없이 사냥을 나가거나 일찌감치 영역을 도는 것이다.

화면을 계속 돌려보았다. 더 이상 호랑이는 없었다. 그러다 화면 속 150미터 전방에서 무엇인가 오솔길을 걸어오다 멈춰 섰다. 조그맣게 보이지만 호랑이였다. 왼쪽 숲을 쳐다본다. 센서가 설치된 곳이다. 역시 미세한 센서 소리를 감지하고 머뭇거린다. 너무 멀어 얼굴이 잘 보이지 않지만 망설임이 느껴진다. 결국 방향을 틀어 오른쪽 숲으로 사라졌다. 이 호랑이는 풋내기가 아니다. 미세한 소리니까 무시하고 가던 길을 계속 가느냐, 미세한 소리라도 조심을 거듭해서 방향을 트느냐, 숲에서는 이것이 삶과 죽음을 결정한다. 무인 카메라가 아니라 무인 밀렵총이었다면 생사의 기로에 서게 되는 것이다. 숲의 현실을 알고 있는 노련한 호랑이다.

호랑이가 방향을 바꾼 숲길에 13.1센티미터의 발자국이 나 있었다. 꼬리였다. 꼬리의 발자국은 크고 웅장했다. 이 발자국의 주인은 숲속에서 공포나 다름없다. 발가락 끝에 달린 갈고리 같은 발톱이 스치기만 해도 피와 살이 튄다. 그것은 관념이 아니라 이 적막한 오지의 숲속에서 실제의 죽음을 불러온다. 그러나 묘하게도 나는 꼬리의 발자국이 무섭지 않았다. 오히려 살아 있는 것의 발자국이라 정이 가고 반가웠다. 너무 외로워서 그랬는지, 지빠귀 지저귀는 산길에서 나도 모르게 그의 발자국에게 말을 걸었다. 지빠귀처럼 삐이- 삐이- 얕은 휘파람을 불었다.

꼬리는 숲을 500미터가량 우회해 무인 카메라를 피한 다음, 암호랑이가 지나간 산길을 따라 올라갔다. 무인 카메라가 신경을 건드렸는지 아니면 암호랑이의 흔적 때문인지 이때부터 꼬리는 영역표시를 더 자주, 그리고 더 확실하게 했다. 산길로 기울어진 굵직한 자작나무마다 독한 오줌을 뿌렸고 구불구불한 황갈색 털도 붙여놓았다. 나무의 높은 곳에는 깊은 발톱 자국을 새겼는데, 어떤 발톱 자국은 서서 1미터짜리 지팡이를 들어야 닿을 정도로 높았다. 시베리아호랑이는 깊고 높은 발톱 자국으로 자신의 힘을 보여줘 경쟁자들에게는 우월함을, 이성에게는 매력을 드러낸다.

나무도 가려가며 발톱 표시를 한다. 이왕이면 굵은 나무에, 그것도 침엽수보다는 자작나무나 백양나무같이 껍질이 두껍고 푹신한 나무에 발톱 자국을 남긴다. 이런 나무가 발톱 자국을 깊이 새기기에도, 자신의 냄새를 오래 배게 하기에도 좋다. 게다가 똑바로 서 있는 나무보다는 비스듬히 기울어진 나무를 더 좋아한다. 나무가 기울어진 쪽에 오줌을 뿌려놓으면 비나 눈이 와도 자신의 냄새가 잘 지워지지 않고 오래 남기 때문이다.

이런 영역표시는 호랑이끼리 주고받는 숲속의 편지다. 어떤 때는 헤어진 가족에게 다시 만날 날을 기약하는 메시지이며, 어떤 때는 암내를 풍겨 이성을 유혹하는 연애편지이고, 또 어떤 때는 영역의 지배자가 경쟁자에게 자신의 영역을 침범하지 말라고 보내는 경고장이다. 이 편지로 어미는 새끼를 돌보고, 암호랑이는 수호랑이를 만나며, 침입자는 기존 호랑이의 존재를 확인하고 피한다. 특히 동성끼리의 경고장은 치명적인 무기를 가진 경쟁자끼리 직접 만나 싸우게 될 가능성을 줄여 종족을 보존한다. 홀로 살아가는 시베리아호랑이는 이런 식으로 동족과 끊임없이 교류한다.

우거진 숲속, 탁 트인 오솔길을 묵묵히 걸어와서는, 큼직한 코를 아름드리 자작나무에 들이대고 흡 하고 콧숨을 들이마셔 냄새를 맡는다. 누가 왔다 갔나? 무슨 사연을 남겨놓았나? 들보 같은 앞발을 번쩍 들어 가능한 한 나무 높이 걸치고 양 발톱을 긁어내리며 답장을 쓴다. 갈기가 무성한 목덜미를 나무껍질에 비벼 추신을 남기고, 뒤돌아서서 오줌을 쏘아 올려 소인을 찍는다. 그러고는 앞으로 써야 할 편지가 많다는 듯, 뒤 한 번 돌아보지 않고 오솔길을 따라 하염없이 걸어간다. 그 방랑객의 뒷모습을 생각하면 가슴 울렁이게 하는 숲의 고독이 느껴진다.

오솔길 한가운데에 흙이 타원형으로 파헤쳐져 있다. 길이는 50센티미터로 짧지만 관목의 뿌리가 드러날 정도로 깊다. 파헤쳐진 흙더미 위에 오래된 호랑이 배설물이 놓여 있다. 호랑이 스탬프Tiger Stamp*였다. 그 배설물 근처에 꼬리가 새로운 배설물을 남겼다. 그곳에서 독한 오줌 냄새가 풍겨왔다. 일반적인 호랑이

---

* 호랑이들이 영역표시를 위해 땅을 긁어내고 그 위에 자신의 배설물로 냄새를 피운 자리.

스탬프와는 다르다. 삽 같은 발로 땅을 깊이 파헤쳐 풀과 함께 높이 쌓은 흙더미 위에 배설물이 놓여 있다. 이 특별한 표시는 수호랑이가 다른 수호랑이에게 자신의 우월한 힘을 알리고, 이곳이 자신의 영역임을 선언하는 강한 수컷의 표시다. 꼬리는 정체불명의 호랑이가 남긴 배설물마다 자신의 배설물을 남겨놓았다. 꼬리에게 강한 경쟁의식을 가지게 하는 이 호랑이는 누굴까? 오래되어 윤곽이 흐릿한 발자국 몇 개만 남아 있다. 이 호랑이는 특이하게도 뒷발자국 발볼의 모양이 아래가 넓은 타원형이 아니라 각진 사다리꼴 형태를 하고 있다. 양쪽 뒷발이 둘 다 그런 것을 보니 다쳐서 오그라든 것 같지는 않고 이 호랑이만의 유전적 특징인 모양이다. 어느 정도 뭉개져 발자국의 정확한 크기를 잴 수는 없지만 윤곽의 전체적인 크기가 꼬리 못지않다.

조선강 상류에서 채집한 호랑이 배설물들을 가지고 시베리아 호랑이보호협회의 갈리나 살키나 박사를 찾아갔다. 갈리나 박사는 전통적인 호랑이 흔적 조사법에 개의 후각을 접목하여 야생 호랑이를 연구한다. 호랑이 배설물에는 각 호랑이 고유의 화학물질이 들어 있는데, 잘 훈련된 개들은 이 화학물질의 냄새로 호랑이들을 구별할 수 있다.

기존에 채집하여 분류해 놓은 호랑이 배설물 용기를 늘어놓은 다음, 새로 채집해 온 배설물 냄새를 훈련된 개에게 맡게 한다. 개가 새로운 배설물과 같은 냄새를 기존의 배설물에서 맡게 되면 그 냄새가 나는 용기 앞에 가서 앉는다. 7번 용기 앞에 앉으면 새로 채집해 온 배설물이 7번 호랑이의 것이고, 9번 용기 앞에 앉으면 9번 호랑이의 것이다. 이런 방식으로 호랑이 배설물을 분류하다 보면 그 지역에 서식하는 호랑이의 개체 수를 대략 파악할 수 있다. 라조 지역에서 살아가는 호랑이 수가 대략 10마리에서 12마리 사이를 유지한다는 것도 이렇게 밝혀냈다. 또 각 번호에 해당하는 호랑이의 발자국 크기와 배설물이 발견된 장소, 영역표시를 하는 방식, 먹이 사냥한 흔적 등의 정보를 계속 모으다 보면 서식지역, 이동거리, 특이 현상 등 각 호랑이의 정체를 더 구체적으로 알 수 있다.

호랑이를 1번에서 12번까지 분류했다 하더라도, 그 12마리 호랑이가 모두 현재 이 지역에 살고 있다고 할 수는 없다. 배설물 흔적이 더 이상 발견되지 않는 호랑이는 제외해야 하고, 새로 태어나는 호랑이들은 추가해야 한다. 그러다 보면 결번이 생긴다. 그 대표적인 호랑이가 1번 호랑이다. 오래전 라조 지역의 왕대였던 '꾸찌 마파'라 불리던 호랑이인데, 5년째 흔적이 묘연하다.

갈리나 박사가 배설물 분류 작업을 시작했다. 지금까지 분류해놓은 호랑이 배설물 용기들의 뚜껑을 열고 원형으로 늘어놓았다. 그리고 훈련된 분류견分類犬•에게 조선곡의 무인 카메라에 촬영된

• 보통 셰퍼드 종을 훈련시켜 분류견으로 이용하며 정확성을 위해 두 마리에서 네 마리까지 중복 테스트한다.

암호랑이 배설물 냄새를 맡게 했다. 새로운 배설물 냄새를 맡은 개가 늘어놓은 용기마다 코를 킁킁거리며 원을 돌기 시작했다.

1번, 2번, 3번, 4번, 5번… 개가 멈췄다. 12번 용기 앞에 주저앉았다. 다른 개에게 다시 시켜보았다. 한 바퀴 빙 돌더니 역시 12번 용기 앞에 주저앉았다. 12번 호랑이, 조선곡을 터전으로 살아가는 젊은 암호랑이다. 잠깐 들른 다른 지역의 뜨내기가 아니라 조선곡 근처에 2년째 흔적을 남기고 있는 조선곡 암호랑이다. 조선곡에는 원래 늙은 암호랑이 한 마리가 살았는데, 몇 년 전부터 그 흔적이 보이지 않더니 이 젊은 암호랑이가 그 자리를 차지했다. 조선곡 암호랑이는 우데게가 용의 등뼈*라고 부르는 남부 시호테알린 산맥의 북쪽 지역을 넘나들며 살아가고 있다. 어미는 몇 년 전에 사라진 늙은 암호랑이거나 용의 등뼈 남쪽을 영역으로 살아가는 블러디 메리Bloody Mary일 가능성이 높다. 블러디 메리는 재작년에 세 마리의 새끼를 독립시켰다. 그중 한 마리가 조선곡을 차지했을 가능성이 있다. 아비가 누군지는 확실하지 않지만 확률상 왕대일 가능성이 높다. 시기적으로 꾸찌 마파가 사라지기 전 마지막으로 뿌린 씨앗일 수도 있고, 꼬리가 이 지역의 왕대

---

* 험준한 용의 등뼈는 암호랑이들이 새끼를 낳을 보금자리로 좋은 지형을 갖춰 이곳에서 많은 호랑이들이 태어난다. 용의 등뼈는 이 지역 암호랑이들의 영역 접경지라서 암호랑이들은 이곳에서 서로 텃세를 더 심하게 부린다. 그래서 용의 등뼈에는 다른 지역에 비해 호랑이 발자국이 자주 발견되고, 경쟁적으로 남긴 발톱 마킹과 배설물 스탬프도 많이 발견된다.

로 올라서면서 뿌린 씨앗일 수도 있다. 확률은 낮지만 지나가던 뜨내기 수호랑이의 자식일 수도 있다. 조선곡 암호랑이는 유순한 얼굴에 아직 시집도 안 간 처녀 호랑이다. 머지않아 첫 새끼를 가질 것이다. 누구와 결혼할까? 어떻게 살아갈까? 막상 정체를 알고 나니 새로운 호기심이 무럭무럭 생겨났다.

이번에는 꼬리가 남긴 배설물 냄새를 맡게 했다. 개가 원을 돌았다. 13번, 14번, 15번, 16번, 1번, 2번, 멈췄다. 2번 용기 앞에 주저앉았다. 다른 개에게 다시 시켜보았다. 한 바퀴 빙 돌더니 역시 2번 용기 앞에 주저앉았다. 2번 호랑이, 왕대였다. 이미 짐작은 하고 있었지만 꼬리는 역시 왕대였다. 꾸찌 마파가 사라진 후 왕대의 지위를 물려받은 지 5년, 지금은 전성기를 넘겼거나 넘기고 있다. 나이가 최소 15살, 어쩌면 20살 가까이 되었을지도 모른다. 호랑이에게 5년은 인간의 수명으로 약 20년에 해당하는 시간이다. 갈리나 박사가 개를 이용해 호랑이를 분류하기 훨씬 전부터 존재해 온 호랑이다.

꼬리에게 수컷으로서의 강한 경쟁심을 불러일으켰던 정체불명의 호랑이는 누구일까? 특유의 사다리꼴 발자국을 남기며 영역표시를 할 때마다 관목의 뿌리가 다 드러날 정도로 땅을 깊이 파헤쳤던 이 호랑이에게 궁금증이 일었다.

배설물 냄새를 맡은 개가 늘어놓은 배설물 용기를 한 바퀴 돌더니 3번 용기 앞에 앉았다. 3번 호랑이! 꼬리에 이어 서열 2위를 다투는 수호랑이였다. 이 수호랑이는 최근 자신의 영역을 라조 남부에서 북부로 점차 넓히고 있다. 결국 검은산*을 넘어 조선 곡까지 올라왔다. 그러고는 꼬리에게 보란 듯이 땅을 깊이 파헤치고 맹렬하게 영역표시를 하며 돌아다니고 있다. 꼬리가 3번 호랑이의 배설물에 신경질적인 반응을 보인 이유가 있었다.

3번 호랑이는 하쟈인이라는 이름을 가지고 있다. 한 우데게 심마니가 용의 등뼈를 떠돌다 어느 날 엄청나게 큰 수호랑이와 마주쳤다. 그 후 우데게들은 그 호랑이를 '쿤카 캬마니의 하쟈인', 줄여서 하쟈인이라고 부르기 시작했다. 쿤카 캬마니는 '잠자는 영혼'이라는 의미로 용의 등뼈를 말하고 하쟈인은 '정령' 또는 '주인'이라는 뜻이다. 그러니까 쿤카 캬마니의 하쟈인은 '잠자는 영혼의 정령' 혹은 '용의 등뼈의 주인'이라는 뜻이다. 모든 자연물에는 영혼이 있다고 믿으며 그중에서도 호랑이를 숲의 위대한 정령으로 숭배하며 살아온 마지막 정령주의자 우데게들이 자신들이 살아가는 터전의 이름을 왕대로서의 미래가 엿보이는 이 수호랑이에게 붙여준 것이다.

하쟈인이 요즘 꼬리와 세력 다툼을 하는 것 같다. 하쟈인은 용의 등뼈 남쪽 어딘가에서 태어났고 그곳에서 터를 잡고 성장해왔으며 이제 왕성한 힘으로 영역을 확장하며 전성기를 향해가는 수호랑이다. 꼬리가 전성기의 영광을 뒤로하고 서서히 지는 별이

• 라조 자연보호구 중심부에 있는 해발 1379미터의 산. 이 산이 라조 지역에 사는 호랑이들의 영역 경계가 되는 경우가 많다.

라면 하쟈인은 떠오르는 별이다. 꾸찌 마파가 사라질 때도 그랬다. 늘 왕대였고, 왕대로서 숲을 활보하던 꾸찌마파의 발자국이 어느 날 갑자기 사라져버렸다. 그리고 그 자리를 꼬리의 발자국이 채웠었다. 꼬리는 이 지역의 현역 왕대다. 누구도 두려워하지 않고 아무것도 거리끼지 않는 으뜸 수호랑이다. 그가 숲을 나서면 모두 길을 피해야 한다. 하지만 세대는 지나가고 다음 세대는 결국 오는 법이다. 꼬리와 하쟈인에게도 그런 시기가 찾아올 것이다. 언젠가 찾아오겠지만 그것이 언제일지는 모른다.

습
격

마을 어귀를 돌자 작은 목장이 보였다. 목초 깎는 기계가 끽끽거리며 굴러갔다. 멀리 느릅나무숲에서 산비둘기가 꾸르륵거렸다. 비네스코 목장은 느릅나무숲을 끼고 넓게 펼쳐진 목초지 한편에 있었다. 목장의 나무 울타리에 까마귀들이 늘어앉아 한쪽을 기웃거렸다. 까마귀의 윤기 나는 검은 날개가 햇빛을 받아 푸르스름하게 빛났다. 다가가자 까옥거리며 날아올랐다. 큰 암소였다.

소의 목에 엄지손가락만 한 구멍이 나 있었다. 상처 구멍과 늘어진 혓바닥 주위에 모여서 꼬물거리던 금파리들이 붕 날아올랐다. 아래위 두 개씩, 구멍은 네 개였다. 상처 구멍에 손가락을 찔러보았다. 손가락이 짧았다. 막대를 찌르자 관통되었다. 아래위 송곳니 네 개로 숨통을 조여 질식사시켰다. 7센티미터 송곳니로 아래위에서 꽉 물면 아무리 큰 소의 목줄이라도 관통될 수밖에 없다. 부릅뜬 소의 눈망울이 끈적하니 맑은 액체로 가득했다. 날개를 펼치고 공기를 타며 선회하는 까마귀들은 얄미울 정도로 차분했다.

목장 주인이 울타리 너머로 안내하며 말했다.

"잠결에 소 울음소리를 들었는데 처음엔 긴가민가했어요. 근데 울부짖는 소리가 마치 도살장에 끌려가는 소처럼 난리가 아니었어요. 그러다 갑자기 소리가 뚝 끊어지길래 이상해서 나와봤죠. 꼭두새벽이라 날이 어두웠어요. 다시 집에 들어가서 총과 플래시를 갖고 나왔죠. 목장으로 달려가 플래시를 비춰보니 소 한 마리가 쓰러져 있는 거예요. 죽어 있었어요. 가까이 가서 살피려다 기겁을 했어요. 글쎄, 소 옆에 커다란 호랑이 한 마리가 엎드려 있는 거예요. 소의 목을 물고 가만히 나를 쳐다보고 있었어요. 너무 놀라서 정신없이 뒤로 물러섰죠. 호랑이도 놀랐는지 벌떡 일어섰어요. 엉겁결에 고함을 지르며 총을 쏘고 도망왔어요. 맞았는지 안 맞았는지는 모르겠어요. 총소리가 나자마자 어둠 속으로 사라졌거든요."

주인은 소 울음소리를 듣고 나와보기까지 5분 정도 걸렸다고 했다. 호랑이는 짧은 시간에 소를 죽인 다음 끌고 가려고 했다. 그러다 인기척이 나자 소 옆에 가만히 누워 잠잠해지기를 기다렸다. 그러나 불빛이 비치고 총소리가 나자 잽싸게 1.5미터 높이의 나무 울타리를 뛰어넘어 숲으로 사라졌다. 소를 죽인 자리 외에는 핏자국이 없는 것으로 봐서 총에 맞은 것 같지는 않았다. 총에 맞았다면 목장 주인이 위험했을지도 모른다.

소가 쓰러진 장소는 울타리에서 불과 10미터. 울타리 너머는 바로 느릅나무숲이었다. 호랑이는 울타리에 인접한 느릅나무숲까지 접근한 다음, 소가 울타리로 가까이 다가올 때까지 끈질기게 기다렸다. 어느 순간 소가 다가오자 불시에 울타리를 뛰어넘어 소를 죽였다. 목줄에 난 송곳니 구멍 외에는 상처 하나 없이 깨끗했다. 목줄의 상처만 아니면 병들어 쓰러진 소나 다름없었다. 작은 동물은 목뼈를 부러뜨려 척추신경을 끊고, 목뼈를 단번에 부러뜨릴 수 없는 큰 동물은 숨통을 물어 질식사시킨다. 큰 동물 죽이는 법을 잘 알고 있다. 이런 사냥 기술은 타고나는 것이기도 하지만 오랜 경험을 통해 체득될 때 더 정확하게 구사할 수 있다. 목줄을 물린 소가 몸부림치며 움직인 거리도 채 5미터가 되지 않았다. 겨우 대여섯 걸음 움직이고 쓰러진 흔적이었다. 경험 많고 힘센 호랑이의 짓이었다.

울타리와 느릅나무숲 사이에 목장 사람들이 작업할 때 사용하는 폭 2미터의 통로가 있었다. 통로 옆에는 좁게 파여 길게 이어진 가축 배설로 겸 물고랑이 나 있었는데, 물고랑에 목장에서 흘러나온 소들의 배설물 찌꺼기가 숲에서 흘러나온 물과 뒤섞여 질퍽하게 굳어 있었다. 그곳에 호랑이 발자국이 찍혀 있었다. 앞발 볼의 너비를 쟀다. 13센티미터가 넘었다. 이런 크기의 발자국을 만들 수 있는 호랑이는 이 지역에 한 마리밖에 없다. 왕대가 농가의 가축을 습격하다니….

호랑이가, 그것도 한 지역의 으뜸 수호랑이인 왕대가 가축을 습격했다는 것은 특별한 의미를 가진다. 한 시대를 풍미하고 은퇴한 사람에게는 그에 걸맞은 명예와 존경의 향기가 남아 그의 말년을 감싸준다. 그러나 숲에서는 그렇지 않다. 야생호랑이가 늙어서 일인자의 자리를 내준다는 것은 이인자로 내려오는 것이 아니라, 지금까지의 위엄과 권위를 송두리째 잃어버리고 냉혹한 생존 투쟁의 정상에서 바닥으로 곧바로 굴러떨어지는 것을 의미한다. 이 지역 호랑이들에게 세대교체의 서곡이 울려 퍼진 것이다.

호랑이가 야생동물을 사냥할 때 가장 큰 무기는 활시위 같은 탄력으로 사냥감을 붙드는 순발력이다. 이를 발휘하기 위해 우거진 숲과 쓰러진 고목, 튀어나온 바위들을 이용해 사냥감에 최대한 가까이, 몰래 다가가는 접근술과 은신술, 그리고 기회가 올 때까지 기다리는 인내력이 필요하다. 자신이 따라잡을 수 있는 거리 안에 사냥감이 들어오면 온몸의 에너지를 폭발시켜 튀어 나간다. 튀어 나갈 때도 사냥감이 자신의 습격을 알아채는 시간을 늦추기 위해서 사냥감의 뒤나 옆에서 달려든다. 폭발적인 순발력과 대단한 인내력을 가진 전성기 호랑이의 습격은 지척에 이르러서야 사냥감이 겨우 눈치챌 수 있을 정도로 뛰어나다. 힘은 그 다음이다.

호랑이도 나이가 들면 가장 먼저 순발력이 떨어진다. 순발력이 떨어지면 사냥 성공률이 떨어지고, 자연스럽게 사냥 대상이 바뀐다. 사슴이나 멧돼지처럼 눈치 빠르고 잽싼 동물을 피해 순발력이 부족해도 사냥할 수 있는 상대, 힘과 기술만으로 거꾸러뜨릴 수 있는 상대를 노리게 된다. 그래서 가축을 선택한 것이다.

숲이나 들판에 방목하는 소를 죽였다면 그건 다른 문제일 수도 있다. 호랑이의 것과 인간의 것의 경계가 모호하고, 또 인간의 규칙과 자연의 규칙이 다르기 때문이다. 인간의 규칙으로 본다면 들판의 소가 목장 주인의 것이지만 자연의 규칙으로 본다면 배고픈 호랑이의 것이다. 그런데 꼬리는 울타리가 둘러쳐진 목장 안으로 들어와 소를 죽였다.

호랑이는 오랜 세월 인간과 갈등을 겪고 피해를 입으면서 인간의 무서움을 알게 되었다. 인간이 가진 도구와 그들이 만든 구조물의 위험성도 알고 있다. 그것을 아는 호랑이만 살아남았고 그 유전자가 대대로 전해져 지금의 호랑이 몸속에는 대부분 인간과 인간의 것은 피해야 한다는 본능이 싱싱하게 살아 있다. 인간이 쳐놓은 울타리라는 것은 무인 밀렵총이나 새끼 가진 암호랑이의 굴처럼 피해가야 하는 것이다.

갈수록 야생동물의 숫자가 줄고 있긴 하지만, 야생동물을 전혀 사냥하지 못할 정도로 노쇠한 걸까? 노쇠했다고 모든 호랑이가 마을에 내려와 가축을 습격하는 것은 아니다. 이것은 삶에 대한 습성과 기세의 문제일 수 있다. 그것이 꺾이면, 좋은 것이 좋은 게 되고, 결국 좋은 것이 옳은 게 된다. 지금 꼬리가 숲에서 하얀인을 만난다면 과거처럼 그 기세를 누를 수 있을까? 압도하지는 못해도 대등하게나마 버틸 수 있을까? 상대의 푸릇한 눈빛에 꺾이기보단 자신의 내부에서 자라난 자신감 부족, 그 나약함이 스스로를 해치지는 않을까? 그래서 슬그머니 산길을 내주고 마을로 향하는 샛길로 터벅터벅 걸음을 옮기지는 않을까? 그는 늦었다.

농가 굴뚝에서 밥 짓는 저녁연기가 곧게 피어올랐다. 진딧물을 찾아 옥수수밭을 날던 풍뎅이의 마른 날갯짓 소리가 잦아들고, 잠자리가 내려앉은 풀숲에서 베짱이가 노래를 부른다. 지구의 한 바퀴 회전은 먹고 일하고 번식하다 사라지는 것들에게 휴식을 주고 또 앗아간다. 삶이 배고픔보다 크다면, 꼬리는 돌아오지 않을 것이다. 그러나 때로는 총소리보다 무서운 게 있는 법이다. 퍼렇게 존재해야 하고 그러기 위해서는 또 먹어야 한다. 살아 있는 것들의 숙명이다.

농가의 헛간으로 들어가 잠복을 준비했다. 꼬리가 돌아오지 않기를 바랐다. 하지만 돌아온다면 물고랑에 찍힌 저 발자국의 주인이 실제 왕대인지 왕대라면 도대체 어떻게 생겼는지 보고 싶었다. 직접 발자국을 확인했지만 왕대가 가축을 죽였다는 게 믿기지가 않았다. 물론 발자국의 주인이 왕대라고 해서 달라질 것은 없다. 그러나 내 마음은 정말 왕대가 목장을 습격한 것이 맞는지 자꾸 묻고 있었다. 꼬리가 온다면 목장 너머 저 느릅나무숲에서 올 것이다. 굴뚝 연기가 희미해졌다. 소의 주검이 탐나서 아침부터 날아와 소란을 피우던 까마귀들도 한 마리씩 집으로 돌아가고, 종일 목초지를 돌아다니며 먹이를 찾던 암탉들이 헛간으로 돌아와 건초 더미 사이에 옹기종기 자리를 잡았다.

느릅나무숲은 금세 어두워졌다. 새까만 숲 위로 별이 떠올랐다. 울타리 안쪽에는 소들이 앉아서, 더러는 서서 되새김질을 했고 저쪽 공터에는 꼬리가 두고 간 주검이 덩그러니 누워 있다. 머리 큰 새 한 마리가 농가 지붕에서 건너편 울타리로 내려앉았다. 한동안 석상처럼 앉아 있던 올빼미는 먹잇감이 보이지 않자 울타리를 따라 조금씩 이쪽으로 옮겨 앉았다.

죽은 소의 다리에 대포 폭죽을 연결해 두었다. 꼬리가 잡은 소를 먹기 위해 한밤중에 다시 내려와 소를 끌어당기면 어마어마한 굉음과 함께 불꽃이 피어오를 것이다. 문제는 습성이다. 꼬리가 마을로 내려오는 것이 몸에 배면 위험해진다. 마을로 내려와 가축을 습격하는 호랑이는 합법적으로 사살할 수 있다. 시베리아 호랑이보호협회에서는 철마다 마을을 돌면서 호랑이가 민가에 출몰했을 때의 대처 요령을 교육한다.

피해 가축의 몇 배를 보상해 주고 제보료도 충분히 줄 테니 호랑이가 마을로 내려와 가축을 습격하면 연락해 달라는 방을 붙여도 정작 피해 당사자는 잘 제보하지 않는다. 제보하기보다 가축을 습격하는 호랑이는 합법적으로 죽일 수 있으니 전문 포수를 불러들인다. 큰 호랑이를 잡으면 암시장에서 몇만 달러까지 받고 팔 수 있는데, 그것이 피해 보상액보다 훨씬 크기 때문이다. 반면에 피해 당사자의 이웃들은 제보료를 받기 위해 대부분 우리에게 연락한다. 그러면 시베리아호랑이보호협회에서 현장에 나가 잡은 가축을 먹기 위해 그날 밤 다시 돌아오는 호랑이를 여러 가지 방식으로 놀라게 해서 산으로 쫓아 보낸다. 민가는 위험하다는 생각을 각인시켜 마을로 내려오는 습성을 바꾸려는 것이다. 그래야 호랑이와 민가의 갈등을 줄이고 멸종 위기에 처해 사라져가는 지구상 최대의 육식동물을 보호할 수 있다. 다행히 이번 목장의 주인은 포수를 부르지 않고 우리에게 연락해 왔다.

오늘 밤 꼬리가 돌아온다면, 굉음과 함께 저 폭죽이 터질 것이다. 꼬리는 크게 놀라 달아날 것이고 그것이 꼬리에게 인간과 호랑이의 영역을 다시 한번 구분해 줄 것이다. 이 경험이 나중에라도 꼬리가 마을로 내려오는 갈림길에 섰을 때 발걸음을 돌리게 만들기를 바랐다. 꼬리의 습성을 바꿔야 했다.

재잘재잘 들려오던 초여름 밤의 벌레 소리가 잦아들었다. 목초지의 텁텁한 풀 냄새가 바람에 실려왔다. 별이 떴지만 느릅나무 빽빽한 숲속은 캄캄했다. 나방 몇 마리가 공터에서 날아다녔다. 시간이 흐르며 허리가 아프고 다리가 저려왔다. 헛간의 빈대들과 산모기들이 몸속을 파고들어 피를 빨았다. 몸속은 요란했지만 목장을 둘러싼 느릅나무숲은 고요했다. 저 고요한 숲속 어딘가에 한 생명이 자신이 사냥한 먹이를 바라보고 있을 것이다. 소를 잡은 이유가 있고 자신이 잡은 먹이는 쉽게 버리지 않는 것이 이 종족의 습성이다.

먼 곳의 쏙독새 울음소리가 가까운 곳의 개구리 울음소리에 섞여 들려왔다. 솔부엉이 한 마리가 원을 그리며 공터로 날아오더니 나방 한 마리를 낚아채 느릅나무숲 위로 날아갔다. 그 밑에서 작은 움직임이 느껴졌다. 실제로 느꼈는지 아니면 느낀 것처럼 착각했는지 모르겠지만 그 작은 느낌 하나가 신경을 곤두세우고 가슴을 서늘하게 만들었다. 카메라 손잡이를 고쳐 잡았다. 다시 숲속은 잠잠해졌다. 헛간 외벽의 거미줄에 나방 한 마리가 걸려들었다. 호랑거미가 달려 나와 나방을 감쌌다. 다시 움직임이 느껴졌다. 느릅나무 둥치 사이를 지나가는 검은 형체가 보일 듯 말 듯 어른거렸다. 숲속이 너무 어두워 호랑이인지 아닌지는 확실하지 않았지만 기다란 어둠 덩어리가 구불거리는 것만은 확실했다. 개 짖는 소리가 나자 곧 사라졌다.

밤하늘을 가로막은 검은 농가 옆으로 초승달이 지나갔다. 생쥐 한 마리가 소의 주검으로 쪼르르 달려갔다 쪼르르 달려왔다. 울타리 위의 올빼미가 움찔하다 그대로 가만히 앉아 있었다. 공터를 가로질러 박쥐 서너 마리가 소리 없이 날아갔다. 좀 더 가까운 곳에서 다시 큰 동물의 윤곽이 구불거리며 뷰파인더를 스쳐갔다. 빛이 초승달이고 나무가 빽빽해 줄무늬는 보이지 않았지만 가로로 굵고 기다란 덩치의 윤곽, 그리고 그 앞에 커다랗게 솟은 거무스름한 두상, 호랑이였다. 돌아오지 않기를 바랐지만 결국 돌아왔다. 굶주리면 발길이 빵 냄새를 쫓는 법이다. 삶과 배고픔 사이에서 고민했겠지만, 그가 딛고 있는 현실의 문제는 배고픔이었다.

어두운 숲속이라 얼굴이 자세히 보이진 않았다. 하지만 미약한 초승달 빛에 반사되어 눈동자가 은은한 인광을 뿜어내고 있다. 그런데 인광의 눈빛이 소의 주검이 아니라 헛간을 뚫어지게 노려본다. 나의 존재를 눈치챈 것 같다. 은은한 빛을 발하며 헛간을 노려보던 인광이 천천히 돌아가 소의 주검을 바라본다. 그리고 다시 헛간을 바라본다. 소의 주검과 헛간을 번갈아 보며 망설이고 있다. 그럴 만도 한 게 헛간 속의 내가 만약 포수였다면 저 호랑이에게 삶과 죽음의 경계는 저 삭아빠진 나무 울타리 하나뿐이다.

카메라를 줌인해 얼굴을 클로즈업으로 잡았다. 그러나 광량이 부족해 줌인할수록 화면이 암흑으로 변해갔다. 다시 천천히 줌아웃하자 울타리 너머 숲속 호랑이의 윤곽이 뿌옇게 살아났다. 은은한 눈동자는 여전히 헛간만 바라보고 있다. 나도 숨을 죽이고 뷰파인더 속의 인광만 바라보았다. 한 생명은 헛간 속에 있고 또한 생명은 숲속에 있어 서로를 명확하게 볼 수는 없었다. 하지만 두근거리는 심장박동과 등줄기를 예리하게 타고 오르다 정수리로 빠져나가는 서늘한 기운으로 서로의 존재를 느꼈다. 그것은 육체의 긴장만이 아니라 영혼의 교류 같았다. 렌즈를 사이에 두고 서로 응시하면서 서로의 존재를 느끼지만 그 정체를 알 수 없고, 정체는 알 수 없지만 너무 밝지도 어둡지도 않게 어렴풋이 서로를 느꼈다. 그 느낌을 통해 위험한 기운이 전해졌는지 몸을 고정한 채 헛간을 바라보던 호랑이가 천천히 머리를 돌렸다. 은은하게 발산되던 인광이 꺼지고 구불거리는 어둠 덩어리가 멀어지더니 숲속으로 사라졌다. 올빼미는 나무토막처럼 앉아서 소의 주검을 내려다보았다. 생쥐는 다시 오지 않았다. 꿈을 꾸는 듯 암탉들이 꼬꼬… 잠꼬대를 했다.

헛간 외벽에 줄을 치고 바삐 움직이던 호랑거미는 어디론가 사라지고 거미줄에 새벽이슬이 맺혀 수정 목걸이처럼 늘어졌다. 축축한 습기가 렌즈에 달라붙었다. 차가운 새벽 기운이 몸속을 파고들던 산모기를 쫓아버리고 자꾸만 내려앉는 눈꺼풀을 치켜올렸다. 몸속이 저릿하니 이슬처럼 늘어졌다. 여명이 밝기 전이라 느릅나무숲은 여전히 어두웠다. 헛간 앞을 지나가던 고양이 한 마리가 숲속을 물끄러미 바라보다 부리나케 도망갔다. 느릅나무 어둠 속에서 더 어두운 윤곽이 다시 나타났다. 카메라를 서서히 줌인했다. 희미한 새벽 기운이 더해져 털북숭이 얼굴이 어렴풋이 보였다. 늙수그레한 얼굴이 크고 둥글었다. 길고 넓게 퍼진 갈기는 아래로 처져 부스스했고 갈기 뒤로 솟은 어깨뼈는 우람했지만 왠지 쇠어 보였다. 새벽 미명을 받아 금색으로 감도는 눈빛은 아까보다 더 커져 숲속의 가로등처럼 은은하게 퍼져 나왔다. 늙은 왕대의 모습이었다.

목장을 습격한 주인공은 역시 꼬리였다. 여전히 헛간을 바라보고 있었다. 떠나지 못하고 배가 고파 돌아왔지만 망설임은 더 짙어졌다. 망설임이 커질수록 배는 더 고플 것이다. 자신이 죽인 먹이가 지척에 있는데도 나서서 먹지를 않았다. 그 모습이 배고픈 생명 같기도 하고 피 묻은 야수 같기도 했다. 생명을 먹어야만 살 수 있는 생명은 존재 자체가 부조리다. 저 어둠 뒤에서 나를 노려보는 존재가 배고픈 생명이든 피 묻은 야수이든 그것이 무슨 차이인가? 배가 고프면 누구나 킬러가 된다. 피를 빠는 산모기를 잡을 때, 닭장에서 애지중지 키운 닭을 잡을 때, 나는 그것을 느낀다. 올빼미는 울타리 이쪽 끝까지 옮겨와 있었다. 주검을 내려다보던 올빼미가 뛰어내렸다. 움켜쥔 발톱에서 까만 생쥐를 빼내더니 입에 물고 울타리를 따라 날아갔다.

꼬리는 밤새 숲속을 배회하다 돌아갔다. 흐릿하게 어둠이 걷힐 기미가 보이는 숲속에 아직도 꼬리의 망설임이 남아 떠돌고 있는 것 같았다. 다음 날도 돌아오지 않았다. 소를 죽일 때처럼 소를 포기하는 것도 깨끗했다. 흐르는 세월을 속일 수가 없는 얼굴, 늙었지만 갈기 성성하고 두 눈 부릅뜬 커다란 머리, 노련함이 느껴졌다. 야생호랑이의 조심성도 살아 있다. 한 시절을 겪어낸 경험과 야성의 기운이 노쇠한 욕망을 이겨냈다.

용의 등뼈

찔레꽃이 지자 감자꽃이 피었다. 굵직한 대궁마다 잎들은 씩씩했고 덩이줄기마다 알들은 굵었다. 잎들 사이로 하양과 자주의 꽃망울들이 솟아올랐고 더러는 시들어 떨어졌다. 어딘가에선 꽃이 피고 있고 또 어딘가에선 꽃이 지고 있다. 햇살 맑게 피어올라 비 오고 바람 불며 지는 꽃들의 죽음은 그래서 더 서글펐다. 서글픈 꽃들이 푸른 비탈에 너울지며 산발치로 쏟아져 내렸다. 바람에 흔들리는 하양과 자주의 물결이었다. 도타운 꽃들의 향기에 취해 딱정벌레가 웅성거렸고, 배추흰나비의 날갯짓 소리가 햇살에 퍼덕였다.

꼬리는 산비탈에 펼쳐진 감자밭으로 들어갔다. 산돼지들이 한바탕 헤집어 놓은 감자밭이었다. 어미 산돼지들의 발자국과 함께 새끼 돼지들의 발자국도 여럿이다. 파헤쳐진 밭고랑에 굵어가는 감자들이 드러나 봄장마에 젖었다가 썩어가고 있다. 썩은 감자가 악취를 풍겼다. 그 악취에 등에와 날파리가 달라붙어 즙을 빨았다. 향기를 뿜던 것이 변해 악취를 풍기고, 악취를 풍기던 것이 변해 향기를 내뿜는다. 산돼지들은 고랑을 넘나들며 씩씩한 감자 대궁들을 마구 무너뜨렸다. 꼬리의 발자국은 산돼지들의 흔적을 따라다녔다.

감자밭 두렁에 물을 푸르게 한다는 물푸레나무가 두어 그루서 있다. 그 밑에 앞발을 가지런히 모으고 뒷발은 잔뜩 웅크린 채 꼬리가 엎드려 은신했던 자국이 있었다. 자국이 눅은 걸로 봐서 꽤 오래 은신했던 것 같다. 그 앞 감자밭에는 감자 줄기가 마구 꺾이고 무너져 마치 오토바이가 지나간 듯 파헤쳐진 골이 30미터쯤이나 있었다. 은신하던 꼬리가 돼지들이 부석거리며 다가오자 자리를 박차고 달려나갔다. 이런 흔적들이 여러 군데 있었다. 하지만 산돼지가 파헤친 감자밭 어디에도 꼬리가 사냥에 성공한 흔적은 없었다. 새끼 돼지를 붙잡은 흔적도 없었다. 목장의 소를 포기하고 애써 산골 마을 뒷자락의 감자밭에서 은신술을 발휘했지만 꼬리의 노쇠한 순발력은 재빠른 산돼지들을 따라잡지 못하고 있었다. 발자국만 남기고 꼬리도 산돼지도 사라지고 없었다.

꼬리는 감자밭을 지나 개울을 건넜다. 들꿩들이 날아올랐다. 개울 너머에 70센티미터가량 타원형으로 파인 흙구덩이가 있었다. 그곳에서 호랑이의 독한 오줌 냄새가 풍겼다. 그 위에 꼬리의 배설물이 놓여 있었다.

배설물은 대부분 풀이었다. 꼬리가 들판의 연한 보랏빛 귀리 싹을 뜯어 먹었다. 사슴을 잡아먹을 때 사슴 위 속에 있던 풀을 같이 먹었을 수도 있지만, 이 풀은 그런 것이 아니다. 풀의 양이 많고 길쭉한 형태가 잘 유지되어 있다. 초식동물의 어금니를 거쳐 위에 들어간 풀은 이런 온전한 형태를 가질 수 없다.

호랑이가 동물을 잡아먹다 보면 동물의 털을 조금씩 삼키게 된다. 그 털들은 대부분 배설되지만 일부는 체내의 위와 장에 쌓인다. 털이 많이 쌓이면 호랑이는 거북함을 느끼고 본능적으로 풀을 먹는다. 그것도 수세미처럼 엉켜 장 속을 잘 청소할 수 있는 길쭉한 풀을 먹는다. 그래야 풀과 함께 털들이 몸 밖으로 배출된다. 이런 식으로 내장을 깨끗이 청소하고 모자란 식물성 영양소도 보충한다. 그런데 꼬리가 먹고 배설한 풀 속에는 동물의 털이 거의 섞여 있지 않다. 배가 고파서 풀을 뜯어 먹은 걸까?

배설물 속의 풀을 헤쳐보았다. 수세미처럼 엉켜 시커메진 귀리 잎들 속에 작고 납작한 것들이 섞여 있다. 꿩알이나 새알의 껍데기 같았다. 껍데기가 두껍고 허옜다. 달걀 껍데기였다. 꼬리가 마을 근처의 숲을 돌아다니다 철없는 암탉이 아무 낙엽 더미에나 낳아놓은 달걀을 주워 먹었다. 이물질이 잔뜩 묻은 얇고 투명한 조각도 여러 개 나왔다. 흐르는 물에 이물질을 씻어내자 흐물흐물하고 삐죽한 것이 보였다. 채 소화되지 않은 개구리 뒷다리의 물갈퀴였다. 야생을 뛰놀며 곰과 산돼지를 몰았을 꼬리가 달걀을 주워 먹고 개구리를 잡아먹었다.

개울을 건너오기 전, 도랑가에 잔뜩 찍혀 있던 꼬리의 진흙 발자국이 생각났다. 그곳으로 돌아갔다. 작고 긴 도랑에 맑은 물이 흐르고 물속에 뿌리를 박은 돼지풀과 달개비가 파랬다. 그 옆 두렁으로 굵직한 발자국이 설렁설렁 나 있고 가끔 우당탕 뛴 자국도 있었다. 물을 마시거나 목욕한 흔적이 아니었다. 여기서 개구리를 잡아먹었다. 싱싱하게 윤기 나는 발자국도 있고 시간이 지나서 굳어가는 발자국도 있었다. 오늘 새벽 산돼지를 기다리며 개구리를 잡았고, 어제도 여기서 개구리를 잡았다. 발자국 흔적으로 보아 이 개울과 감자밭에 일주일 이상 머물렀던 것 같다. 감자밭으로 내려오는 산돼지를 기다리며, 또 산돼지 사냥에 실패할 때마다 여기서 개구리를 잡아먹었을 것이다.

물론 호랑이들도 물고기나 개구리를 잡아먹는다. 하지만 그건 어린 호랑이들의 유희나 장난 같은 것이다. 꼬리도 어미를 따라다니던 어린 시절 꼬물거리는 개구리로 장난을 쳐봤을 것이다. 처음 세상에 나와 움직이는 모든 것이 신기했던 시절이다. 하지만 늙고 느려진 지금, 꼬리의 개구리 사냥은 다르다. 그것은 유희가 아니라 배고픔이다. 살아 있는 것들에게 배고프다는 것은 거역할 수 없는 진리다. 한편에선 살아야 할 이유를 찾아야겠지만 그러기 위해선 먼저 먹어야 한다. 개구리를 잡기 위해 묵직한 몸을 이리저리 놀리던 순간 그에게 한 마리 개구리는 그의 전부였을 것이다. 개구리나 달걀이 아니라 풀숲에서 뛰어다니는 송장메뚜기를 쫓아다니더라도, 삶을 단념할 수는 없는 일이다. 이것은 살아갈 날이 많은 자나 살아온 날이 많은 자나 매한가지다. 사슴과 멧돼지를 잊고 뭐라도 찾아 먹어야만 했다.

늙는다는 것은 살이 다 삭아 없어진 뼈다귀를 시간의 파편으로 남긴다. 수없이 단절된 파편들을 자연은 긴 시간의 흐름으로 연결해 준다. 슬픈 사실은, 자연이 준 역할을 마쳐가는 뼈다귀들이 걸어온 먼 길을 뒤로 한 삶의 말미에도 제힘으로 살아가야 한다는 것이다. 꼬리는 지금 뼈다귀 같은 삶의 마지막 역할을 충실히 하고 있다. 꼬리는 세월이 흘렀다는 것을 이해할까? 본능에 따른 것이든 노력한 것이든, 많은 짝을 거느렸고 후손을 퍼뜨렸다. 시간의 영원한 실타래에서 티끌 같은 매듭 하나를 연결해 내는 자신의 임무를 마쳐가고 있다. 그럼에도 그 매듭의 짧음을 일깨우는 어떤 감성이 개구리 물갈퀴와 달걀 껍데기에서 어른거렸다. 자연과 세월을 가로지르는 긴 흐름을 깨고 짧은 생명들의 서글픔이 저 물속의 돼지풀과 달개비처럼 파랗게 솟아올랐다.

꼬리의 흔적은 멧돼지를 따라 검은산으로 올라갔다. 멧돼지들이 몰려다니며 산을 파헤치고 칡뿌리를 캐 먹었다. 용틀임하며 갈참나무를 감고 올라간 어른 팔뚝만 한 칡덩굴이 잎을 무성히 피워놓고 말라 죽었다. 산 위로 올라갈수록 침엽수 몇 그루와 관목 외에는 바위로 뒤덮여 있다. 생명들이 잘 자라지 않는다고 해서 우데게는 이 산을 어두운 산, 즉 검은산이라고 부른다. 검은산은 라조 지역을 관통하는 시호테알린 산맥의 남부에 자리하고 있다. 검은산을 가운데 두고 남북으로 200킬로미터는 험준한 산악 지형이다. 이 산악 지형의 이름이 바로 용의 등뼈다.

산과 나무가 없고 사방이 늪뿐이던 시절, 하늘의 신 엔두리*는 수천 년 동안 독수리가 되어 날고 있었다. 쉬지 않고 날던 엔두리는 문득 앉아서 쉬고 싶어졌다. 그래서 늪으로 내려가 발톱으로 진흙을 한 움큼 쥐고 올라와 쉬고 싶을 때마다 흙을 조금씩 던졌다. 그때마다 산맥들이 생겨났고 엔두리는 그 위에서 쉬어가곤 했다. 하루는 엔두리가 이 지역 상공을 날아가다가 잠시 쉬어가려고 쥐고 있던 흙을 조금 뿌렸다. 마침 그 흙에는 자잘한 돌멩이들이 섞여 있었다. 그 돌멩이들이 산마루마다 우뚝우뚝 솟은 바위 더미가 되었다. 우데게는 용의 등뼈가 그렇게 만들어졌다고 생각한다.

고지에서 내려다보는 산맥은 서늘하다. 줄기줄기 갈라진 맥들의 옹골찬 기운이 시원하게 뻗어 있고 푸른 근육 사이로 솟은 산마루마다 거대한 바위 더미가 즐비하다. 커다란 용이 죽어 가죽과 살은 자연으로 돌아가고 굵직한 등골뼈들만 남아 잠을 자듯 길게 이어져 있다. 대지 깊이 묻힌 심장은 아직도 살아 있어 용틀임치는 산맥을 따라 힘찬 고동을 울리고, 산맥 발치에는 핏줄처럼 뻗은 푸른 강들이 물비늘을 반짝이며 원시의 맥박을 흘린다.

• 몽골-만주-한국과 같은 알타이계 퉁구스 민족들은 자신들이 하늘의 자손이라고 믿는다. 우데게는 하늘의 신을 엔두리Enduri, 몽골 사람들은 텡그리Tenggri라고 부른다.

용의 등뼈에는 우데게의 신앙이 전해져 온다. 하늘의 신, 엔두리는 하늘과 땅의 기운을 연결하기 위해 왕대를 세상에 내려보낸다. 왕대들은 엔두리가 보낸 숲의 소통자로서 대대로 용의 등뼈에서 태어난다. 광활한 산맥을 떠돌며 숲을 조화롭게 다스리다 생을 마감할 때가 되면 용의 등뼈 어딘가에 있는 자신이 태어난 굴로 돌아간다. 태어난 굴에서 이승에서의 삶을 마치면 날개를 단 용의 정령이 되어 엔두리 곁으로 날아간다.

이런 믿음은 우데게가 자신들의 용을 그릴 때도 나타난다. 우데게의 용은 호랑이의 몸체에 튼튼한 네발을 가졌다. 몸통은 호랑이털로 덮여 있고 두 개의 커다란 날개가 달려 있다. 호랑이 몸체에 튼튼한 네발은 숲의 지배자를 상징하고 커다란 두 날개는 하늘의 자손임을 뜻한다.[*] 이승에서 삶을 마친 왕대가 하늘로 올라가면 땅과 하늘의 기운이 연결된다. 엔두리의 사자使者로서 왕대의 임무는 그제야 끝난다.

오래전 시베리아에 살던 북방 민족들이 남하하면서 만주와 한반도에 터를 잡고 살고 있던 토착세력과 주도권 다툼이 벌어졌

---

[*] 반면 중화민족의 용은 뱀처럼 긴 몸체를 가졌다. 몸체는 물고기의 비늘로 덮여 있고, 퇴화한 두 다리에 날개는 없다. 퇴화한 두 다리와 물고기의 비늘은 물을 의미하며, 강과 비를 다스려 풍작을 기원하는 농경민족을 상징한다. 고구려 벽화, 사신도四神圖의 청룡은 수렵민족과 농경민족의 특징을 반씩 나눠 가졌다. 호랑이보다는 길고 뱀보다는 짧은 몸체, 뭍짐승의 튼튼한 네발과 물을 의미하는 비늘을 동시에 가졌다. 천손민족天孫民族을 상징하는 큰 날개를 저어 비를 불러오는 구름 사이로 날아간다.

다. 뒤늦게 남하한 북방 세력은 시베리아에서 제일 힘센 곰을 토템으로 믿고 있었고, 토착 세력은 만주와 연해주, 한반도에서 가장 힘이 센 호랑이를 숭배했다. 두 세력이 충돌하여 토착 세력이 이기면 호랑이를 숭배하게 되었고, 북방 세력이 이기면 곰을 숭배하게 되었다. 일부에서는 두 문화가 서로 융합되면서 호랑이와 곰을 동시에 숭배하기도 했다.

단군신화에 곰과 호랑이가 등장하듯이, 이 지역 샤먼들은 지금도 곰과 호랑이로 분장하여 서로 대결하는 의식을 벌인다. 곰으로 분장한 샤먼을 '마파'라 부르고 호랑이로 분장한 샤먼을 '꾸찌 마파'라 부르는데, 곰 부족의 의식에서는 마파가 이기고 호랑이 부족의 의식에서는 꾸찌 마파가 이긴다. 곰과 호랑이 숭배 사상이 서로 다투고 융합하면서 동북아시아의 토테미즘을 형성해 왔다.

5년 전까지만 해도 라조 지역에는 전설적인 호랑이 한 마리가 살았다. 우데게들이 '꾸찌 마파'라고 불렀던 꼬리 이전의 왕대다. 한번은 산지기 유라가 커다란 발자국을 발견했다. 유라는 곰 발자국인 줄 알고 그냥 지나쳤다. 뒤따라 오던 발로쟈도 처음에는 곰인 줄 알았다. 그런데 다시 보니 어마어마하게 큰 호랑이 발자국이었다. 재보진 않았지만 앞발 볼의 너비가 14센티미터에 가까워 보였다고 했다. 그 발자국의 주인이 바로 꾸찌 마파였다. 과거에는 이렇게 장대한 호랑이가 가끔 나타났다고 한다.

꾸찌 마파는 그 외모와 행동으로 이 지역에서 호랑이에 대한 많은 이야기를 만들어냈다. 오랜 산지기 경험과 기술로 러시아 산지기 대회에서 3위를 할 정도로 산에서 살기를 좋아하는 늙은 산지기 스테파노비치는 꾸찌 마파를 만난 적이 있다.

눈이 하염없이 내리던 어느 날, 스테파노비치는 고향 근처의 산길을 걷고 있었다. 숲을 가로지르던 꾸찌 마파가 먼저 늙은 산지기를 발견했다. 꾸찌 마파는 산길에 멈춰 서서 산지기를 가만히 바라보았다. 스테파노비치도 뒤늦게 호랑이를 발견했다. 엄청나게 큰 호랑이가 커다란 머리와 넓은 등으로 하얀 눈을 받으며 서 있었다. 산길 20미터 앞에서 숲을 가로지르던 자세 그대로, 고개만 돌려 자신을 우두커니 바라보고 있었다. 바라보는 눈빛이 무심했다. 그 눈빛과 마주치는 순간 스테파노비치는 아무 짓도 할 수 없었다고, 그래서 가만히 있었다고, 그래야만 할 것 같았다고 말했다. 한동안 늙은 산지기를 바라보던 꾸찌 마파는 시선을 거두고 가던 길을 묵묵히 걸어갔다.

숲에서 사람을 만났을 때 꾸찌 마파는 산중군자의 모습을 보였다고 한다. 덩치가 크고 외모가 출중해서 사람들도 그를 금방 알아봤다. 이 지역에 오랫동안 알려진 왕대였지만 한 번도 사람들에게 피해를 준 적이 없다. 꾸찌 마파의 흔적이 사라진 뒤, 산지기들은 그가 자신이 태어난 용의 등뼈 어딘가에서 생을 마쳤을 거라고 이야기했다.

꼬리는 검은산 정상으로 향했다. 정상에는 발해 시대에 사용했다는, 봉화대처럼 생긴 바위투성이 제단 흔적이 있다. 발해의 후

예들이 하늘의 신에게 제사 지내던 곳이다. 제단 비석 바위에서 호랑이 오줌 냄새가 독하게 났다. 왕대들이 늘 찾던 영역표시의 그랜드 마커Grand Marker● 중 하나이니 꼬리가 흔적을 남기는 것은 당연하다. 하지만 일반적인 영역표시와는 달리 그 흔적이 강렬하다. 바위 앞면뿐만 아니라 뒷면까지 오줌을 흠뻑 뿌렸고 목덜미 털까지 온통 묻혀놓았다. 꼬리보다 먼저 지나간 호랑이의 오줌 냄새가 마음에 들지 않은 모양이다. 주변을 살펴보니 이끼와 자갈로 덮인 땅을 파헤쳐 그 위에 배설물을 남긴 호랑이 스탬프 흔적이 두 개 있었다. 하나는 긁힌 길이가 50센티미터 정도로 짧지만 깊게 팬 묵은 스탬프였다. 그 위에 사다리꼴 모양의 호랑이 발자국이 찍혀 있었다. 그 옆에는 얕지만 1미터 정도로 기다란 새로운 스탬프가 나 있었다. 하쟈인이 먼저 지나갔고 꼬리가 뒤이어 지나갔다. 꼬리는 자신의 흔적으로 하쟈인의 흔적을 덮기도 하고 새로 만들기도 하며 부지런히 영역표시를 해나갔다. 그 흔적들에서 신경질적인 경쟁의식이 보였다.

검은산을 넘어 꼬리는 하염없이 어디론가 걷고 있었다. 걷고 있다는 것만이 그에게 위안인 것 같았다. 그러다 어느 순간 체르노 마을 쪽으로 방향을 잡았다. 체르노 마을 인근에는 요즘 들개들의 출몰이 잦았다. 들개들은 늑대처럼 무리를 지어 체르노 마

● 아름드리 나무나 우뚝 솟은 바위처럼 야생호랑이들이 들르면 꼭 영역표시를 하는 한 지역에서 가장 인상적인 자연물.

을 인근 쓰레기장을 뒤지고 가축을 습격했다. 이 개들을 관찰하고 파악하기 위해 체르노 마을로 내려가는 길목에 무인 카메라를 설치해 두었다. 꼬리는 그 길목으로 가고 있었다.

오솔길을 따라 길목으로 들어서자 멀리 오솔길로 기울어진 아름드리 잣나무가 보였다. 나무가 하도 커서 짐승들이 다니며 자주 영역표시를 하는 곳이다. 그 나무 뒤 작은 나무 둥치 사이에 소형 무인 카메라를 한 달 전부터 숨겨두었다.

카메라의 타임 코드를 보자 뭔가 많이 촬영되었다. 화면을 처음부터 돌려 보았다. 여러 마리 개들이 지나갔다. 앞장선 개는 덩치가 큰 흑갈빛이었는데, 체고도 높고 몸통도 기다란 게 동시베리안 라이카의 혼혈종 같았다. 그 뒤로 체고는 높지만 몸통이 짧은 서시베리안 라이카 스타일의 개들과 함께 귀가 늘어진 잡종개, 흔한 동네 점박이 개 등 여러 마리가 무리 지어 지나갔다. 모두 여덟 마리였다. 이 개들이 요즘 체르노 마을을 괴롭히고 있다.

화면을 계속 돌려 보았다. 바람에 흔들린 나뭇가지나 봄비에 오작동한 화면만 며칠째 나오다가 멀리서 어떤 무리가 잣나무 쪽으로 다가왔다. 커다란 멧돼지 네 마리였다. 멧돼지들은 주둥이 사이로 굵게 삐져나온 어금니로 잣나무 둥치를 한가롭게 긁다가 번갈아 가며 등짝을 잣나무에 박박 비비더니 천천히 가던 길로 사라졌다. 또 며칠이 지난 새벽, 커다란 불곰 한 마리가 어슬렁어슬렁 기어왔다. 덩치가 엄청나게 큰 수곰이었다. 수곰은 잣나무로 다가오더니 기다란 두 앞발을 잣나무 둥치 높이 걸치고 주욱 긁어내려 발톱 자국을 남겼다. 그걸 여러 번 반복하다가 뒷발로 일어서서 제 등짝을 나무둥치 아래위 좌우로 마구 비벼 털을 남겼다. 그러곤 일어선 채로 입을 헤 벌리고 고개를 좌우로 흔들어대더니 앞발을 털썩 내려 어슬렁어슬렁 기어갔다.

수곰이 지나간 다음 날 꼬리가 왔다. 밝은 곳에선 처음 보는 꼬리의 모습이었다. 첫인상이 멀리서 보기에도 중장비 덩어리처럼 장대했고, 숲이 자신의 것인 양 편안해 보였다. 늙은 호박만 한 머리를 성성한 갈기가 둘러쌌고 우람한 어깨뼈는 불쑥 솟아올라 바위처럼 널찍한 등판으로 흘러내렸다. 그 뒤로 길게 내려뜨린 꼬리는 끝만 살짝 치켜세운 채 터벅터벅 걸어왔다. 느리지도 빠르지도 않은 발걸음은 크고 묵직했으며 걸음을 옮길 때마다 좌우로 슬쩍슬쩍 흔들리는 얼굴과 그 속의 커다란 눈동자는 무심한 듯 깊었다. 꼬리의 풍모에는 깊이가 있었고 걸음에는 무게가 있었다.

그러나 안개가 걷히면 서서히 제 모습이 드러나듯 잣나무로 다가와 자세히 보일수록 꼬리의 모습이 달라졌다. 성성한 갈기털은 짚북데기처럼 가스러졌고 뱃가죽은 늘어져 아래로 처졌으며 우람한 골격을 뒤덮은 줄무늬 털도 윤기 없이 빛이 바래 푸석했다. 무심한 눈동자는 깊었지만 한편으론 허해 보였고, 호흡이 가쁜 듯 입을 약간 벌린 채 굵은 앞발은 내디딜 때마다 발목이 꺾여 발가락이 지면을 슬쩍슬쩍 건드렸다. 왕대였지만 눈빛과 몸짓에서 세월이 묻어나는 늙은 호랑이였다.

꼬리는 잣나무 앞에 멈춰 서서 냄새를 맡더니 앞발을 번쩍 들어 신경질적으로 긁어내렸다. 호랑이가 영역표시를 하는 나무에 지나가던 곰이나 멧돼지가 몇 자 끼적거리기라도 하면 사달이 난다. 호랑이는 그 나무에 온통 발톱을 휘갈겨 다른 종족에 대한 본능적인 부정의 뜻을 강력한 경고로 남긴다. 호랑이는 이런 일을 짜증스럽게 받아들이지만, 다 자란 수곰이나 멧돼지는 호랑이에게도 무시 못 할 존재다. 우수리 숲의 영역을 은근슬쩍 다투는 호락호락하지 않은 관계인 것이다. 특히 풋내기 호랑이가 산전수전 다 겪은 수곰이나 멧돼지를 사냥할 때 방심하다간 큰코다친다.

꼬리는 짜증스러운 발톱 자국을 남긴 뒤 뒤돌아서서 스프레이처럼 오줌을 뿌리고 터벅터벅 화면에서 사라졌다. 잠시 후 또 한 마리의 호랑이가 걸어왔다. 덩치가 작은 젊은 암호랑이였다. 걸음걸이가 사뿐거렸고 눈동자가 생글생글 맑았다. 조선곡의 소금절벽 윗길에서 보았던 암호랑이 같았다. 젊은 암호랑이는 꼬리가 잣나무에 남긴 오줌 냄새를 맡고 발톱 흔적을 보더니 뒤로 멀찍이 물러섰다. 그러곤 맹렬하게 달려와 잣나무로 점프를 했다. 점프한 상태로 앞발을 한껏 펼쳐 잣나무 둥치를 위에서 아래로 긁어내렸다. 처음 보는 특이한 행동이었다. 점프를 해서까지 꼬리가 남긴 발톱 자국 위에 자신의 발톱 자국을 남기려는 것은 알겠는데 굳이 암호랑이가 그래야 하는 이유가 뭘까? 장난기 많은 젊은 호랑이의 단순한 유희일까? 지나온 세월 위에 새로운 세월을 덧씌워 종족을 이어가려는 맹수의 본능일까? 아니면 이 호랑이도 곰과 멧돼지의 흔적이 짜증 나는 걸까? 잣나무 둥치 냄새를 맡으며 두리번거리던 젊은 암호랑이도 오줌을 슬쩍 뿌리고 꼬리가 사라진 곳으로 사라졌다.

개구리매 한 마리가 바람을 타고 미끄러지다 수풀이 흔들리는 들판으로 곤두박질쳤다. 산밑의 언덕을 널찍이 깎아낸 곳에 온갖 쓰레기들이 널려 있었다. 대를 이어 버리고 방치한 듯 운동장만 한 곳이 모두 쓰레기였다. 폐지와 비닐들이 날아다녔고 다 떨어진 옷가지와 신발 조각들에서 드문드문 연기가 피어올랐다. 불타버린 자동차 껍데기와 폐타이어 위에는 까마귀들이 떼 지어 앉아 있다가, 다가가자 까옥거리며 날아올랐다. 뱀딸기 넝쿨이 무성한 저쪽 구석에서는 들개들이 먹이를 찾은 듯 모여서 으르렁거리다가 사람이 나타나자 줄지어 산 위로 도망쳤다. 들개들이 머물던 곳으로 까마귀들이 앞다투어 내려앉았다.

뱀딸기 넝쿨 무성한 이 쓰레기장을 꼬리가 찾아왔다. 쓰레기장 이곳저곳을 기웃거리며 한동안 머물렀다. 썩은 음식물 더미도 쑤석거렸고 죽은 까마귀 사체도 건드렸으며 빨강으로 타오른 뱀딸기도 따 먹다 말고 뱉었다. 이 을씨년스러운 풍경 속에 텅 빈 듯 허한 눈동자를 가진 맹수가 들개나 까마귀처럼 배회하며 인간이 버린 찌꺼기를 은밀히 뒤지고 다녔다.

나눠 먹을 사슴도, 같이 지낼 가족도 없이 낯선 종족의 경계를 기웃거리는 꼬리는 어떤 기분이었을까? 젊음에 대한 상실감과 그리움이 한 생명을 얼마나 약하게 만들 수 있을까? 마저 살아갈 힘을 또 얼마나 빼앗아버릴까? 꽃은 다시 피지만 젊음은 다시 오지 않는다. 이런 삶도 어느 순간 끝날 것이다. 그럼에도 꼬리는 그것을 견뎌내며 살아가고 있다. 그 갈등과 번민의 흔적이 꼬리의 배설물에 섞여 나온 개구리 물갈퀴와 알 껍데기, 그리고 이 쓰레기장의 발자국에 묻어 있다. 꾸찌 마파도 생의 마지막에 개구리를 잡기 위해 개울가를 뛰어다니고 메뚜기를 찾기 위해 풀숲을 헤치고 다녔을지 모른다. 하지만 민가로 내려와 가축을 습격하지는 않았다. 나는 꼬리가 꾸찌 마파처럼 자신의 삶을 조용히 마감하기를 바랐다. 갈등과 번민을 갈무리하고 견뎌내다 어느 한 순간 삶이 끝날 때, 그것을 자연스럽게 받아들이기를 바랐다.

안
개

날씨가 흐려서인지 기분이 우울했다. 잿빛 하늘에서 무거운 구름이 거위털처럼 내려앉고 제비들이 음울한 들판을 낮게 날아다녔다. 늦은 아침까지 맺혀 있는 잡초의 이슬들, 습기를 머금어 고개 숙인 이파리, 주인은 간데없이 늘어진 거미줄… 큰비가 내린다는 징조였다.

작은 강을 낀 숲이 아담한 개활지를 빙 둘러싸고 있었다. 체르노 목장은 숲속의 나무를 베어내고 만든 작은 들판의 입구에 있었다. 말을 풀어놓고 키우는 방목장으로, 운동장만 한 공터에 울타리를 쳐놓았고 울타리 문은 늘 열어두어서 말들이 언제든 들판으로 나가 놀다가 배가 고프면 울타리 안으로 들어와 건초와 사료를 먹을 수 있게 해놓았다.

어젯밤 맹수가 이 목장의 말을 습격했다. 아침에 연락을 받고

왔을 때 이미 죽은 말 한 마리가 널브러져 있었다. 밤색의 커다란 암말이었는데, 목이 끊어져 머리는 숲속에 버려져 있었고 배가 부풀어 오른 몸통은 들판과 숲이 만나는 경계 지점에 누워 있었다. 엉덩이 부분을 많이 뜯어 먹었다. 엉덩이에서 빠져나온 기다란 창자는 먹다가 버려두었는데 그곳에서 피비린내가 났다. 목통이 통째로 끊어져 송곳니 자국이 보이진 않았지만 말의 몸통에 상처가 없는 것으로 봐서 목을 물어 죽인 것 같았다. 첫눈에 호랑이의 짓으로 보였으나 말을 뜯어 먹은 방식이 특이했다. 엉덩이를 뜯어 먹다 말고 목을 끊어서 뜯어 먹었는데, 시베리아호랑이는 사냥한 동물을 이런 식으로 뜯어 먹지 않는다.

떼를 지어 사냥하는 늑대나 들개는 사냥감을 잡으면 모두가 한꺼번에 덤벼들어 갈기갈기 찢어놓는다. 곰도 뜯어 먹는 부위가 입 닿는 대로라 상처 자국이 여기저기 난잡하게 남는다. 그러나 호랑이는 어김없이 엉덩이부터 뜯어 먹는다. 큰 동물을 잡으면 며칠에 걸쳐 나눠 먹어야 하는 탓에 여름철에는 부패하기에 십상이다. 그중에서도 내장이 가장 먼저 부패한다. 그것을 잘 알고 있는 호랑이는 내장을 빨리 꺼내기 위해 사냥한 동물의 엉덩이부터 뜯어 먹는다. 암말을 죽인 맹수도 엉덩이를 뜯어 먹고 창자를 빼냈다. 그런데 엉덩이를 먹다 말고 또 목을 잘라 먹었다.

들판 너머에 번개가 내리는 것을 시작으로 하늘이 마침내 본색을 드러냈다. 조사를 중단하고 목장 오두막으로 뛰어들었다.

참으로 대단한 폭우였다. 숲을 찌그러뜨리고 돌아온 천둥의 메아리가 오두막을 흔들었고 거센 빗줄기가 창문을 두드렸다. 물방울이 미끄러져 다른 물방울과 합쳐지며 금세 유리창을 폭포수처럼 적셨다. 지붕에선 고드름 같은 낙숫물이 떨어졌다. 들판을 뛰어다니던 말들이 마구간으로 들어와 투레질하며 몸통을 적신 빗물을 핥았다. 몇 마리는 숲과 울타리 사이에 서 있는 커다란 참피나무 아래에서 쏟아지는 비를 피하며 이쪽을 물끄러미 바라보았다. 뿌옇게 변한 들판 건너 숲에도, 흐릿한 숲속의 강에도, 검붉은 암말의 창자에도 비가 내려 적셨다. 말을 죽인 생명도 숲속 어딘가에서 비를 맞으며 서성이고 있을 것이다.

아침에 시작한 폭우는 매시간 같은 양으로 쏟아지다 오후가 돼서야 기세가 꺾였다. 서서히 가랑비로 바뀌더니 오락가락하다 그쳤다. 숲가의 싸리와 참조팝나무들이 늘어졌고 그 위를 타오르며 피기 시작한 메꽃도 뭉그러졌다. 다시 들판으로 나간 말들은 비에 젖은 풀을 헤집고 돌아다녔다. 젖은 땅에서 말똥 냄새가 피어올랐다. 맹수의 흔적은 모두 씻겨나갔다. 확인된 발자국도 없고 뜯어 먹은 방식도 평범하지 않았다. 비 온 뒤의 질척임처럼 마음이 어수선했다.

죽은 말의 축축한 몸통에서 뿌연 김이 올라왔다. 널브러진 창자도 젖어 비린내가 낮게 깔려 돌아다녔다. 흩어진 창자와 말머리를 수거해 수레에 실었다. 길게 구불거리는 창자가 부풀어서 수레가 꽉 찼다. 말 머리와 창자는 치우고 묵직한 몸통은 그대로

71

둔 채 대포 폭죽을 설치한 다음, 50미터쯤 떨어진 곳에 잠복텐트를 쳤다.

목장 주인과 함께 들판을 돌아다니는 말들을 울타리 안으로 몰아넣었다. 대부분의 말들은 순순히 울타리 안으로 들어갔으나 일부 야성이 풀린 말들은 말을 듣지 않았다. 그런 말들이 서너 마리였는데 그 사이에도 우두머리가 있는지 한 마리만을 따라다녔다. 오후 내내 몰았으나 결국 가두지 못했다. 나는 장비를 챙겨 산지기 대장 발로쟈와 함께 잠복텐트로 들어갔다. 말을 죽인 범인이 오늘 밤 돌아올 것이다. 죽여서 먹다 만 말을 마저 먹으려고 이곳으로 오겠지만 우리의 낌새를 알아챘다면 다른 말을 공격할지도 모른다. 이곳에서 야영하며 가끔 순찰을 돌기로 했다.

바람의 미약한 기류가 비 갠 후의 들판에 인다. 짙은 안개 더미들은 느릿하니 물기 젖은 공터를 미끄러진다. 미끄러지며 뭉실뭉실 뭉치고 뭉친 뒤에서 다시 피어나 천천히 미끄러진다. 이런 곳에서는 시간도 무거워 느릿하게 느껴진다. 안개는 순식간에 강을 건너와 들판을 삼켰고 골짜기 안을 누비며 젖은 솜처럼 가라앉았다. 안개가 뭉치고 겹쳐서 죽은 말의 몸통이 보이지 않았고 텐트 앞의 나뭇가지마저 어렴풋했다. 숨을 막히게 한다거나 머리를 어질거리게 하는, 그런 독성은 없지만 낮게 착 가라앉아서 스며들고 감싸면서도 흠뻑 달라붙는 한대지방 특유의 여름 안개였다.

안개 속에서 말 울음소리가 들려왔다. 말들은 냄새와 울음으로 서로를 확인하며 간밤의 불안과 비 내린 다음의 불편을 털어냈다. 날이 어두워지면서 말들이 조용해졌다. 안개 너머에 달이 떠올라 안개 더미가 천천히 돌아다니는 모습이 보였다. 젖은 나뭇잎에 습기가 고여 물방울이 하나씩 떨어졌다.

어둠 속에서 나뭇가지 부러지는 소리가 났다. 누군가 바닥에 떨어진 잔가지를 밟으며 숲속을 걷고 있다. 숲가의 싸리나무에 얽힌 덩굴 식물이 움찔거렸다. 잠시 후 시커먼 덩치 하나가 덤불 사이로 기어 나왔다. 덩치는 죽은 말을 향해 다가가다 멈칫하더니 냄새를 맡으며 한 바퀴 빙 돌았다. 한동안 고개를 들어 갸웃거리다 결국 말의 주검에 달려들었다. 이내 가죽이 찢어지고 뼈 부러지는 소리가 들려왔다. 한 번 붙은 덩치는 주둥이를 처박고 살코기에서 떨어질 줄을 몰랐다. 커다란 덩치로 말의 몸통을 있는 힘껏 당기며 살점을 뜯는데도 폭죽이 터지지 않았다. 뇌관의 화약이 습기에 젖은 모양이었다. 살며시 야간 렌즈를 켰다. 뷰파인더에 뿌연 빛이 들어오며 화면이 밝아졌다. 카메라와 연결된 모니터를 보고 있던 산지기 발로쟈가 먼저 속삭였다.

"메드베제, 히말라야스키!(곰이야, 반달곰이야!)"

뿌연 안개 속에서 어렴풋이 비치는 실루엣이 커다란 곰의 형체였다. 몸을 돌려 말의 몸통을 당길 때 가슴에 박힌 하얀 반달무늬가 흐릿하게 보였다. 어쩐지 숲을 걷고 덤불을 헤치며 기어 나올 때부터 남기는 소리가 씩씩하다 했었다. 호랑이라면 훨씬 더 은밀하게 움직였을 것이다. 말을 죽인 범인은 이 반달곰 같았다. 말을 죽인 뒤 엉덩이 부위를 먹다 말고 목통을 잘라 먹은 것도 이해가 됐다. 그러나 다시 생각해 보니 역시 이상했다. 불곰이 소나 말을 죽였다는 이야기는 들어봤지만 덩치가 불곰의 반밖에 안 되는 반달곰이 양이나 염소도 아니고 다 자란 말을 죽였다는 이야기는 들어본 적이 없다. 발로쟈도 고개를 가로저었다. 게다가 뜯어 먹은 자국 외에 공격한 다른 자국이 없다. 곰은 큰 동물을 죽일 때 갈퀴 같은 발톱으로 할퀴고 날카로운 이빨로 물어뜯어 지저분한 자국을 여기저기 많이 남긴다. 불곰이 사냥한 야생말의 사체를 쿠나시르 섬*에서 본 적이 있는데 온몸이 상처투성이였다.

지나가던 곰인 것 같다. 안개를 타고 낮게 흐르는 피 냄새를 맡았던 모양이다. 원래 그들의 영역을 인간이 침범한 것이라 하더라도 야생동물이 인간의 구조물 근처를 얼쩡거리는 것은 좋지 않다. 인간 주변을 돌아다니며 얻어먹다 보면 자꾸 찾아오게 되고, 결국 죽임을 당한다. 인간은 자연을 자신의 것으로 생각하기에 야생동물의 그런 행동을 용납하지 않는다. 다시는 오지 않도록 곰을 쫓아버리기로 했다.

발로쟈와 함께 텐트를 열고 밖으로 나왔다. 달이 떴는데도 안개가 자욱해서 곰의 형체가 어렴풋했다. 폭죽을 든 발로쟈와 나란히 서서 발자국 소리를 요란하게 내며 곰에게 다가갔다. 살점

---

* 러시아와 일본이 영토분쟁 중인 북방 4개 섬 중 하나로 쿠릴열도 초입에 있다. 이 섬에는 2차 세계대전 당시 일본군이 버리고 간 군마가 야생화되어 살고 있는데, 불곰이 가끔 야생마를 습격한다.

을 열심히 뜯던 곰이 뒷발로 벌떡 일어서서 우리를 쳐다보았다. 안개 때문에 잘 안 보이는지 오히려 우리 쪽으로 두어 발 다가오며 코를 벌렁댔다. 갑자기 플래시를 비췄다. 시커먼 털로 덮인 주둥이에 한 덩이 살점을 물고 있었다. 그제야 곰은 깜짝 놀란 표정으로 주춤주춤 물러서더니 우리를 향해 크게 울부짖었다. 이내 돌아서서 네 발로 껑충거리며 있는 힘껏 숲으로 달려갔다.

안개가 달라붙어 얼굴과 손등이 금세 축축해졌다. 나온 김에 목장 울타리를 따라 한 바퀴 순찰을 돌았다. 수십 킬로미터에 걸친 안개는 목장과 개활지를 고요히 파묻었다. 디딜 땅이 잘 보이지 않아 땅의 촉감도 느껴지지 않았고 걸음을 뗄 때마다 덜컥거리기만 했다. 흐릿한 말들의 윤곽이, 어두컴컴한 비가림막이 지붕 밑에서 소곤거렸다. 끼리끼리 모인 말들 사이를 안개가 스멀스멀 누비며 이동했다. 이따금 푸르르 콧김 뿜는 소리, 꼬리를 휘둘러 모기 쫓는 소리, 사료통 뒤적이는 소리가 들려왔다. 가축이라 플래시 불빛을 비춰도 놀라지 않고 차분했다.

돌아서 나오는데 숲과 울타리 사이에 있는 참피나무 아래에서 형광 불빛이 은은하게 빛났다. 걸음을 멈췄다. 동물의 눈에서 나오는 인광이었다. 오싹해지며 한기가 흘렀다. 불빛은 한 개가 아니라 여러 개였다. 번갈아 가며 다른 쪽으로 눈을 돌렸다가 다시 우리를 바라보았다. 참피나무까지는 제법 먼 데다 짙은 안개에 휘감겨 형체는 보이지 않고 거뭇한 윤곽만 가끔 어른거렸다. 바람이 설렁이며 안개를 슬쩍 흔들자 참피나무가 잠시 드러났다. 서너 마리 말들이 물끄러미 이쪽을 바라보고 있었다. 작은 투레질을 하다가 가끔 입김을 내뿜었다. 울타리로 몰아넣지 못한 말들이었다. 두근거리던 가슴의 맥이 가라앉았다. 빛의 양과 입사 각도의 미묘한 차이 때문일까? 동물의 눈동자는 어떤 때는 플래시를 비춰도 빛을 내지 않다가 어떤 땐 미약한 달빛에도 둥그런 인광을 발산한다. 말들은 참피나무 아래에서 달빛 젖은 안개에 휩싸여 눈을 빛냈다.

잠복텐트로 돌아와 잠시 눈을 붙였다. 호젓하게 흐르는 강물 소리가 가라앉는 의식 속으로 천천히 멀어졌다 가까워지기를 반복했다.

새벽 2시, 말 울음소리에 깨어났다. 울음소리가 소란스러운 게 심상치 않았다. 울타리 안의 말들인지 울타리로 몰아넣지 못한 서너 마리 말들인지 목장 쪽에서 웅성거리고 있었다. 발로쟈와 함께 폭죽을 챙겨서 텐트를 나섰다. 강이 끊임없이 토해낸 안개가 들판을 자욱하게 채워 걸음을 옮길 때마다 무릎 언저리에 뿌옇게 휘감겼다. 방향을 가늠하기 어려워 말 울음소리 나는 곳을 목표로 천천히 걸었다. 한참을 걸어가자 나무 울타리 곁에 서 있는 말들이 어슴푸레 보였다. 참피나무 쪽에 있던 말들이 울타리 주변으로 옮겨와 불안한 기색으로 서성이고 있었다. 앞발을 번쩍 치켜들며 신경을 곤두세우다가 참피나무 쪽을 향해 다급한 투레질과 경계의 콧소리를 질렀다.

참피나무 뒤에서 물 묻은 풀을 스치는 미약한 소리가 들렸다. 다시 조용해졌다. 어둠 저쪽에서 누군가가 나를 바라보는 기운이 느껴졌다. 발로쟈를 쳐다보았다. 발로쟈도 긴장하며 어둠 속을 뚫어지게 쳐다만 보고 있었다. 말들도 잔뜩 겁을 먹고 참피나무를 향해 귀를 쫑긋거렸다. 그때 다시 소리가 들리더니 참피나무 뒤에서 시커먼 물체가 스멀거렸다. 물체는 참피나무 뒤에 멈춰 서서 우리를 가만히 바라보았다. 안개가 갈라진 틈새로 금색이 감도는 두 개의 형광 불빛이 은은하게 퍼져 나왔다.

가만히 있던 형광 불빛이 소리 없이 우리 쪽으로 다가오기 시작했다. 안개가 짙어 형체는 보이지 않았지만 조그맣던 금색의 형광 불빛이 다가올수록 점점 커졌다. 말들이 히힝 울며 울타리를 따라 도망쳤다. 말들이 소란을 피우자 다가오던 불빛이 다시 멈춰 섰다. 나를 바라보는 두 개의 형광 불빛 사이로 얼룩얼룩한 줄무늬가 보였다. 둥근 얼굴에 작은 귀를 씰룩거렸다. 호랑이였다. 심장이 격렬하게 두방망이질 쳤다. 발로쟈도 나도 플래시를 비출 생각도 못 하고 얼어붙은 채 가만히 서 있었다. 폭죽을 쥔 손아귀에 점점 더 힘이 들어갔다.

우리를 가만히 지켜보던 호랑이가 슬며시 옆을 바라보았다. 그쪽에서 발자국 소리가 나더니 훨씬 더 크고 형형하게 빛나는 불빛 두 개가 갑자기 나타났다. 큰 불빛은 작은 불빛 옆으로 다가와 우리를 바라보았다. 그러더니 곧 빠른 걸음으로 우리에게 다가왔다. 의식이 상상할 수 없이 빠른 속도로 날아다녔다. 모든 것이 순식간에 압축되었다가 다시 확장되는 느낌이랄까? 시간의 씨앗을 간직한 빅뱅의 세계에 들어와 있는 것 같았다. 나도 모르게 뒤로 물러섰다. 발로쟈도 주춤 물러섰다. 흐릿한 골격이 엄청 컸고 머리가 보름달같이 둥글었다. 그리고 눈빛은 투명하고 은은했다. 발로쟈가 급히 폭죽을 꺼내 뇌관을 당겼다. 대포 소리가 나지 않고 불꽃도 피어오르지 않았다. 연기만 무럭무럭 솟아났다. 불발이었다. 나도 폭죽을 당겼으나 연기만 피어올랐다. 뇌관이 안개에 젖어 모두 불발이었다. 안개에 산란된 형광 불빛이 커다래지며 점점 더 가까이 다가왔다. 우리는 다시 뒷걸음질 쳤다. 자세를 낮춰 느리지도 빠르지도 않게 구불구불 다가오는 호랑이의 윤곽이 희뿌연 안개 더미에 달빛까지 내려 푸르스름했다. 심장박동 소리가 쿵쾅거렸지만 정신은 명료해졌다. 다가오던 호랑이가 지척에 멈춰 서더니 우리를 가만히 바라보았다. 몇 발자국만 더 다가오면 코털이 닿을 정도로 가까웠다. 호박같이 큼직한 머리 가운데서 화등잔만 한 눈빛이 터져 나와 젖은 안개 속으로 은은하게 번졌다.

  죽음처럼 고요한 정적이 안개를 따라 흘렀다. 마음은 뒤돌아서 뛰고 싶었지만 시간이 정지한 듯 몸은 가만히 서 있었다. 발로쟈도 가만히 서 있었다. 호랑이도 마주 보며 가만히 서 있었다. 팽팽하게 주고받는 시선 사이로 안개 더미가 천천히 지나갔다. 그럴 때마다 호랑이의 형형한 눈빛이 슬며시 희미해졌다가 서서히 되살아났다. 뒤에서 또 한 마리의 호랑이가 스미듯이 다가와 큰 호랑이 옆에 섰다. 미동도 하지 않고 쳐다보는 네 개의 눈빛이 밝아졌다 흐려졌다 하며 잠깐의 시간이 지나갔다. 눈빛이 긴장하고 집중하고 있었다. 그러다 큰 호랑이가 코를 살짝 들어 숨을 들이켜며 우리의 냄새를 맡았다. 짙은 냉기 뒤에 온화함이 보이는 듯했다. 그러다 미간을 찌푸리고 양 입술을 슬쩍 당겨 올려 고드름 같은 송곳니를 내보였다. 경고의 표시였다. 7센티미터가 넘는 송곳니가 드러나자 다시 온몸이 오그라들었다.

울타리 안에서 말들이 울어대고 요동치다 사료통을 넘어뜨리는 소리가 들려왔다. 작은 호랑이가 고개를 돌려 울타리 안의 말들을 흘깃 쳐다보다 다시 슬며시 우리를 바라보았다. 그 화등잔에 부드러운 빛의 기운이 흘러 적의가 없어 보였다. '누구세요 목장 주인 같지는 않은데' 하는 호기심의 눈빛 같기도 했다. 작은 호랑이는 천천히 몸을 돌려 안개 속으로 조용히 사라졌다. 큰 호랑이만 남아 눈을 껌뻑거렸다. 화등잔이 꺼졌다 켜지는 것처럼 은은한 빛무리가 사라졌다 다시 나타나며 안개에 산란되어 퍼져나갔다. 안개 낀 정원의 수은등이나 푸른 달빛을 닮았다. 호랑이와의 거리가 너무 가까워 우리는 조금씩 뒷걸음질 쳤다. 호랑이는 물러나는 우리를 가만히 지켜보았다. 어느 정도 거리가 멀어지자 호랑이는 천천히 몸을 돌렸다. 수은등이 꺼지며 얼룩얼룩한 형체가 작은 호랑이가 사라진 방향으로 꿈틀거리며 멀어지다 사라졌다. 안개 더미만 스멀거렸다.

이런 종류의 만남은 돌발 사고와 달라서 몸속 깊은 곳을 관통하는 어떤 느낌이 있다. 위험이 닥칠지도 모른다는 사실을 자신도 모르게 몸으로 예측하고 늘 준비하고 있었기에 미지의 예감이 실제 눈앞에 다가온 순간, 온몸의 세포가 풍선처럼 부풀어 오르다 툭 터지며 어떤 느낌이 밀려온다. 그 순간은 명료하고 차분해서 시간이 느리게 가는 것처럼 느껴지며, 어떤 때는 '아, 카메라 전원을 꺼놓고 나올 걸 그랬나?' 같은 엉뚱한 생각이 들기도한다. 위험한 만남이 이루어진 상황과 그 상대에 대해, 옛날부터 익숙하게 지내온 듯한 느낌을 몸 전체로 받아 상대가 나의 느낌을 어떻게 받아들이는지까지 뚜렷하게 느낀다. 그러나 상대와 감성을 순조롭게 주고받지 못할 때는 만남은 없고 위험만 남아 단순히 온몸의 세포가 스스로 삶을 내려놓을 준비를 하는 것처럼 느껴진다.

　이 호랑이들은 우리를 해칠 의사가 없었다. 인간을 해쳐본 적도 없을 것이다. 동물들은 자기를 해치려는 사람인지 친구가 되고 싶어 하는 사람인지를 가려내는 눈이 있다. 어렸을 때 키웠던 누렁이도 그랬고 지금 같이 사는 고양이 금동이도 그렇다. 그들은 표시가 나지 않아도 적의를 가졌는지 호의를 가졌는지 용케 알아내고, 다가와 냄새를 맡거나 물러나 경계를 하곤 한다. 이 호랑이들도 말을 사냥하러 왔다가 우리의 방해를 받았으나 가까이 다가와 인간 종족임을 확인하고 경고의 송곳니만 보인 뒤 순순히 돌아갔다. 사람과 가축을 구분하여 행동했으며 상황을 있는 그대로 판단하고 인정할 줄 알았다. 다가오고 물러설 때의 침착한 움직임과 수은등처럼 껌뻑이던 살기 없는 눈빛에서 나는 그것을 느꼈다. 우리를 공격하려 했으면 얼마든지 했을 것이다. 안개에 젖은 밤인 데다 폭죽도 젖었으며 호랑이는 두 마리였다.

저 호랑이들의 핏속에 흐르는 여러 세대에 걸친 인간과의 투쟁 경험이 이 목장에서 되살아나 인간에 대한 두려움을 불러일으켰는지도 모른다. 아니면 이 숲에서 자신과 맞설 수 있는 유일한 동물에 대한 배려인지도 모른다. 그것도 아니면 지난번 목장의 소를 습격했을 때 맡은 인간의 냄새를 다시 맡아서 경계의 심리가 발동했는지도 모른다. 뭐든 간에 호랑이라는 종이 사람을 만나면 보이곤 하는 중도를 보여주었다. 피할 것인가 싸울 것인가 하는 두 가지 본능 중에서 어느 한쪽을 선택하는 대신, 다가와 확인한 후 조용히 물러서는 호랑이 종 특유의 중도를 선택했다. 아마도 안개 낀 밤이라 중도를 선택하기가 더 쉬웠을 것이다.

말을 뜯어 먹은 상태도 비로소 이해됐다. 먹을 입이 두 개였기 때문이었다. 한 마리는 엉덩이를 뜯어 먹었고 한 마리는 목을 뜯어 먹었다. 교대로 뜯어 먹기도 했을 것이다. 푸른 달빛처럼 빛나던 큰 호랑이의 눈빛이 비네스코 목장의 소를 죽이고 느릅나무 숲을 배회하던 꼬리의 눈빛과 겹쳤다. 골격이 우람하고 머리도 보름달처럼 컸다. 그러나 안개가 짙어 확인할 수가 없었다. 달빛 스민 안개에 휩싸이면 몸집이 부풀어 보일 수도 있다. 그리고 호랑이가 두 마리였다. 넘실거리는 안개와 그 속에서 빛나던 은은한 눈빛, 굴곡을 이루며 스멀거리던 몸짓, 모든 것이 뿌옇게 휩싸여 몽롱했다.

푸른 새벽이 다가왔다. 안개가 바람을 타고 산을 뭉클뭉클 휘감았지만 이내 대기를 따라 솟아오르며 희미해져 갔다. 멀리서 장닭 우는 소리가 들렸고 말들도 간밤의 불안을 털어내며 싱싱한 투레질을 했다. 어디선가 까마귀 몇 마리가 아침거리를 찾아 날아와 곰이 뜯어 먹던 말 사체 주변을 뛰어다니며 까옥거렸다. 안개를 감싸고 돌던 정적이 햇살의 소란스러움에 서서히 걷혀 나갔다.

지난밤 호랑이들은 참피나무 위쪽의 숲으로 접근했다. 들판으로 나오기 전 오래 머물며 목장을 살폈는지 숲 가장자리에 발자국이 많이 남아 있었다. 큰 발자국의 앞발 볼의 너비가 13.1센티미터, 밤의 예감이 맞았다. 커다란 머리 가운데서 둥그렇게 빛나던 그 눈빛은 겨우 낯을 익힌 정도였지만 어쩐지 익숙했다. 비네스코 목장에 이어 한 달 만에 꼬리가 다시 목장을 습격했다. 꼬리의 가축 습격이 습관화되고 있다. 작은 발자국의 발볼 너비는 9.4센티미터로 체르노 마을로 내려오는 길목의 무인 카메라에서 확인한 젊은 조선곡 암호랑이의 것과 같았다.

발자국은 실타래처럼 얽힌 오솔길을 정확히 구분하며 조선곡으로 넘어가는 산맥을 향했다. 반나절을 따라가자 조선곡 암호랑이가 남긴 배설물 자국이 나왔다. 뒷발로 70센티미터쯤 긁어낸 흙더미 위에 배설물이 놓여 있었는데, 울긋불긋한 핏자국이 섞여 있었다. 암호랑이가 발정 났을 때 나오는 분비물이었다. 기름처럼 가늘게 퍼진 분비물에서 묘한 냄새가 났다. 조선곡 암호랑이가 번식기를 맞았다. 수호랑이가 암호랑이와 어울려 다니는 것은 3~4년에 한 번씩 찾아오는 암호랑이의 번식기나, 번식기가 끝나고 태어난 자신의 새끼를 암호랑이가 데리고 다닐 때 가끔뿐이다. 꼬리는 조선곡 암호랑이와 신혼여행 중이었다. 갓 결혼한 신부를 데리고 결혼 예물을 찾아 목장으로 왔던 것이다. 꼬리는 많은 경쟁자를 물리치고 조선곡의 젊은 암호랑이를 차지했다. 여전히 이 지역의 왕대였다.

꼬리에겐 이것이 마지막 신혼여행일지도 모른다. 한 세대에 태어난 다양한 자손 가운데 생존과 번식에 가장 유리하도록 설계된 개체만이 다음 세대의 부모가 될 수 있다. 꼬리가 그랬고 이제 그 역할을 마쳐가고 있다.

자연은 공백을 두지 않아서 꼬리가 없어진다면 누군가 그 자리를 차지하고 그 역할을 대신할 것이다. 낡은 지속이 끝나야 새로운 미지가 시작된다. 그걸 알면서도 살아내야 하는 것이 삶이고 그러기 위해서는 먹어야 한다. 꼬리에게 암호랑이는 살아야 할 이유고 목장의 말은 먹고살 먹이다. 하지만 목장에는 포수나 밀렵꾼 같은 죽음의 천사가 도사린다. 목장으로 신혼여행을 온 것은 자신뿐만 아니라 암호랑이까지 죽음으로 인도하는 길이다. 대를 잇고 종족을 연속시키는 고귀한 신혼여행의 장소를 목장으로 택함으로써 먹이는 얻을 수 있겠으나 살아야 할 이유를 저버리고 있다. 죽음 때문에 삶을 내팽개쳐도 안 되지만 삶 때문에 죽음을 내팽개쳐도 안 된다. 그것이 자연에서 죽음이 삶을 끌어안고 삶이 죽음을 받아들이는 방식이다.

백두산 사슴

여름의 끝물은 들판 언저리부터 시작되었다. 들풀들의 더운 입김이 마른 냄새를 풍기기 시작하고 초가을 볕은 색 바랜 들꽃 위에 어른거리며 꽃잎을 태웠다. 교미를 끝내고 들풀 위에 앉은 잠자리들은 꼬리를 건드려도 날아갈 힘이 없고 마지막 꿀을 마신 나비들은 뒤집힌 몸으로 바닥에서 빙빙 돌았다. 어떤 나비들은 들꽃 위에 굳은 채로 이미 움직이지 않았고 개미들이 딱딱해진 그들의 날개와 다리를 하나씩 해체해서 끌고 갔다. 그런 와중에도 힘을 잃은 호랑나비와 제비나비, 먹나비들이 천천히 바람을 타며 이미 다른 나비들이 수없이 거쳐 간 꿀꽃들을 옮겨 다녔다.

　물새 씰룩이는 자갈밭을 강줄기가 나아갔다. 산을 헤치던 강줄기에 산그늘이 드리우자 빛들은 그늘을 피해 먼 줄기로 모여들었다. 줄기와 그늘 사이에서 은과 먹으로 뒤척이던 빛의 잔재들이 시간의 저쪽으로 일렁일렁 사라졌다. 태양이 지나간 강물 너머에서 백두산사슴의 울음소리가 들려왔다. 산을 넘어온 울음소리는 원시의 힘을 가득 담아 물비늘 위에서 출렁거렸다.

"옛날에는 이 계곡에 백두산사슴이 너무 많아서 우수리사슴을 다 쫓아냈다면서요. 지금은 백두산사슴이 별로 없는데도 우수리사슴이 보이지 않네요. 누가 쫓아냈을까요? 토끼일까요?"

나는 강변을 걸으며 혼잣말인 듯 의뭉스럽게 물었다.

"1년 내내 밀렵꾼들이 너무 많아. 백두산사슴이든 우수리사슴이든 보이는 대로 다 죽여버리지. 내 나이 빼고는 모든 것이 줄어들기만 하고 많아지는 것이 없어. 지키는 사람도 없고… 그래도 삶은 가고 있잖아?"

산지기 스테파노비치도 혼잣말인 듯 씁쓸한 얼굴로 말했다.

백두산사슴 무리는 넓지만 얕은 페리카트나야 강* 상류로 향하고 있었다. 앞서가던 산지기 발로쟈가 멈춰 섰다.

"늙은 수호랑이야."

강변에 찍힌 꼬리의 발자국도 상류로 향하고 있었다. 얼마 가지 않아 강변 모래사장에 백두산사슴들의 발자국이 어지럽게 흩

• 아메리카 계곡을 따라 흐르는 강으로 '넓지만 얕은'이란 뜻이다.

어져 있었다. 야생마들이 날뛴 것처럼 모래가 파여 있고 치달린 흔적이 줄을 지었다.

꼬리는 강변에 쓰러진 고목의 나무뿌리 뒤에 숨어 있었다. 그곳의 풀이 납작하게 눌려 있다. 둥근 거미줄이 쳐진 나무뿌리 사이로 자갈 섞인 강변 모래밭이 잘 내려다보였다. 번식기를 맞은 백두산사슴들이 지나다니는 길목이었다. 꼬리는 여기서 백두산사슴 수컷이 암컷을 부르는 우렁찬 소리를 들으며, 그 소리의 주인이 다가올 때까지 웅크리고 앉아 끈질기게 기다렸다.

말만 한 수컷이 살찐 엉덩이를 번들거리며 앞장서고 암컷들은 믿음직한 수컷을 따르며 마침내 강변 모래밭으로 백두산사슴 무리가 걸어왔을 때도, 꼬리는 움찔거리는 마음을 애써 누르고 무리가 가장 가까운 지점에 이를 때까지 기다렸을 것이다. 백두산사슴들이 눈앞에 커다랗게 들어왔을 때, 비로소 뛰어나갔다. 한 번, 두 번, 세 번. 모래사장에 찍힌 꼬리의 도약은 세 번에 그쳤다. 도약 세 번 만에 이미 거리가 벌어졌다.

꼬리는 어릴 때도 수없는 실패를 경험했을 것이다. 사냥에 실패할수록 사냥 기술도 늘어갔을 것이다. 그러나 지금은 다르다. 우두커니 서서 도망가는 백두산사슴들을 물끄러미 쳐다보다, 그들의 발자국 냄새를 한번 훅 맡고는 다시 터벅터벅 걸음을 옮기는 꼬리의 모습이 그려졌다. 백두산사슴을 따라가며 앞발로 모래밭을 끈 커다란 발자국이 무거워 보였다.

여름이 끝나가는 요즘, 꼬리의 발자국이 아메리카 계곡*에 자주 나타나고 있다. 검은산을 휘감고 들어가는 아메리카 계곡은 이 지역에서 가장 깊은 계곡으로, 9월만 되면 짝짓기를 하려는 백두산사슴들이 몰려드는 곳이다. 스테파노비치가 주변을 둘러보다 나뭇가지 같은 백두산사슴의 커다란 뿔을 주워 왔다. 오래전 암컷을 찾아 이곳에 왔다가 호랑이에게 당한 수컷의 해묵은 뿔이었다.

뿔의 주인은 있는 힘을 다해 발악했을 것이고 그의 비명에 계곡의 생물들은 숨을 죽였을 것이다. 새싹을 보면 그 속에서 낙엽 지는 소리가 들리듯, 뿔의 주인이 살아생전 내쉬었을 투쟁과 감성의 숨결이 흘러왔다. 살아 있는 것들의 미래가 뿔 달린 하얀 백골에 투영되었다. 이런 백골도 벌레들이 우글거리다 꽃들이 그 자리를 덮을 것이다.

페리카트나야 강을 따라 두어 시간쯤 더 올라가자 강물이 얕아지며 두 갈래로 산을 휘돌아 나왔다. 강 양쪽의 산맥이 강으로 내려오다 마주치는 곳이다. 강변에 자갈 섞인 모래사장이 잘 발달되어 있어 백두산사슴들이 뿔싸움을 하기 좋은 곳이다. 이곳을 길목으로 잡고 강변 덤불 속에 위장텐트를 설치했다. 여기로 백

---

* 과거 이 계곡에 살던 심마니들이 100년 묵은 산삼을 수십 뿌리씩 캤는데, 그때 심마니들이 미국 사람만큼 부자가 되었다고 해서 아메리카 계곡이라 부른다.

두산사슴을 유인할 것이다. 그러면 꼬리도 따라올 것이다.

말처럼 크다고 해서 마록馬鹿, 소처럼 누렇다고 해서 누렁이라고 불리는 백두산사슴이 가장 인상적일 때는 자연이 싱싱함을 잃기 시작하는 바로 이 시기, 구월의 번식철이다. 번식철이 되면 수컷들의 울음 경쟁이 시작된다. 암컷을 찾기 위해 온 숲을 헤집고 다니느라 그 크고 멋진 뿔에 푸른 넝쿨을 온통 휘감고는 강가에서 또는 절벽 위에서, 이미 차가워진 대기에 하얀 입김을 내뿜으며 목청껏 울음을 토해낸다.

푸른 산마루 위로 계곡 아래로 울려 퍼지는 그 울음소리는 우렁차고 숨이 막힐 듯 호흡이 길어서 처음 듣는 사람은 십중팔구 호랑이의 포효로 오인하고 제자리에 얼어붙고 만다. 그 소리가 설마 사슴의 울음소리라고는 상상도 하지 못한다. 이미 여러 번 들어서 누구의 울음소리인지 아는 사람도 잠시 걸음을 멈추고 감상하지 않을 수 없다. 수컷이 암컷을 부르는 감미로운 사랑의 세레나데는 다른 수컷의 울음소리가 끼어드는 순간 질투와 경쟁의 울부짖음이 되고 적의에 가득 찬 결투의 신청이 된다.

울음소리로도 우열을 가리지 못하면 이미 유혹한 암컷들을 거느리고 상대방을 찾아가서는, 암컷들이 지켜보는 앞에서 서로의 암컷들을 내걸고 건곤일척의 뿔싸움을 벌인다. 이때만큼은 호랑이가 오든 사냥꾼이 오든 신경을 끄고 용기백배하여 오직 경쟁자에게만 전의를 불태운다.

"으웨에에에– 으웨에에에–."

스테파노비치가 준비해 온 뿔고둥을 꺼내 힘차게 불었다.

"우웨에에에– 우웨에에에–."

황소의 비명소리 같기도 하고 타잔이 내지르는 소리를 증폭시킨 것 같기도 한 울음소리가 산을 넘어왔다. 한 번 더 뿔고둥 소리를 울려 보내자 상대가 더 거칠고 굵은 소리로 경쟁을 벌여온다. 고들빼기나 씀바귀, 바랭이로 포식한 사슴들이 숲속을 빈둥거리던 시절은 지나가고, 여름 내내 많은 먹이를 섭취하며 키운 목의 근육으로 경쟁자보다 더 크고 우렁찬 소리를 질러야 하는 계절이 찾아왔다. 그래야 많은 암컷들을 차지할 수 있다.

다 자란 수컷의 울음소리는 몇 킬로미터 밖에서도 들을 수 있는데, 소리가 굵고 거칠면 늙은 수컷이고 부드럽고 높으면 젊은 수컷이다. 지금 산 너머에서 들려오는 소리는 늙은 수컷의 울음소리지만 스테파노비치의 뿔고둥 소리는 음조가 높고 부드러운 젊은 수컷의 울음소리다. 젊은 수컷 소리를 흉내 내야 백두산사슴들이 잘 찾아온다. 젊은 수컷이 아무래도 노련한 수컷보다 상대하기 쉽기 때문이다.

새벽이 되자 기온이 뚝 떨어졌다. 잠복한 지 채 보름밖에 안 되었지만 숲의 분위기가 바뀌었다. 푸르던 여름 잎들이 울긋불긋한 색조로 치장을 시작하고 물 위를 떠다니던 야생오리들도 하나둘 자취를 감춘다. 우수리의 여름은 이렇게 갑자기 끝나버린다. 여름이 끝나면 짧은 가을을 거쳐 바로 겨울이 시작된다. 물과 공기의 온도 차이 때문에 물안개가 뿌옇게 피어올랐다.

"우웨에에에- 우웨에에에-."

백두산사슴의 울음소리가 다시 새벽 숲을 뒤흔들었다. 이번에는 그리 먼 곳이 아니다. 차가운 물로 목을 축인 스테파노비치가 힘차게 뿔고둥을 불었다. 뿔고둥의 웅장한 소리가 새벽 물안개를 타고 퍼져나가자 즉시 화답이 왔다. 백두산사슴의 울음소리는 점점 가까워졌다. 지금까지 뿔고둥으로 울음 경쟁을 몇 번 해보았지만 실제로 백두산사슴이 찾아온 적은 없었다. 스테파노비치가 뿔고둥을 더 열심히 불었다.

강 오른쪽 숲에서 갑자기 말 달리는 소리가 나더니 투실투실한 암컷 두 마리가 강물을 첨벙대며 건너왔다. 뒤이어 여섯 갈래 뿔을 가진 우람한 수컷이 자갈을 걷어차며 강물에 뛰어들었다. 백두산사슴은 뿔이 일고여덟 갈래까지 자라지만 요즘은 여섯 갈래 뿔도 보기 힘들다.

푸른 넝쿨을 뿔에 휘감은 수컷이 울음소리를 낸 경쟁자를 찾아 두리번거렸다. 콧김을 씩씩 내뿜으며 앞발로 물속 자갈을 긁어내는 근육이 말처럼 우람했다. 암컷들도 찔끔찔끔 오줌을 갈기며 울음소리가 난 덤불 속 위장텐트 쪽으로 다가왔다. 수컷은 애송이 경쟁자의 울음소리를 분명 들었는데 보이지가 않으니 이상한 모양이다.

스테파노비치가 다시 뿔고둥을 불자 수컷이 연이어 격렬한 울음을 터뜨린다. 생명력이 넘치는 수컷은 자연에 대한 자신의 의무를 다하려고 했지만 경쟁 상대가 보이지 않자 신경질이 나는지 오줌을 마구 흩뿌린다. 암컷들도 걸음을 멈추고 위장텐트 쪽을 갸웃갸웃 바라본다. 사슴들이 피워 올린 뿌연 콧김이 새벽 공기에 눌려 제자리를 맴돌았다. 강의 수면은 온통 물안개로 스멀거렸다.

백두산사슴을 바라보면서 언젠가 두만강 인근의 산중에서 조선 표범을 관찰하던 때가 떠올랐다. 수표범 두 마리가 격렬하게 싸우고 있었다. 그 광경을 암표범 한 마리가 바위 위에 앉아 내려다보고 있었다. 번식기를 맞은 암표범을 두고 두 수표범이 치열한 쟁탈전을 벌이고 있었다. 덤불 속에 같이 숨어서 몰래 지켜보던 러시아 산지기는 터져 나오는 웃음을 간신히 참고 있었다. 하지만 나는 마음이 찡했다. 호랑이는 죽어서 가죽을 남기고 사람은 죽어서 이름을 남긴다고들 한다. 호랑이나 표범이 죽어서 남기는 게 과연 가죽일까? 그들도 저마다 살아가는 세월이 있다. 그 세월 동안 자신에게 주어진 자연의 의무, 마지막까지 살아남아 종을 퍼뜨리고 가족을 이루는 의무를 충실히 이행한다. 그들이 죽어서 남기는 것은 가죽이 아니라 가족이다. 저 사슴의 울음소리는 투쟁이자 유혹이며 대를 잇는 생존의 몸부림이다.

스멀거리는 물안개 뒤로 멀찍이 솟은 절벽 위에서 무엇인가가 움직였다. 망원렌즈를 줌인하여 포커스를 맞췄다. 뿌옇던 화면이 선명해지며 절벽의 상체가 드러났다. 그 위에서 줄무늬를 띤 형체가 엎드려 계곡을 내려다보고 있었다. 백두산사슴이 울면 호랑이가 온다. 숲을 울리는 울음소리의 주인이 백두산사슴이라는 것과 이맘때가 백두산사슴의 번식철이라는 것을 호랑이는 알고 있다. 꼬리의 발걸음은 줄곧 아메리카 계곡에 머무르며 백두산사슴의 울음소리를 따라다니고 있었다. 치매에 걸린 곰처럼 웅크리고 앉아 백두산사슴이 움직일 때마다 꼬리는 앞발을 움찔거렸다. 뛰어 내려가 백두산사슴 무리 위로 달려들고 싶은 충동이 배어 나왔다.

　소리만 들릴 뿐 실체가 없자 백두산사슴들이 반대편 숲으로 걸음을 옮겼다. 물을 튀기며 강을 건넌 백두산사슴들이 점점 더 높은 산기슭으로 올라갔다. 수컷이 마지막으로 자리를 뜨며 긴 울음을 남겼다. 그 모습을 지켜보던 꼬리가 천천히 일어나 앞다리와 뒷다리를 번갈아 뻗으며 기지개를 켰다. 오래 웅크리고 앉아 있어서 발이 저려서 그랬겠지만 내 마음에는 구겨진 삶을 애써 추슬러 다시 출발하려는 모습처럼 느껴졌다.

　꼬리는 백두산사슴 무리가 사라진 곳으로 내려갔다. 내려가다 말고 바위 끝에 서서 계곡을 물끄러미 내려다보았다. 계곡은 늦여름의 물로 졸졸거렸다. 꼬리는 바위에 홀로 서서 떨어지는 물을 하염없이 바라보았다. 그러다 저음으로 시작해서 저음으로 끝나는 앓는 듯한 소리를 냈다. 자신의 위치를 알리며 보이지 않는 가족을 부르는 것처럼, 백두산사슴을 사냥하던 과거 모습을 떠올리며 그리워하는 것처럼.

나이 들어 사냥을 제대로 할 수 없게 된 지금, 배를 부르게 할 순 없을지라도 예전의 기억을 되살려 허기진 창자에 따스한 온기는 전해줄 수 있을 것이다. 그러나 그 온기가 식고 나면 기억을 되살리기 전보다 더 차디차게 식어버린 자신을 볼 것이다. 멀리서 산비탈을 기어오르는 백두산사슴의 울음소리가 다시 들려왔다. 바람이 불었다. 첫 낙엽이 떨어지고 있었다.

한밤중에 다시 백두산사슴의 울음소리가 들려왔다. 적의에 찬 수컷들의 울음소리는 먼 상류에서 떠내려와 넓지만 깊지 않은 강을 따라 퍼져나갔다. 소리는 점점 더 격렬해졌다. 그러다 뚝 그쳤다. 잠시 후 다시 들려왔는데 이번에는 수컷과 수컷이 울음 경쟁하는 소리가 아니라 뾰족하고 날카로운 절망에 찬 비명소리였다. 곧 정적이 찾아왔다. 흐르는 강물만 재잘거렸다.

아침을 기다려 간밤에 백두산사슴의 비명소리가 들려온 곳으로 올라갔다. 강변 한편이 어지러웠다. 백두산사슴들이 뿔싸움을 하며 밀고 밀린 자국들이었다. 암컷들이 지켜보는 가운데 백두산사슴 수컷들이 힘자랑을 벌였다. 뿔싸움을 하던 백두산사슴이 쓰러진 흔적도 있었다. 그 옆에 호랑이 발자국이 나 있었다. 자갈 위에 핏자국도 드문드문 묻어 있다.

지난밤 꼬리가 돌아와 뿔싸움에 정신이 팔린 백두산사슴을 사냥했다. 사슴을 끌고 간 흔적이 길게 이어지더니 숲속에서 끝났다. 간밤을 흔들며 혼신의 힘을 다해 비명을 질렀던 주인이 피투성이 주검이 되어 강가 숲속에 누워 있었다. 그런데 한 마리가 아니라 두 마리였다. 뒤로 젖혀져 얽힌 뿔들이 우람했다. 뿔의 상태와 모래사장에 남겨진 흔적들을 보니 간밤의 상황이 명확해졌다.

　백두산사슴 '고'는 산등성이를 오르다 끝없이 펼쳐진 숲을 바라보았다. 달이 떴지만 숲은 어두웠다. 그 속에서 서성이고 있을 동족들을 향해 우렁찬 울음을 터뜨렸다. 울음은 달빛을 타고 퍼져나갔다.

　암컷들을 데리고 강변을 걷던 백두산사슴 '수'가 고의 울음소리를 들었다. 수는 듣자마자 적의에 찬 울음으로 상대했다. 바로 화답이 왔다. 또 맞상대를 해줬다. 울음 경쟁은 점점 격렬해지다 급기야 분기탱천해 서로를 찾아 나섰다.

　바위 밑에서 쉬고 있던 꼬리는 저녁이 되자 몸을 일으켰다. 주변을 휘 둘러본 후, 계곡 상류의 절벽으로 올라갔다. 절벽 위에 서서 강을 내려다보았다. 어두운 숲을 미로처럼 헤매는 강이 달빛을 받아 기름처럼 은은했다. 백두산사슴의 울음이 들려왔다. 꼬리는 애가 탔다. 이 지역에 오래 머무르며 백두산사슴을 찾아다니고 있지만 아직 고기 맛을 보지 못했다. 백두산사슴의 울음소리를 들을 때마다 몸이 점점 무거워지는 느낌이 들었다. 허기를 참으며 울음소리가 나는 곳으로 방향을 잡았다.

　강변으로 내려선 고는 강 건너편에서 연신 울음을 터뜨리는 수를 발견했다. 고는 망설이지 않고 은빛 강물을 철벅거리며 건너편으로 돌진했다. 수도 뒷발을 자갈밭에 버티고 뿔을 앞으로 내밀며 맞설 자세를 잡았다. 상대는 우람한 덩치에 일곱 갈래 뿔이었다. 몸 깊숙한 곳에서 두려움이 떨려 나왔지만 본능이 당당히 맞서라고 속삭였다.

고는 강을 건너자마자 그대로 달려가 상대를 들이받았다. 상대의 존재감이 뿔을 통해 묵직하게 전해져왔다. 뿔의 가지 수는 적었지만 만만치 않은 놈이었다. 상대는 젊은 놈이었고 자신은 전성기를 지난 늙은 몸이었다. 여기서 물러서면 끝이다. 전의를 불사르며 고는 더 강력하게 뿔을 들이받았다. 수도 필사적으로 저항해 왔다. 고는 점점 화가 났고 수도 점점 흥분했다.

꼬리는 달그림자 속으로만 움직이며 소리가 나는 곳으로 조심스럽게 다가갔다. 강변 멀리 뿔싸움에 몰두하고 있는 백두산사슴들이 보였다. 꼬리는 배를 바닥에 붙이고 몸을 낮추었다. 덤불에 닿지 않도록 꼬리 끝까지 긴장하며 가만히 멈추었다 잽싸게 서너 걸음씩 움직였다. 자신이 가진 모든 경험과 기술을 이용해 자갈밭 중간에 서 있는 갯버들 군락으로 이동했다.

고와 수는 들이받았다 밀어붙이고 떨어지는 과정을 반복하며 점점 서로에게 몰입해 갔다. 가끔 뿔이 둔탁하게 부닥치는 소리와 발굽에 자갈 차이는 소리, 씩씩거리는 콧김 소리와 안간힘을 쓰는 신음이 강물 소리에 섞여 나왔다. 늦여름의 벌레들도 숨을 죽였다.

뛰쳐나가고 싶었지만, 꼬리는 참았다. 과거에는 그래도 되었지만 지금은 함부로 그래선 안 된다는 것을 알고 있었다. 사슴까지 거리는 아직 멀고 그사이는 은신할 곳 없는 자갈밭이다. 꼬리는 사슴들이 들이받았다가 떨어지고 다시 들이받는 리듬을 느꼈다. 온몸의 힘과 신경이 상대에게 집중되는, 멀찍이 떨어졌다 크게 들이받으려 돌진하는 순간을 노렸다.

상대를 밀어붙이던 고와 수는 다시 들이받기 위해 뒤로 물러서려 했다. 그런데 어느 순간부터 물러설 수가 없었다. 서로의 뿔이 얽혀 떨어지지 않았다. 머리를 좌우로 격렬하게 흔들었지만 버둥거릴수록 더 얽혀 들었다. 밀어붙이던 싸움이 뒷걸음치는 싸움으로 바뀌었다. 고통에 찬 신음이 터져 나왔다.

꼬리도 백두산사슴의 리듬이 그쳤다는 것을 느꼈다. 그래도 기다렸다. 다시 멀찍이 떨어졌다 돌진하는 순간만을 기다렸다. 그러나 사슴들은 떨어지지 않았다. 백두산사슴의 입에서 긴 신음이 흘러나왔다. 그 순간 꼬리는 활처럼 당겼던 몸을 갯버들 사이로 튕겼다.

머리를 들지도 못하고 가쁜 호흡만 몰아쉬며 눈을 희번덕거리던 고의 눈길 속으로 암컷들이 혼비백산 달아나는 모습이 들어왔다. 그 뒤에서 시커먼 그림자가 자갈밭을 달려오고 있었다. 온몸의 근육을 폭발시켜 뿔을 떼려고 했지만, 달려오던 그림자와 충돌하며 옆으로 넘어졌다.

비명소리가 울려 퍼졌다. 수의 목줄을 물어 쥔 공포의 얼굴이 고의 눈에 들어왔다. 고는 일어서려고 발버둥 쳤다. 자신의 발버둥만큼이나 수의 비명소리는 처절했다. 비명소리가 차츰 잦아들더니 수의 묵직한 몸이 더 이상 움직이지 않았다. 고의 심장박동이 극도로 빨라졌다.

꼬리는 백두산사슴의 목을 놓고 일어섰다. 혓바닥으로 입술의 피를 닦으며 주위를 돌아보았다. 텅 빈 자갈밭 너머로 강물이 번들거렸다. 꼬리는 죽은 사슴의 엉덩이를 물고 숲으로 끌어당겼다. 살아 있는 사슴이 끌려가지 않으려고 발버둥 쳤다. 그럴수록 더 힘껏 당겼다. 온 힘을 다해 저항했지만 고의 몸은 점점 숲으로 끌려들어 갔다. 고는 사슴이 울음 경쟁을 할 때보다도 더 격렬한 울음을, 아무도 도와주러 오지 않을 숲에 토해냈다. 소리가 극에 달하자 꼬리는 멈춰 섰다. 숲에서 살아남기 위해서는 자신의 기척을 숨겨야 한다.

폭설보다 무서운 얼굴이 다가왔다. 살이 푸들푸들 떨렸다. 털북숭이 얼굴이 눈앞에 멈춰 서자 목줄에 따뜻한 입김이 훅 끼쳐왔다. 고드름 같은 송곳니가 목줄을 파고들었다. 발굽질을 했지만 뒷다리에 힘이 들어가지 않았다. 참혹한 비명이 허공으로 아득히 멀어지며 고는 막힌 숨을 천천히 놓았다. 숲은 다시 숨을 죽였다.

백두산사슴 두 마리의 뿔은 자물쇠처럼 얽혀 있었다. 스테파노비치와 내가 한 마리씩 붙잡고 양쪽으로 있는 힘껏 당겨봤지만 꿈적도 하지 않았다. 이렇게까지 뿔을 얽어놓은 백두산사슴의 힘이 놀라웠다. 그런 백두산사슴 두 마리를 숲속으로 끌고 온 꼬리의 힘도 놀라웠다. 부릅뜬 사슴의 눈동자에 죽음의 공포가 떠 있다. 대를 이으려는 숭고한 본능이 죽음을 불렀다. 진 자는 배 속으로 들어가고 이긴 자는 산 위에서 포효를 한다. 그리고 이긴 자도 결국 누군가의 먹이가 된다. 생명을 먹고살아야 하는 생명들의 처연함이었다.

어부지리의 행운이 깃들었지만 꼬리가 사슴을 사냥했다. 그것도 말만 한 백두산사슴을 두 마리나…. 백두산사슴의 번식철을 알고 그 소리를 집요하게 따라다니다 얻은 행운이었다. 안 죽고 살려면 뭐라도 해야 한다. 한 마리는 엉덩이 부위가 거의 뜯어 먹히고 없었다.

호랑이는 큰 동물을 사냥하면 먹잇감 주변의 아늑한 곳에 머무르다 배가 꺼지면 적당한 시간에 찾아와 먹곤 한다. 이 정도 크기의 사슴 두 마리라면, 한 달은 견딜 것이다. 가을이 시베리아의 초입까지 와 있어 부패는 더딜 것이다.

숲속 한편에 늘어선 절벽에서 서늘한 기운이 흘러왔다. 호랑이는 대낮에 휴식을 취할 때 저런 곳을 선호하고 타이거 베딩tiger bedding•을 남긴다. 꼬리가 저곳 어딘가에서 우리를 보고 있을지도 모른다. 바람은 꼬리에게 온갖 소식을 전해주는 전파나 다름없어 벌써 나의 냄새를 맡았을 것이다. 안개 속의 목장에서 확인해 두었던 그 냄새라는 것도 알아챘을 것이다. 모처럼 잡은 사슴으로 만찬을 즐기는 것을 방해하지 않기 위해 지나가는 심마니처럼

• 호랑이가 잠을 자고 남긴 잠자리 흔적. 시베리아호랑이는 양지발라 눈이 덜 쌓이고 낙엽이 모여 푹신한 곳을 잠자리로 선호한다.

슬그머니 물러났다. 돌아오는 길에도 백두산사슴의 울음소리가
멀리서 들려왔다.

백두산사슴이 울면 가을을 준비해야 한다.

밤하늘의 불꽃

키쉬뇨프카 들판을 흐르는 폭 5미터의 시내를 건넜다. 목장 주인이 말을 타고 앞장섰고 나와 산지기 발로쟈는 그 뒤를 따랐다. 개울가에 버드나무들이 늘어서 있다. 버들잎이 물들고 있다. 물든 잎들이 노랗지가 않고 빛바랜 갈색이다. 날씨가 갑자기 차가워져 나뭇잎들이 빨리 늙어버렸다. 바람에 날리는 황량한 색조, 숭숭 뚫린 스산한 나뭇잎, 황량하고 스산한 분위기가 가을을 지배한다. 지나가는 바람이 시내에 떨군 낙엽도 시간의 강을 타고 흘러갔다.

개울 너머는 들판이었다. 왼쪽으로는 산들이 죽 이어져 있고 오른쪽으로는 400미터 폭의 들판이 멀리까지 펼쳐져 있다. 들판 군데군데 흩어져 있는 나지막한 갯버들 군락 사이로 소들이 무리 지어 풀을 뜯고 있었다. 안내하던 목장 주인이 말에서 내리더니 우리를 근처 갯버들 군락으로 데려갔다. 어떻게 알고 왔는지 갈까마귀들이 날아와 늘어진 갯버들 가지 위에 주렁주렁 매달려 있다. 갈까마귀들이 후르르 날아오른 곳에 소 한 마리가 누워 있었다. 흰색 바탕에 검은 무늬가 얼룩얼룩한 커다란 소였다. 목통에 아래위로 네 개의 구멍이 나 있고 엉덩이 부위는 거의 뜯어먹히고 없었다. 구멍에 나무막대를 찔러넣자 반대편으로 나왔다. 메마른 가을 날씨라 발자국은 남지 않았지만 목줄의 구멍이 호랑이의 짓이다.

주변을 살펴보니 소가 호랑이를 발견하고 요동친 거리는 불과 3~4미터로, 거의 제자리에서 버둥거렸다. 들판에서 소를 죽인 뒤 갯버들 덤불로 끌고 들어온 것이 아니라, 소가 덤불로 들어올 때까지 숨어서 기다리다 갯버들잎을 훑어 먹을 때 바로 옆에서 덤벼들어 목줄을 물었다. 그리고 강력한 힘으로 넘어뜨린 다음 제자리에서 질식사시켰다. 이 정도면 주변에 있던 소들 외에는 아무도 눈치채지 못했을 것이다.

목장 주인이 다른 곳으로 안내했다. 첫 번째 장소에서 80미터쯤 떨어진 다른 갯버들 군락 속에 또 한 마리의 소가 누워 있었다. 이 소도 다 자란 얼룩소였다. 목줄의 구멍에 막대를 집어넣었다. 역시 관통되었다. 그러나 이 소는 이 자리에서 죽은 것이 아니라 20미터쯤 떨어진 참나무 밑에서 죽었다. 참나무 밑에 소가 요동친 흔적과 핏자국이 남아 있었다. 호랑이는 갯버들 속에 숨어 있다가 소가 참나무 근처로 다가오자 덤불을 뛰쳐나가 목을 물었다. 20미터면 순발력이 뛰어나지 못한 소에게 덤벼들기에 충분히 가까운 거리였다. 순식간에 물어서 질식사시킨 뒤 갯버들 군락으로 끌어들였다. 뜯어 먹은 자국은 없다.

참나무에서 150미터쯤 떨어진 들판 한가운데에 다른 참나무가 한 그루 서 있고, 그 참나무 근처에 또 한 마리의 소가 죽어 있었다. 세 번째 소도 커다란 소였는데 끌고 가려 한 흔적 없이 그냥 죽여만 놓았다. 목줄에 난 구멍의 깊이도 마찬가지였다. 호랑이가 첫 번째 참나무 근처에서 두 번째 소를 죽일 때 다른 소들이 놀라서 이 참나무 쪽으로 도망왔던 모양이다. 첫 번째 참나무와 두 번째 참나무 사이는 갯버들 덤불 하나 없는 휑한 들판이었다. 호랑이가 세 번째 소를 사냥한 방식은 특이했다. 사육하는 호랑이가 소를 죽이듯 사냥했다.

연해주 극동토양생물연구소의 유진 박사는 자신이 키우는 호랑이의 우리에 소를 넣어 사육호랑이의 사냥 실력을 시험해 본 적이 있다. 수호랑이 꾸찌르는 소를 보자마자 달려와 덤벼들었다. 몸을 숨기며 사냥감에 몰래 접근하는 은신과 잠복의 과정을 완전히 생략했다. 그리고 물어야 할 급소를 몰라 목덜미나 목줄이 아닌, 놀랍게도 소의 정면에서 덤벼들어 이마를 물었다. 이곳저곳 물었지만 턱의 힘이 부족해 송곳니를 깊이 꽂아 넣지 못했고 빠른 시간 안에 소를 쓰러뜨리지도 못했다. 소를 죽이는 데 한 시간이 넘게 걸렸다. 그것도 암호랑이 뉴르카의 도움까지 받아가면서 말이다. 꾸찌르는 힘이 들면 쉬어가며 뉴르카와 교대로 공격했다. 결국 지친 소가 앞다리를 구부리자 그제야 넘어뜨렸다. 우리에 갇혀 먹이를 받아먹는 사육호랑이와 광활한 산맥을 넘나들며 스스로 먹이를 구하는 야생호랑이의 사냥 기술은 아주 다르다.

그러나 이 호랑이는 야생인데도 세 번째 소를 사냥할 때 몸을 숨기고 사냥감에 접근하는 과정을 생략했다. 몸을 숨길 곳이 없어서 그랬는지 150미터를 전력 질주하여 도망가는 소들 중 한 마리를 덮쳤다. 물론 죽이는 과정은 사육호랑이와 달리 상처 하나 없이 목줄만 물어 단시간에 질식사시켰다. 더 놀라운 것은 호랑이가 세 마리의 소를 한꺼번에 죽였다는 사실이다. 동물을 닥치는 대로 죽이는 것은 자연스러운 행동이 아니다. 야생호랑이는 좀처럼 이런 짓을 저지르지 않는다. 속전속결로 소리 없이 한 마리만을 사냥하고 사냥한 뒤에는 곧바로 은밀한 곳으로 끌고 간다. 은밀하게 움직이는 것이 몸에 밴 습성이다. 또 자기 힘으로 살아 있는 동물을 잡아먹어 보았기에 먹이를 방치하면 금방 부패한다는 것을 안다. 그래서 여러 마리를 잡을 수 있을 때도 한 마리만 사냥하고, 그 한 마리도 엉덩이부터 뜯어 먹는다. 그래야 내장을 빨리 꺼내 부패를 막을 수 있기 때문이다. 사육호랑이가 먹지도 않을 소를 장난으로 여럿 죽이는 경우는 있지만 야생에서는 아주 특별한 경우다.

야생호랑이는 사슴이나 멧돼지를 1년에 평균 30마리 정도 잡아먹는다. 1주일에 0.6마리꼴이다. 소같이 큰 동물을 잡았다면

2주 정도는 문제없다. 물론 새끼를 데리고 다니는 암호랑이라면 사정이 다르다. 1년 정도 자란 새끼 두세 마리를 데리고 다니는 암호랑이라면 1년에 사슴이나 멧돼지를 70마리 정도 잡아야 한다. 1주일에 1.4마리꼴이다. 하지만 이 호랑이는 새끼 딸린 암호랑이가 아니다. 첫 번째 소의 엉덩이 부위를 뜯어 먹었지만 나머지 두 마리 소에는 입도 대지 않았다. 새끼 딸린 암호랑이라면 새끼들과 함께 최소한 소 한 마리의 절반은 해치웠을 것이다. 그리고 새끼 딸린 암호랑이라 하더라도 소는 한 마리만 잡았을 것이다.

목장 주인은 오전 9시에 소를 들판으로 몰고 나오고 오후 5시에 우리로 몰아넣는다. 그리고 오전 11시와 오후 2시, 이렇게 하루 두 번 말을 타고 방목지를 순찰한다. 오늘도 오후 2시경 순찰을 돌 때는 아무 이상이 없었는데 5시에 소를 몰아넣으려 와보니 세 마리가 죽어 있었다는 것이다.

호랑이는 숲속에서 목장 주인이 순찰하는 것을 줄곧 지켜보았을 것이다. 그러다 목장 주인이 순찰을 돌고 사라지자마자 갯버들 속으로 숨어들어 사냥을 시작했다. 안 그랬다면 세 시간 안에 소 세 마리를 죽이고 그중 한 마리의 엉덩이를 거의 다 뜯어 먹기는 힘들었을 것이다. 이것을 우연의 일치로 본다면 그건 시베리아호랑이의 영리함을 무시하는 것이다.

목장 주인은 마른 목에 뾰족한 울대를 움찔거리며 어눌한 말투로 쉼 없이 투덜거렸다. 약속한 대로 피해 보상을 처리해 주자 그제야 조용해졌다. 꼬리가 가축을 습격한 이후, 호랑이가 가축을 해치면 바로 연락해 달라는 당부를 마을마다 해두었다. 가축 피해에 대한 보상과 상당한 액수의 제보료도 내걸었다. 혹시라도 꼬리가 다시 가축을 습격한다면 그 습성을 어떻게 해서라도 고쳐야만 했다. 그러지 않으면 꼬리는 어느 마을을 서성거리다 길거리나 목장 구덩이에서 죽음을 맞이할 수도 있다. 과거의 쉬코다처럼. 쉬코다는 늙은 호랑이였는데 눈이 많이 내린 어느 해 12월 아메리카 계곡으로 들어가는 입구인 스타라야 카멘카 마을의 가축을 잡아먹었다. 그걸로 그쳤으면 좋았을 텐데 그 주변 마을을 전전하며 가축을 잡아먹다가 다음 해 3월 스타라야 카멘카 마을에서 멀지 않은 곳에서 야밤에 포수들의 손전등 불빛을 받으며 총에 맞아 죽었다. 나는 꼬리의 죽음은 인간이 손댈 수 없는 곳에서 그들의 방식대로 자연스럽게 이루어지길 바랐다.

목줄에 난 구멍만으로는 어떤 호랑이의 짓인지 알 수 없어 주변을 다시 차근차근 조사했다. 들판이 산과 만나는 곳에 형성된 물구덩이 근처에서 겨우 깨끗한 호랑이 발자국을 발견했다. 물 마시러온 소가 밟아서 다 없어지고 용케 하나가 남았다. 눅눅한 진흙 위에 선명하게 찍힌 발자국은 보기에도 컸다. 불길한 예감은 자주 현실이 된다. 앞발 볼의 너비 13.1센티미터. 꼬리의 발자국이었다. 물가에 선 저 버드나무가 물가로 뿌리를 뻗듯 꼬리가 다시 돌아왔다.

소를 세 마리나 죽인 다음이라 목이 말랐는지, 아니면 소 한 마리의 엉덩이를 다 뜯어 먹어서 목이 말랐는지 꼬리는 물구덩이를 찾아와서 물을 마셨다. 늑대 무리도 아니고 소를 세 마리씩이나 죽이다니⋯. 매일 찾아오는 배고픔의 고통이, 인간의 것은 건드리면 안 된다는 호랑이 종족의 본능을 넘어, 보이는 대로 다 죽이려는 욕구를 부추겼다. 잡을 수 있을 때 많이 잡아놓으려는 생각, 그것은 탐욕이다. 호랑이가 살아가며 흔히 보여주는 종족의 습성이 아니라 특별한 상황에 놓인 한 개체의 욕망이다. 이런 욕망은 늙은 호랑이나 상처 입은 호랑이처럼 사냥에 자신감이 부족할 때 생긴다.

꼬리는 오늘 밤 돌아올 것이다. 가축을 습격하는 행보가 너무 대담하다. 그 습관이 이미 몸속 깊이 파고들었다. 보고 듣고 경험한 것이 뇌에 각인되어 자신의 환세계meme를 만든다. 환세계에 갇힌 이는 자신을 둘러싼 환경에 종속되어 있기에 자신이 속한 우물이 세상의 모든 것이라 착각한다. 그래서 더 큰 우물의 본질에서 멀어진다. 잘못된 습성은 이렇게 생겨난다. 가축 습격이 위험한 일이라는 생각을 꼬리에게 더 강렬하게 심어주어야만 한다. 습관이라는 선을 이미 넘었지만 더 가면 그땐 죽음의 선을 넘는 것이다.

발로쟈와 상의하여 소의 주검에 염소 리튬을 주사했다. 이 약품은 먹어도 해가 없지만 고기 맛을 아주 씁쓸하게 배려놓는다. 꼬리가 돌아와 먹어보면 소라는 동물은 사냥할 가치가 없다고 생각할 수 있다. '마을의 것은 맛이 없구나'라는 인식을 심어주어야 한다. 꼬리가 뜯어 먹던 소와 다른 소의 엉덩이 부위에 집중적으로 주사했다. 꼬리가 돌아온다면 갯버들 군락 속에 누워 있는 소의 주검 중 하나로 올 것이다. 그중에서도 꼬리가 뜯어 먹다 만 소의 주검으로 먼저 올 가능성이 높다. 그게 시베리아호랑이의 습성이다. 세 번째 소는 덤불 하나 없는 들판 가운데 놓여 있어 확률이 낮다. 시베리아호랑이는 은신할 곳이 없는 개방된 장소에 자신을 노출하는 것을 매우 꺼린다.

하지만 뜯어 먹던 소 주변에는 일이 미터 키의 나지막한 갯버들 덤불뿐, 내가 올라가 잠복할 만한 큰 나무가 없었다. 할 수 없이 두 번째 소 근처의 참나무 가지 위에 서둘러 판자를 치고 위장텐트를 설치했다. 그리고 꼬리가 뜯어 먹던 소를 두 번째 소가 있는 곳으로 옮긴 뒤, 죽은 소의 다리에 대포 폭죽을 설치했다. 혹시 몰라 세 번째 소의 주검에도 폭죽을 설치해 두었다. 이것이 임시방편에 불과할지라도, 꼬리의 습관을 바꾸기 위한 것이라면 무엇이든 해야만 했다.

바람이 불기 시작했다. 갯버들 가지들이 고개를 숙이며 노랗게 물든 버들잎들을 떨구었고, 바람이 버들잎들을 저녁 어스름에 젖어드는 동남쪽으로 몰아갔다. 세찬 바람을 타고 눈이 내렸다. 굵은 눈발이 바람에 날려 위장텐트가 부르르 떨었다. 황갈색으로 짙어가던 참나무 이파리들이 팽이처럼 나불대며 요란한 비명을 지르다 가랑잎으로 날아갔다.

두만강 너머지만 첫눈이 빠른 편이다. 꼬리가 뜯어 먹던 소의 위치를 옮긴 것이 마음에 걸렸다. 급히 설치하느라 위장텐트의 높이도 너무 낮았다. 4미터면 호랑이가 한 번의 도약으로 오를 수 있는 높이다. 별도 달도 없는 칠흑으로 들어갈수록, 눈보라는 더 사나운 파도로 몰려와 거치적거리는 모든 것을 밀어붙였다.

야간 촬영용 적외선카메라로 주변을 살폈다. 먼 산의 윤곽 아래 갯버들 군락이 춤을 추고 있다. 적외선카메라로 보면 동물의 눈빛이 번쩍거려 찾기가 쉽다. 하지만 갯버들 군락은 침침했다. 멀리서 늑대들이 울었다. 늑대들의 울음소리를 빼고는 눈보라가 심해 밤 사냥을 포기했는지 부엉이 소리 하나 없었다.

저녁 8시경, 삐-이 삐-이 미약하고 구슬픈 소리가 들려왔다. 카메라에 작은 불빛이 잡혔다. 통통하게 살이 오른 너구리였다. 너구리가 제일 먼저 고개를 숙였다 들었다 냄새를 맡으며 소를 끌고 온 자국을 따라 찾아왔다. 이 눈보라 속에서도 주검은 살아 있는 것들을 불러들이고 살아 있는 것들은 쉼 없이 주검으로 향한다. 너구리는 소의 사체를 기웃거리며 킁킁거리다 곧 쪼그리고 앉아 살코기를 잘라 먹었다. 잠시 후, 고개 한 번 들지 않고 사체를 파먹던 너구리가 벌떡 일어났다. 자신이 걸어온 쪽을 뚫어지게 바라보더니 부리나케 도망쳤다.

새로운 불빛들이 화면 속으로 들어왔다. 모두 네 마리였다. 주변을 조심스레 살피는 두개골에 귀가 삐죽했다. 늑대 무리였다. 가만히 보니 늑대가 아니라 들개였다. 들개들은 너구리가 파먹던 부위에 달려들어 살코기를 뜯었다. 네 마리 들개가 이리저리 당길 때마다 소의 엉덩이가 들썩거렸다. 폭죽이 터질까 봐 마음을 졸였지만 들개들은 커다란 사체를 끌고 갈 힘이 없었다. 폭죽은 강하게 끌어당겨야만 터진다. 사체를 뜯어 먹던 들개 한 마리가 고개를 돌려 카-악 카-악 토악질을 했다. 나머지 들개들도 주둥이를 땅에다 벌리고 토악질을 했다. 주사한 약품이 효력을 발휘한 모양이었다. 들개들은 소의 사체를 빙빙 돌다 다시 조금 뜯어 먹었다. 다시 토악질을 해대더니 입맛을 다시며 돌아갔다.

자정 가까이에 족제비가 왔다. 빙 돌며 소의 사체를 기웃거리다 들개들이 뜯어 먹다 만 살 속으로 파고들었다. 족제비도 뜯어 먹던 살코기가 맛이 없는지 고개를 홱 돌려 재채기를 하며 먹던 고기를 내뱉었다. 그러더니 뾰족한 주둥이로 살코기와 살코기의 틈새를 깊이 파고들었다. 살코기 틈새 깊은 곳까지는 주사액이 번지지 않았는지 족제비는 정신없이 파먹었다. 눈보라 속에서도 먹어야만 산다는 듯 걸신들린 것처럼 살점을 파먹던 족제비가 갑자기 동작을 멈추고 뒤를 돌아보았다. 족제비의 시선을 쫓아 렌즈를 살며시 들어 올렸다. 갯버들 덤불 속에 부리부리한 화등잔이 켜져 있었다. 두 개의 화등잔은 눈보라 속에서 꼼짝도 하지 않았다. 섬뜩한 불빛이었다. 족제비가 툭툭 튀어 사라졌다. 불빛은 족제비가 아니라 나를 보고 있었다. 줄무늬 얼굴의 한가운데서 커다랗게 빛나는 동공이 줄곧 나를 바라보고 있었다. 냉정하면서도 섬뜩한 그 시선은 나를 가늠해 보는 것 같았다. 내가 악의를 가졌는지 선의를 가졌는지 재어보는 것 같았다.

눈동자를 끔뻑거리자 불빛이 꺼졌다 다시 켜졌다. 세월이 맹수를 늙게 했다. 늠름했을 등골뼈는 제 무게를 이기지 못해 휘었고 어깨뼈는 메말라서 장작처럼 치솟았다. 갈기털은 성성하게 뻗었지만 짚북데기처럼 가스러졌고 커다란 얼굴 가운데 빛나는 동공은 텅 비어 보였다. 이미 가축을 습격한 길이었다. 그것을 먹으러 눈보라를 헤치고 저렇게 나왔다. 잡은 것이 산천을 뛰놀던 사슴이었다면 동공이 저렇게 비어 보일까? 그 텅 빈 눈빛이 내 몸을 뚫고 들어와 전류처럼 돌아다니다 빠져나가며 내 마음까지 텅 비워버렸다.

참나무 위의 위장텐트가 너무 낮았다. 그리고 소 사체와의 거리도 20미터밖에 되지 않았다. 아무리 눈보라 치는 어두운 밤이라 하더라도 꼬리가 나의 텐트와 나의 냄새를 알아채지 못할 리가 없다. 너무 급작스러워 일을 대충 처리한 게 후회되었다. 차라리 약품만 처리하고 폭죽만 설치해 둘 것을…. 지금 20미터를 달려와 삽 같은 앞발로 내려친다면 4미터 높이의 텐트는 바닥 판자와 함께 무너져 내릴 것이다. 하지만 꼬리는 그러지 않을 것이다. 안개 속의 목장에서 보았듯 꼬리의 성품상 달려들지는 않을 것이다. 오히려 잘된 일인지도 모른다. 가축을 습격해서 먹으려 할 때마다 기다리는 누군가의 방해를 받는 것이 꼬리의 습관을 고치는 데 도움이 될지도 모른다. '인간의 것은 잡아봤자 누군가가 항상 지키고 있어 도대체 먹을 수가 없군.' 이렇게 투덜거리게 만

들어야 한다.

짧은 순간 많은 생각이 떠오르는 와중에도 꼬리는 나만을 바라보고 있었다. 소의 사체에는 시선 한 번 주지 않았다. 원망인지 적의인지 하소연인지 이글거리는 듯한 텅 빈 눈동자만 가끔 끔뻑거리며 나만을 바라보았다. 그러다 귀를 한 번 움찔하고 소를 슬쩍 쳐다보더니 나를 바라보는 자세 그대로 천천히 뒷걸음질 쳤다. 의도를 알 수 없는 이글거림만이 잔상처럼 남고 눈동자는 물러났다. 첫눈 밟는 소리가 뿌드득거리며 멀어지더니 어둠 속으로 사라졌다. 꼬리를 보았지만 텅 빈 동공의 불빛에 감전되어 머리가 가분수 같고, 갈기가 낡았으며, 동공이 텅 비어 보였다는 것 외에는 잘 기억나지 않았다.

꼬리는 처음부터 소가 옮겨진 것에 대해 의심을 품고 왔다. 그리고 비네스코 목장과 체르노 목장에서처럼 한 인간이 지켜보고 있다는 것을 확인하고 물러갔다. 꼬리는 그때의 인간이 지금의 인간이라는 것을 알까? 그 인간에게 적의가 없음을 느꼈을까? 나는 그가 나에게 적의를 느꼈기를 바랐다. 그것만이 그가 죽음의 선을 밟지 않는 길이었다. 눈보라가 조금씩 누그러져 고요한 함박눈으로 바뀌어갔다.

자정을 훌쩍 넘어 30분이 더 지났을 때였다.

"펑, 펑, 펑."

멀리서 대포 소리가 들려왔다. 이어서 폭죽이 솟아오르더니 연이어 터지며 불꽃이 피어올랐다. 하얀 빛살이 퍼져나가 밤하늘을 채웠던 어둠의 그림자를 환하게 밝혔다. 그 속에서 바람 그친 하늘을 가득 메우며 사륵사륵사륵, 새하얀 매화꽃이 내렸다. 허공을 떠돌며 흩날리던 매화꽃들은 갯버들 위로, 대지 위로 조용히 내려앉았다. 빛살이 천천히 사그라지자 세상은 다시 어둠에 잠겼다. 사륵사륵사륵, 눈 내리는 소리만 들려왔다.

아침 들판은 태고의 언덕이었다. 새벽까지 내린 눈이 세상을 덮고 내가 걸어온 발자국만 남겨놓았다. 세 번째 소의 사체로 다가갔다. 사체는 눈으로 덮여 있었고 폭죽은 발사되어 빈 통만 남아 있었다. 소 엉덩이에 쌓인 눈을 쓸어내렸다. 몇 입 베어 먹은 이빨 자국이 보였다. 삶에 대한 이 집착이 과연 나쁜 것일까? 만약 꼬리가 삶에 등을 돌리고 죽음으로 걸어간다면, 그 죽음에 대한 집착은 덜 나쁜 것일까? 자연스러운 죽음이란 어떤 것일까? 지난밤의 불꽃놀이가 꼬리에게 의미가 있기를 바랐다. 어둠의 그림자에 쏘아졌던 하얀 빛살이 그의 삶을 바꾸기를 바랐다.

갯버들 가지마다 피어난 눈꽃들이 이따금 떨어졌다. 때 이른 눈이라 벌써 녹고 있다. 아직 겨울이 시작되지 않았다.

시간이 흘린 낙엽

낙엽송은 지나가는 오소리에게 황금색 바늘잎을 흩뿌리고 사시나무는 뇌조들이 날아내릴 때마다 은빛 잎을 흩날린다. 딱따구리는 나무 북을 두드리고 곰은 어린 침엽수 밑동을 미친 듯이 흔들고 산닭들은 뿌려진 금화와 은화를 뒷발질로 날리며 씨앗을 찾는다. 모두들 그렇게 가을을 떠나보낸다.

키쉬뇨프카 들판에서 세 마리 소를 죽인 후 꼬리의 종적이 사라졌다. 산타고*의 오줌바위로 옮겨와 아름드리나무 위에 위장텐트를 설치하고 꼬리를 기다리고 있다. 산타고는 호랑이들의

---

* 산타고[三大谷]는 우데게 말인데, '세 번째로 큰 계곡'이라는 뜻이다. 라조 지역에서 용의 등뼈에 연결된 제일 큰 계곡이 아메리카 계곡이고 두 번째는 조선곡, 세 번째가 산타고다.

영역 경계이고 오줌바위는 용의 등뼈로 올라가는 길목이라 꼬리가 산타고에 들르면 오줌바위를 자주 찾는다. 오줌을 뿌려 다른 호랑이들에게 자신의 영역을 알리는 것은 왕대에게 사냥만큼 중요한 일이다. 위장텐트의 위치를 평소보다 두 배 높였다. 잠복지가 높으면 지상과 공기층이 달라져 나의 냄새를 쉽게 맡지 못할 것이다.

가을바람을 타고 나무가 흔들린다. 지상 15미터 나무 위에서의 잠복은 지상에서와는 다른, 유영하는 느낌이 있다. 아침 햇살이 비치는 가지 위에 딱따구리 한 마리가 날아와 앉는다. 위장텐트의 천막에 역광으로 비친 딱따구리의 실루엣이 탁탁탁 탁탁, 열심히 나무를 쪼고 있다. 실루엣을 건드리면 날아가겠지… 그리고 다시는 안 오겠지…. 내 외로움의 친구는 아침마다 찾아오는 이 녀석이다. 수묵화 같은 그림자를 텐트에 드리우는 야생의 딱따구리 말이다. 만지고 싶지만 생각일 뿐, 딱따구리를 지켜보며 오줌바위 근처의 나무 위에서 한 달째 꼬리를 기다리고 있다.

산타고의 밤은 차갑고 캄캄했다. 나무의 바다가 끝나는 곳에서 어둠이 끝나고 별들이 수정처럼 빛났다. 불어오는 바람에 잠복나무가 너울거리고, 너울은 숲의 파도가 되어 내 몸을 둥실둥실 싣고 다녔다. 파도에서 밤의 소리가 들려왔다. 이쪽저쪽에서 하나씩 깨어나 우르르 대화하고 까르르 속삭인다. 밤을 울리는 모든 소리에는 그 주인이 있고 나름의 의미가 담겨 있다. 이를 물끄러미 바라보는 나무들, 산들의 침묵과 숲을 적시는 고독, 자연이 가장 깊고 아름다운 순간은 모두가 잠드는 자정에서 서서히 깨어나는 새벽 사이다. 이때의 바람 소리는 불어오는 그대로 몸속을 파고들고 낙엽은 가슴에 떨어진다. 이런 때야말로 마음이 자유로워지고 무덤으로 들어가 흙이 되고 바람이 되고 자연과 일체가 된다. 가을밤은 보는 것보다 듣는 것이 더 아련하고 처절해서 스산함을 뚜렷하게 음각시킨다.

"삐익- 삐이이-익!"

잠복 나무 아래에서 날카로운 소리가 들려왔다. 뷰파인더 속에서 사슴 한 마리가 경계음을 울리며 나를 올려다보고 있다. 먹이를 찾아 이동 중인 꽃사슴들이다. 잠복텐트의 높이를 15미터까지 올렸지만 그래도 알아채고 나를 빤히 쳐다보고 있다. 야생동물의 눈과 코를 속인다는 것은 애초에 힘든 일이다. 꼬리를 물고 길게 이어지는 너구리의 구슬픈 소리도 들려왔다.

아침에 센서가 울렸다. 화면을 켜자 나무서리가 하얗게 내려앉은 숲이 펼쳐졌다. 느낌이었을까? 아니면 바람이었을까? 서리 맞은 은화와 금화들을 뒤적이던 산닭들이 날아올랐다. 빽빽한 낙엽송들이 금빛 솔가리를 흩뿌려 놓은 오솔길에서 황색 바탕에 검은 줄무늬를 바로 찾아냈다. 신선한 한기 머금은 바람 맞으며 낙엽송의 바늘잎 위를 스치듯 발을 옮기는 무거운 걸음걸이, 걸음을 옮길 때마다 나뭇등걸같이 솟아오르는 어깨뼈, 그 밑으로 아직 우람하지만 늘어진 근육… 늙은 왕대, 꼬리였다. 오래 쌓인 솔가리는 누가 걷든 그 발자국 소리를 지운다. 그래서 호랑이들이 침엽수림 걷는 것을 좋아하는지도 모르겠다.

꼬리는 오줌바위로 다가와 냄새를 훅 맡고는 가스러진 갈기털을 바위에 비볐다. 그리고 뒤돌아서서 오줌 스프레이를 쏘아 올리고 가던 길을 묵묵히 걸어갔다. 낙엽이 소나기처럼 내렸고 서리 가루가 은빛으로 떠다녔다. 나무들이 좌우로 흔들리며 삐이이- 찌이이- 나지막하게 울었다. 꼬리는 나무 서리 하얗게 내린 가을 숲속으로 터벅터벅 걸어 들어갔다. 나는 그런 꼬리를 보면서 어떤 강한 성품, 성숙한 영혼의 존재를 느꼈다. 지능의 차이만 있을 뿐 그의 영혼과 나의 영혼은 본질적으로 같다. 첫눈 오던 키쉬뇨프카 들판이 떠올랐다. 텅 비었던 꼬리의 눈빛과 함박눈 사이로 피어오르던 불꽃. 폭죽이 효과를 발휘한 것일까. 그 후로 가축 피해 신고가 없었다.

잠복 나무에서 내려와 꼬리가 지나간 오솔길을 따라 걸었다. 흘러내린 낙엽에 버석거리는 발걸음을 내려놓을 때마다 주위를 두리번거렸다. 살아 있다는 기운이 나의 피부를 예리하게 타고 다녔다. 오솔길 군데군데 낙엽을 긁어내고 꼬리가 배설물을 쌓아 놓았다. 땅만 파놓고 배설물이 없는 영역표시도 여러 개였다. 가을이 되자 꼬리가 영역표시를 더 많이 하고 있다. 낙엽 때문이었다. 영역표시를 만들어놓아도 낙엽이 금세 덮어버리니 부지런히 돌아다녀야만 했다. 자신의 영역에 대한 애착의 표시. 늙었어도 아직은 왕대였다.

꼬리의 배설물을 살펴보았다. 초식동물이나 잡식동물의 배설물에는 물컹한 이물질이 많이 섞여 있으나, 육식동물인 호랑이는 소화 흡수율이 좋아서 배설물에 이물질이 별로 없다. 그런데 꼬리의 배설물에는 이물질이 지나치게 적었다. 배설물이 거의 뼈와 털 뭉치였다. 먹은 게 적을 때 일어나는 현상이다.

털 뭉치를 헤집어 보았다. 다행히 가축의 털이 아니라 곰털이었다. 키쉬뇨프카 들판에서 소를 습격한 후로 풍족하지는 않지만 다시 야생동물을 사냥하고 있다. 시베리아호랑이는 사슴 열 마리를 잡을 때 멧돼지를 세 마리꼴로 잡아먹고 가끔 곰도 잡아먹는다. 털 뭉치에서 도톰한 갈고리 모양의 곰 발톱도 여러 개 나왔다. 보통 호랑이가 곰을 잡으면 뼈나 발톱은 먹지 않는데 그것마저 먹어치웠다. 많이 굶주렸던 모양이다.

가을이 깊어지면서 꼬리는 느리면서도 겨울에 동면하는 동물을 찾아다니고 있다. 이것도 낙엽 때문이다. 가을이 되면 낙엽 밟는 소리 때문에 사슴이나 멧돼지처럼 눈치 빠르고 민첩한 동물에게는 다가가기가 더 어려워진다. 비라도 내린다면 몰라도 메마른 가을날의 버석거리는 낙엽 소리는 피할 수가 없다. 그래서 곰이나 오소리같이 느린 짐승을 찾아다니고 있다. 동면을 준비하는 곰과 오소리는 겨울이 오기 전에 조금이라도 더 지방을 축적하기 위해 온 가을 숲을 쏘다닌다. 낙엽을 부스럭거리며 헤집고 다니니 찾아내기도 매우 쉽다. 꼬리는 경험으로 자신의 처지에 맞는 사냥감을 찾아다니고 있다.

곰은 눈이 세 번 내린 다음 동면에 들어간다고 한다. 마지막까지 먹이를 찾다가 정말 추워지면 그제야 굴을 찾아 들어가 이듬해 봄까지 잠을 잔다. 오소리는 양지바른 바위 밑에 굴을 마련해 가을 일찍 동면에 들어간다. 그러나 이듬해 봄까지 내리 잠을 자는 것이 아니라 날이 따뜻해질 때마다 밖으로 나와 먹이를 구한다. 그러다 추워지면 다시 굴로 들어간다. 호랑이는 곰이나 오소리의 이런 동면 방식을 알고 있다. 따뜻한 날이면 오소리 굴 근처에 숨어 있다가 굴에서 나오는 오소리를 붙잡아 으슥한 곳에서 뜯어 먹는다. 그리고 다시 굴 근처에 숨어 기다린다. 용의 등뼈에 있는 많은 오소리 굴 부근에는 오소리의 오래된 두개골과 뼛조각이 여기저기 흩어져 있다.

꼬리의 흔적은 가을산을 누비는 곰의 흔적을 따라 산타고 깊이 들어갔다. 참나무 위에 곰이 나뭇가지를 꺾어 도토리를 따 먹고 수북이 쌓아놓은 곰집*이 여러 개 있다. 곰들은 여름에는 구름나무에 올라가 체리를 따 먹고 가을에는 참나무에 올라가 도토리를 따 먹는다.

바위틈 아래에 야생 벌집의 조각들이 떨어져 있다. 야생벌 몇 마리가 조각에서 꿀을 모아다가 바위틈으로 들어갔다. 좁은 바

---

* 곰이 나뭇가지를 꺾어 열매를 따 먹은 후 나무 위에 수북하게 쌓아놓은 나뭇가지 더미.

위틈 안쪽에는 야생벌들이 대대로 집칸을 늘려온 벌집이 다닥다닥 붙어 있다. 벌들은 동면을 준비하느라 대부분 벌집 안에 들어가 있고 몇 마리만 힘없이 날아다닌다. 바위틈 입구에 벌집을 긁어낸 흔적이 보였다. 곰이 바위틈으로 팔을 집어넣어 석청을 따먹었다. 조금 떨어진 바위 밑에는 해묵은 곰의 두개골과 뼈다귀가 굴러다닌다. 누군가 오래전에 곰을 잡아먹은 흔적이다. 그 옆에는 꼬리의 마른 배설물이 놓여 있다. 꼬리는 이 장소가 어떤 곳인지 알고 있다.

냇가에서 야영하고 다시 출발하고, 여러 날을 반복하며 산타고를 지나 용의 등뼈 발치에 이르렀다. 곰이 쏘다닌 흔적이 어지러웠다. 흔적은 요란했지만 여러 마리가 아니라 한두 마리 곰이 이리저리 헤집고 다녔다. 바위와 썩은 통나무를 뒤집어 개미집을 털고 굼벵이를 잡아먹었다. 허클베리 덤불의 메마른 열매를 따먹고 옹이투성이의 나무뿌리를 들추고 알뿌리를 캐 먹었다, 정해진 길도 없이 오로지 먹을 것이 있는 곳을 찾아다니며 기웃거리던 흔적이 잣나무숲으로 이어졌다. 곰을 따라 움직이던 꼬리의 흔적도 숲으로 들어갔다.

잣나무숲 한쪽이 폭탄을 맞은 듯 흐트러져 있다. 불그죽죽한 피가 낙엽 위에 묻어 있고 잣나무 둥치에는 검은 곰털이 붙어 있다. 꼬리가 여기서 곰과 붙었다. 꼬리는 죽이기 위해 덤벼들었고 곰은 살기 위해 저항했다. 생사를 건 싸움의 흔적은 격렬했고 피도 많이 흘렸다. 호랑이가 사슴을 잡을 때는 피를 거의 보지 않는다. 하지만 곰처럼 한 번에 제압할 수 없는 동물을 덮칠 때는 피차간에 많은 피를 흘린다. 쉽지 않은 사냥이었을 것이다. 꼬리와 곰이 엎치락뒤치락하는 통에 켜켜이 쌓여 있다가 뒤집힌, 축축했던 낙엽들이 바짝 말랐고 가랑잎에 묻은 피도 메말랐다. 최소 사나흘은 지났다.

경험이 부족한 호랑이는 큰곰이나 멧돼지를 사냥할 때 자신도 상처를 입는 경우가 종종 있다. 호랑이가 상처를 치료하는 유일한 방법은 상처를 핥고 또 핥는 것이다. 침이 소독제와 항생제 역할을 한다. 그러나 무더운 여름철에는 세균 감염을 피하기가 쉽지 않다. 치명적인 상처뿐 아니라 작은 상처도 위험하다. 오래전 숲을 조사하다 큰 곰의 사체를 발견한 적이 있는데 몸의 일부가 없었다. 현장에는 격렬했던 싸움의 흔적이 남아 있었고, 1킬로미터 정도 떨어진 곳에 호랑이 한 마리가 죽어 있었다. 젊은 호랑이였는데 옆구리의 가죽이 벗겨지고 상처가 감염되어 내장까지 썩어 들어가고 있었다. 곰을 죽이는 건 꼬리에게도 힘에 부치는 일이었을 것이다. 꼬리가 상처를 입었을지도 모른다. 가을 상처는 그리 위험하진 않지만 상처가 크다면 무시할 수 없다.

잣나무 군락 옆으로 냇물이 흘렀다. 꼬리는 곰을 냇가로 끌고 가서 뜯어 먹었다. 개울가 으슥한 곳에 곰의 머리와 뼈다귀, 시커먼 털가죽이 널려 있다. 커다란 반달가슴곰이었다. 내가 산타고를 타고 올라오며 목을 축인 그 냇물로, 질긴 곰 고기를 허겁지겁 삼킨 꼬리도 목을 축였을 것이다. 곰털이 바람에 한 올씩 날렸다.

하늘에서 나뭇가지가 떨어졌다. 멀리 서 있는 잣나무 위에서 부스럭거리는 소리가 들려왔다. 잣나무잎 사이로 시커먼 덩치가 언뜻 보였다. 반달가슴곰이 잣나무 가지에 앉아 잣을 따 먹고 있다. 빠그작 까작 잣 깨무는 소리가 한적한 숲을 울렸다. 한쪽에서는 죽은 곰의 털이 바람에 날리고 또 한쪽에서는 살아남은 곰이 잣을 따 먹고 있다.

태양이 빛나고 있다. 노랗게 물든 자작나무와 황갈색 느릅나무 잎사귀가 가벼운 바람에도 소나기처럼 우수수 떨어진다. 낙엽의 비가 매일 내린다. 이따금 돌풍이 자작나무 가지를 흔든다. 가지가 술렁일 때마다 색으로 물든 잎사귀들이 날아오른다. 솟구친 낙엽들은 숲 위로 흩날렸다가 천천히 떨어지며 나무들 사이를 누빈다. 오목눈이를 닮은 노란 색조들이 누군가를 찾아 여행을 떠나고 있다. 태양이 밝은 숲 아래로 검은 그림자를 드리우는 가을 나무 사이를 오목눈이들이 끊임없이 누빈다. 늦가을 꽃을 찾아 나왔는지 말벌 한 마리가 서리 맞은 백양나무 잎사귀를 맴돌았다. 피는 꽃이나 지는 낙엽이나 향기롭기는 마찬가지인 모양이다.

꼬리가 떠난 개울로 내려가 냇물을 마셨다. 가슴이 저릿하니 냇물이 찼다. 우중충한 가랑잎들이 맑은 냇물을 타고 떠내려왔다. 바람이 불어왔다. 허파 깊숙이 차가운 기운이 스며들었다. 냇물에 말라비틀어진 내 얼굴이 비쳤다. 망각의 우물 안을 기웃거리며 갈수록 또렷해지는 짐승 한 마리를 보고 있다. 낙엽 비를 맞으며 딱따구리를 바라볼 때, 긴 겨울을 나고 비트에서 기어 나올 때, 그리고 맑은 개울에 말라비틀어진 내 얼굴이 비칠 때, 나는 서서히 늙어가고 있다는 것을 느낀다. 떼를 지어 쏘다니는 오목눈이도, 낙엽을 맴도는 말벌도, 살아서 잣을 따 먹는 곰도, 죽어서 바람에 흩날리는 곰털도, 텅 빈 꼬리의 눈동자도, 개울 속에 비친 내 얼굴 위에 떠올랐다.

　죽음은 이미 삶 안에 존재하여 묵은 삶이 흘러가야 새로운 삶이 온다고들 한다. 삶이 죽음의 시작이라면 허무는 존재를 안아주는 슬픔이다. 슬픔이 살아 있는 것들에 대한 막막한 연민이라면 연민은 시간이 흘린 낙엽이다. 낙엽이 지고 외로움이 찾아왔을 때 그것을 받아들이는 방식에 따라 존재의 양식은 달라진다.

강
물
너
머

가을 산행은 다채롭고 선선하고 쓸쓸하기까지 해서 사계절 중
최고다. 하지만 오랜 잠복과 산행으로 너무 지쳤다. 개울에 비친
내 얼굴이 내 것 같지 않았다. 곧 찾아올 냉혹한 겨울을 준비하
며 몸을 추스를 시간이 필요했다. 올가을의 마지막 산행을 슬슬
끝낼 때였다. 그때 산타고 강가에 죽 늘어선 잣나무 군락이 눈에
들어왔다. 진청색 바늘잎들이 햇살을 받아 희끗거린다. 거무죽
죽한 아름드리 둥치들 사이로 텅 빈 오솔길이 길게 이어져 있다.
저 오솔길로 터벅터벅 걸음을 옮기며 멀어지는 누군가의 뒷모습
이 떠올랐다. 맑고 고요하며 따분한 가을 햇살 아래 세월을 가로
지르며 자연에 떠도는 어떤 감성의 덩어리. 낙엽 떨어지는 소리
와 함께 산타고 강의 물결 소리가 잔잔하게 울려 퍼졌다. 내 남은
인생에서 그런 생명체를 다시 볼 수 있을까? 아직 가을이 남아 있

을 때 꼬리의 흔적을 더 따라가 보기로 했다.

오솔길을 따라 몇 날 며칠을 걸었다. 잣나무 군락이 끝나고 작은 산을 서너 개 넘자 참나무 군락이 나왔다. 또 며칠을 걸어 산 타고 강의 지류 몇 개를 건너자 야생호두나무 군락이 나타났다. 호두나무 군락에 호두가 대풍이다. 지천으로 매달려 연신 후드득후드득 떨어진다. 양 볼 가득 호두를 문 다람쥐들이 이 나무 저 나무 뛰어다니며 어디론가 바쁘게 나르고, 꼬리를 도톰하게 말아 붙인 청설모는 가지에 편안히 앉아 오물오물 호두를 까먹는다. 호두를 얼마나 까먹었는지 하얗던 가슴털이 호둣빛 황금색으로 물들었다.

야생호두나무 군락지에 동물들이 몰려들고 있다. 다람쥐와 청설모, 오소리, 멧돼지와 곰들은 호두를 먹기 위해, 솔개와 말똥가리, 검독수리와 흰머리수리는 호두를 보고 모여드는 설치류를 노리기 위해, 어치와 까마귀, 대머리독수리는 호랑이가 사냥해서 먹고 남긴 찌꺼기를 먹기 위해 하나둘 모여들었다. 꼬리는 일주일 넘게 이 호두나무 군락지에 머물며 오소리 두 마리를 사냥했다. 한 번은 오소리 굴 근처에 은신하다 굴 밖으로 나오는 오소리를 붙잡았고, 또 한 번은 개울 위로 쓰러진 아름드리 통나무를 건너와 바닥에 떨어진 호두를 뒤적이던 살찐 오소리를 어렵지 않게 잡았다. 꼬리의 순발력은 사슴이나 멧돼지는 몰라도 아직 오소리나 곰같이 느린 동물은 바닥의 낙엽 소리와 관계없이 따라잡을 수 있었다.

그러던 어느 날, 야생호두나무 군락지 입구에서 새로운 호랑이 발자국을 발견했다. 발자국이 꼬리 못지않게 컸고 뒷발자국은 사다리꼴 모양… 하쟈인이었다. 꼬리가 올라온 산타고를 따라 올라왔다. 하쟈인의 발자국은 호두나무 군락지의 끝, 산타고 강의 작은 지류로 향했다. 시내 한편의 낙엽 깔린 바닥이 온통 헝클어져 있었다. 멧돼지의 흔적도 곰의 흔적도 없었다. 대신 또 한 마리 호랑이, 꼬리의 발자국이 하쟈인의 발자국과 어지럽게 뒤엉켜 있었다. 꼬리는 여기서 하쟈인을 만났다. 처음 만난 것인지 여러 번 만났던 것인지는 모르겠지만 서로 호의적인 관계는 아니었던 차라 만나자마자 싸움을 벌였다. 바닥의 낙엽은 온통 파헤쳐져 있고 메마른 낙엽과 주변의 나무등치에는 호랑이털이 묻어 있다. 메마른 가을 낙엽이 지천이라 어떻게 싸웠는지는 정확히 파악할 수 없지만 싸움이 일어난 것만은 분명했다. 어느 일방이 피를 흘렸는지 서로 피를 흘렸는지 핏자국들이 여기저기 드문드문 묻어 있고 낙엽이 더미로 밀리고 눌린 게 서로 뒹굴면서도 싸웠다.

싸움이 격렬해지던 순간 한 호랑이가 다른 호랑이를 시냇가로 밀어붙였다. 호랑이 한 마리가 시내에 빠졌다. 시냇가 진흙이 축축한 곳에 뒤엉킨 발자국과 함께 호랑이 한 마리가 시내로 밀려 들어간 흔적이 나 있었다. 물에 빠진 호랑이는 다시 뭍으로 나오지 않았다. 빠트린 호랑이도 물로 들어가지 않고 시냇가에 서 있었다. 시냇가의 진흙 바닥이 좁아 서 있던 호랑이의 앞발자국만 찍혀 있고 뒷발자국은 낙엽 위에 있어서 그 형태를 가늠할 수 없었다. 앞발자국 볼의 크기만으로는 누구인지 알아내기 어려웠다. 시내 건너로 가서 살펴보았다. 호랑이 발자국이 없었다. 한참을 찾다 시내를 따라 30미터쯤 상류로 올라간 지점의 진흙에서 반대편 뭍으로 올라온 호랑이 발자국을 발견했다. 앞발자국 볼의 크기가 13센티미터가 넘었고 뒷발자국은 사다리꼴 모양이 아니었다. 꼬리를 물에 빠트리고 시냇가에 서 있던 하쟈인은 물 가운데를 걸어 올라가는 꼬리를 따라 20미터쯤 걷다 멈추었다. 그곳에 50센티미터 길이로 깊이 파인 호랑이 스탬프가 있었다. 파낸 흙 위에 사다리꼴 모양의 호랑이 뒷발자국이 찍혀 있었다.

낙엽이 흩뿌려지는 가을, 하쟈인은 낙엽에 덮인 자신의 영역표시를 재건하기 위해 영역을 부지런히 돌고 있었다. 용의 등뼈로 올라가는 산타고 초입에 들어서자 멀리 오줌바위가 보였다. 하쟈인은 오줌바위로 다가가 냄새를 맡았다. 오래전 자신이 뿌렸던 냄새 위에 다른 수호랑이의 냄새가 났다. 하쟈인은 분기탱천해서 자신의 오줌을 바위 위에 덧뿌리고 그 수호랑이의 흔적을 따라갔다.

며칠을 따라가다 드넓은 잣나무숲에서 그 수호랑이가 잡아먹은 곰의 잔해를 보았다. 하쟈인은 부지런히 발걸음을 놀려 이윽고 호두나무 군락지로 들어섰다. 멀리서 동족이자 경쟁자의 냄새가 났다. 그 냄새를 따라가자 작은 시내가 나타났고 시냇가 침엽수림 밑에 앉아 있는 경쟁자를 발견했다.

꼬리는 호두나무숲에서 오소리 한 마리를 잡아먹고 시냇가에서 물을 마신 다음 침엽수림 밑에서 느긋하게 쉬고 있었다. 한 줄기 바람에 동족의 냄새가 실려왔다. 앞발을 일으켜 반 스핑크스 자세로 냄새가 실려오는 방향을 집중해서 노려보았다. 잠시 후 아름드리 나무둥치들 사이에서 큰 수호랑이 한 마리가 나타났다. 덩치가 자신 못지않았고 기세도 만만치 않았다. 본능적으로 얼마 전부터 자신의 신경을 거슬리게 한 흔적의 주인이라는 사실을 알아차렸다. 뒷발마저 일으켜 스핑크스 자세로 곧추앉은 뒤 언제든지 도약할 수 있게 뒷다리에 힘을 줬다. 다리 근육이 파르르 떨릴 정도로 온몸을 긴장시켰다.

하얀인은 오줌바위에서 자신의 냄새를 지우고 잣나무숲에서 곰을 잡아먹은 주인공을 발견하자 털을 바짝 곤두세우고 목구멍 깊숙한 곳에서 나오는 굵은 저음으로 으르렁거리며 살벌한 경고음을 보냈다. 그러나 상대가 상대인지라 걸음을 늦추어 천천히 긴장하며 다가갔다.

꼬리도 천천히 일어나 콧등에서 눈까지 주름을 잡고 양 입술을 뒤로 한껏 당겨 송곳니를 깊이 드러냈다. 그리고 낮고 굵직한 경고음을 연신 흘려보냈다. 그래도 하얀인이 다가오자 꼬리는 입술까지 뒤집고 얼굴을 일그러뜨리는 동시에 있는 기세를 다해 무시무시한 소리를 뱉어내며 위협했다.

하얀인이 멈춰 섰다. 상대가 생각보다 덩치가 컸고 자신의 경고에 대한 반향도 만만치 않았다. 그러나 물러설 순 없었다. 입술을 더 일그러뜨려 송곳니를 다 드러내고 저음의 하악질을 하며 한 발

더 다가갔다. 그때 멈칫하던 상대가 곧장 달려 나오며 앞발로 자신의 얼굴을 강하게 내리쳤다. 그 순간 상대의 앞발을 피하며 하쟈인도 무섭게 달려들었다.

그때부터 치고 할퀴고 물어뜯고 뒤엉키다 이윽고 서로의 몸을 붙잡고 마구 나뒹굴었다. 꼬리는 시간이 지날수록 자신의 공격이 상대에 비해 굼뜨고 힘이 달리는 것을 느꼈다. 몸 어딘가에선 피가 흐르고 호흡은 가빠왔다. 자신은 늙었고 상대는 전성기의 젊은 호랑이였다. 필사적으로 때리고 물고 달라붙었으나 상대의 순발력과 힘에 점점 시냇가로 밀려났다. 꼬리는 시냇가의 진흙 바닥에서 물로 떨어지지 않으려고 마지막 저항을 해보았으나 상대의 공격이 너무 빠르고 묵직해서 결국 시내로 풍덩 빠져버렸다.

하쟈인은 싸우는 도중 상대가 늙은 호랑이라는 것을 알아챘다. 요령은 좋지만 기력이 달렸고 무엇보다 느렸다. 시간이 지날수록 힘과 순발력의 차이가 더 느껴졌고 결국 상대를 시냇물에 빠뜨렸다. 하쟈인은 상대를 따라 물로 들어가 마저 요절을 낼까 하다 시냇가에 가만히 서서 상대가 다시 물로 나와 달라붙는지 아니면 물러나는지 보기로 했다.

다행히 시냇물은 얕아서 무릎까지밖에 오지 않았다. 꼬리는 일어서서 몸통과 갈기를 흔들어 물기를 털어냈다. 가을 물의 한기가 차가웠다. 꼬리는 다시 하악질을 하며 시냇가에 서 있는 상대를 노려보았다. 꼬리는 결정해야 했다. 나가서 다시 도전을 받아줄 것인지 아니면 여기서 물러날 것인지. 마음은 분한 기운에 사로잡혔지만 선뜻 발걸음이 떨어지지 않았다. 상대가 너무 강했다. 시내 가운데 서서 한참 울대의 설골舌骨을 울리며 분을 풀기만 하던 꼬리는 천천히 몸을 돌려 물속을 걸었다. 걸으면서도 얼굴은 상대를 노려보며 분이 풀리지 않은 낮은 저음으로 으르렁거렸다.

하쟈인은 상대가 다시 뭍으로 나오지 않고 물러서자 상대를 따라 시냇가를 몇 걸음 걸어 올라갔다. 상대가 아직도 완전히 굴복하지 않은 듯 으르렁거리자 자신도 설골에서 울려 나오는 초저음의 강렬한 경고로 되받아 주었다.

꼬리는 시냇물을 30미터쯤 거슬러 올라가다 반대편 시냇가로 걸어 나왔다. 뭍으로 나오자 온몸을 흔들어 물기를 털어냈다. 그리고 아직 완전히 굴복하지는 않았다는 듯 상대를 향해 양 입술을 당겨 송곳니를 슬쩍 보였다. 그러고는 몸을 돌려 시내 상류로 터벅터벅 걸어갔다.

하쟈인은 물속에 빠진 상대를 몇 걸음 더 따라가다 상대가 저쪽 강물 너머로 올라가자 걸음을 멈췄다. 다행히 상대는 돌아와 다시 시비 걸지 않고 뒷모습을 보이며 천천히 사라졌다. 하쟈인은 그 자리에서 힘차게 뒷발을 차고 앞발을 놀려 깊은 구덩이를 만들었다. 파헤친 흙더미 위에 오줌을 뿌려 자신의 냄새를 남겼다. 고개를 들어 상대가 사라진 쪽으로 우렁찬 포효를 길게 내질렀다. 포효가 메아리치며 산을 울렸다. 이제 여기는 자신의 영역이었다.

꼬리는 울적한 기분으로 가끔씩 뒤를 돌아보며 걷다가 메아리치는 상대의 포효를 들었다. 꼬리도 커다란 포효를 내지르며 맞불을

놓았다. 하지만 그 소리는 상대적으로 힘이 없는 패자의 포효 소리
였다. 꼬리는 본능적으로 느꼈다. 자신의 세대가 끝나고 새로운 세
대가 열렸다는 것을.

과거의 왕대는 물러나고 새로운 왕대가 탄생했다. 호젓한 호두
나무숲에서의 일대일 왕위 교체식이었다. 꼬리가 떠나자 하쟈인
은 호두나무 군락 곳곳에 남겨진 꼬리의 흔적 위에 자신의 흔적
을 남겼다. 그리고 호두나무숲에 머무르며 오소리와 곰을 잡아먹
고 강물을 마시고 꼬리가 머무르던 곳에서 느긋이 휴식을 취했
다. 대관식을 만끽한 하쟈인은 며칠 후 다시 자신의 영역을 둘러
보기 위해 용의 등뼈로 올라갔다.

꼬리는 하쟈인에 밀려 강물을 건넜기에 이제 저 강물을 건너
오지 못할지도 모른다. 강물 이쪽은 용의 등뼈 어느 곳과도 연결
되는 첩첩산중으로, 호랑이들이 사냥하고 번식하며 살아가는 주
요 활동 공간이다. 꼬리가 강물 이쪽 길을 걷다 다시 하쟈인을 만
난다면 그때는 더 큰 위험에 처할 수도 있다. 심지어 죽임을 당할
수도 있다. 그래서 꼬리는 하쟈인을 만날 가능성이 적은 강물 너
머에서 더 오래 머무를 것이다.

강물 너머는 완만한 야산과 평탄한 들판을 지나 민가로 연결
되는, 호랑이들이 잘 다니지 않는 외곽 지역이다. 강물 너머에서
는 하쟈인을 만날 일도 없고 다른 호랑이를 만날 일도 없다. 다른
호랑이의 영역표시도 없고 자신이 영역표시를 해도 봐줄 호랑이

도 없다. 영역표시로 소통할 수가 없어 연인도 자식도 만나지 못하고 혼자 걷고 혼자 살아가야 한다. 그래서 왕대에서 밀려나면 이인자가 되는 것이 아니라 바닥으로 추락하는 것이다.

어떤 생명들은 자신에게 허락된 삶을 누린 뒤 찾아오는 죽음을 기꺼이 받아들인다. 소리 없이 사라진 꾸찌 마파가 그랬다. 그러나 죽음을 받아들이지 못하는 부류도 있다. 삶은 결국 끝난다는 사실을 받아들이지 못하는 생명은 남은 삶을 어떻게 잘 마무리할 것인지를 생각하지 않기에 남은 삶의 기간에 상관없이 이미 죽음의 경계에 있다. 절대 죽지 않을 것처럼 살다가 결코 살았던 적이 없었던 것처럼 죽는다. 꼬리도 다르지 않다. 물러설 때 물러서더라도 마지막까지 삶에 미련을 가진 생명들은 삶이라는 한 걸음 한 걸음에 너무 절실한 의미를 두고 있어서, 언젠가는 그 삶이 끝난다는 생각마저도 그들의 마지막 몸부림을 방해하지 못한다. 꼬리는 이런 식으로 하루하루 지탱해 낼 힘을 짜내고 있다. 꽃들은 졌고 흩어졌던 새들이 모이고 있다. 이제 겨울이 밀려올 것이다.

위_ 조선곡 소금절벽. 해마다 봄이 되면 사슴이나 노루, 멧돼지 같은 동물들이 소금기를 핥으러 50미
터가량 늘어선 이 소금절벽을 찾는다.

아래_ 용의 등뼈. 왕대는 광활한 산맥을 떠돌며 숲을 다스리다가 생을 마감할 때가 되면 용의 등뼈 어딘
가에 있는 자신이 태어난 굴로 돌아간다. 태어난 굴에서 생을 마치면 날개를 단 용의 정령이 되어
엔두리 곁으로 날아간다고 우데게는 믿는다.

시호테알린 산맥의 가을. 우수리의 거대한 시호테알린 산맥은 동해안을 따라 북에서 남으로 뻗어 내린다. 이 시호테알린 산맥은 동쪽에 치우쳐 있어 우수리는 한반도와 마찬가지로 전형적인 동고서저 지형을 이룬다.

왼쪽 위 _ 꼬리. 몸이 무거운지 앞발을 끌며 바닥을 스치듯이 걷고 있다. 입은 힘없이 벌어졌고, 근육은 아직 우람하지만 눈에 띄게 늘어졌다. 늙은 호랑이의 모습이다.

왼쪽 아래 _ 조선곡 암호랑이. 유순한 얼굴에 아직 시집도 안 간 처녀 호랑이다. 머지않아 첫 새끼를 가질 것이다.

위 _ 비네스코 목장. 비네스코 목장은 자연보호구와 회색지대의 경계에 있다. 한쪽에 느릅나무숲을 끼고 있는 넓은 목초지에 소를 방목하여 키운다. 꼬리는 이곳에서 가축을 습격했다.

산타고의 개울. 산타고는 호랑이들의 영역 경계이기 때문에 영역표시를 위해서 자주 찾는다. 이곳에서
위장텐트를 나무 위에 설치하고 몇 달씩 꼬리를 기다리곤 했다.

왼쪽 위_ 불곰. 불곰이 잣나무에 코를 대고 냄새를 맡고 있다. 이렇게 덩치가 큰 불곰은 호랑이에게도 만만치 않은 상대다. 호랑이가 영역표시를 한 나무에 불곰이 자취를 남겼다가는 큰 싸움이 벌어질 수 있다.

왼쪽 아래_ 멧돼지 무리. 디피코우에는 무리를 크게 형성한 멧돼지 떼가 살고 있는데, 그 우두머리의 이름이 바로 어금니다.

위_ 백두산사슴. 매해 9월이면 번식철을 맞은 수컷 백두산사슴이 푸른 넝쿨을 뿔에 휘감고 암컷을 찾아 아메리카 계곡에 출몰한다.

시베리아호랑이 왕대의 영역은 내륙 깊은 곳부터 동해안까지 수천 제곱킬로미터에 이른다. 3개 도 4개 시군에 걸쳐 있는 지리산 국립공원의 5배가 넘을 정도다. 호랑이는 밝고 탁 트인 곳을 좋아하지 않는 편 이지만, 간혹 해안가를 거니는 모습이 포착된다.

왼쪽 위 _ 우수리 숲에 겨울이 오면, 강이 얼어붙고 눈이 쌓여서 하얀 대로로 변한다. 하얀 대로는 오솔길보다 넓고 편리해서 호랑이가 다니는 길이 된다.

왼쪽 아래 _ 강물 너머 회색지대에서 바라본 라조 자연보호구의 겨울.

위 _ 꼬리의 발자국. 발자국 뒤쪽은 반달 모양으로 뭉개졌고, 앞뒤로 눈을 슬쩍슬쩍 건드렸다. 노쇠한 꼬리는 성큼성큼 걷지 못하고 발을 끌며 걸었다.

위 ___ 꼬리는 늙고 굶주렸음에도 광활한 영역을 돌아다니며 영역표시를 남겼다. 해안가 동굴 부
근에서 포착된 꼬리의 모습이다.

오른쪽 위 ___ 오줌바위. 자신의 영역을 확인하고 지키는 행동은 왕대에게 사냥만큼 중요하다. 오줌바위
는 용의 등뼈로 올라가는 길목이라, 꼬리는 산타고에 들르면 오줌바위를 자주 찾는다.

오른쪽 아래 ___ 야생호랑이는 사슴이나 멧돼지를 1년에 평균 30마리 정도 잡아먹어야 한다. 2주에 1마리
꼴이다.

위_ 치스토 마을. 우수리에선 집마다 뒷마당에 이삼백 평 정도의 텃밭이 있다. 그런데 치스토 마을은
　　산밑에 있다 보니, 텃밭이 산과 연결되어 있었다.

아래_ 개를 잡아온 꼬리. 꼬리는 사람보다 굶주림이 무서워 개를 잡아먹었다. 그러나 굶주린 배를 채우
　　기에는 턱도 없었다. 개 다섯 마리를 먹어도 멧돼지 한 마리만 못하다.

2
부

강물 너머

강물 너머 그대에게

묻곤 했었지

강물 너머 그 길을

걷고 있는지

그대의 자취 따라 방랑하다가

싱그럽던 물결 소리 들리어오면

강물 너머 그대가

속삭여왔지

강물 따라 피어나던 풀꽃처럼

이제 시들고 서리로 덮여

길은 자꾸만 멀어져가고

소리가 들려

희미하게 멀어지는 강물 소리가

아무래도 난

강물 너머 있나 봐

강물 너머에

겨울의 시작

함박눈이 내린다. 세찬 바람이 휘감기던 나뭇가지에 눈꽃이 흐드러지게 피었다. 어치 한 마리가 망개나무 덤불에 주렁주렁 열린 하얀 구슬을 부수고 빨간 열매를 따 먹는다. 산막을 지키는 개, 네눈박이 차라는 공연히 하늘을 보고 짖다가 눈밭을 뒹군다. 시호테알린 산맥에 겨울이 찾아왔다.

물동이를 들고 강가로 나갔다. 며칠 전부터 조선강의 강물이 얼어붙기 시작하더니 밤새 꽝꽝 얼었다. 눈밭으로 바뀐 강의 얼음을 도끼로 깨고 물을 길었다. 흔적 없는 하얀 강 위로 텁수룩한 꼬리를 펄럭이며 차라가 달렸다. 우수리 숲의 강이 얼면 하얀 대로로 변한다. 하얀 대로는 오솔길보다 넓고 편리해서 호랑이가 다니는 길이 된다. 하지만 폭설이 몇 차례 내리고 나면 바람이 높은 산마루의 눈을 저지대로 날려 보내 산마루의 눈은 줄고 강의 눈은 점점 두꺼워진다. 그때는 산마루가 호랑이의 길이 된다.

차라가 눈꽃 만발한 나무들이 절벽처럼 늘어선 하얀 강을 달려온다. 강폭이 좁은 곳에서는 양쪽의 나뭇가지들이 하늘에서 손을 맞잡아 하얀 동굴처럼 보였다. 이런 자연의 변신을 지켜보고 있으면 낭만주의자 아니면 허무주의자가 된다. 이 길을 오가는 호랑이들은 어떤 기분일까?

도깨비 형상을 하고 서 있는 추와이그다* 옆에서 스테파노비치가 장작을 팬다. 도끼질을 할 때마다 나무껍질 속에서 개미알이며 벌레 유충, 번데기들이 꿈틀거린다. 박새들은 장작더미에 앉아서, 가끔은 허공으로 날아올라 특유의 씩씩한 음조로 한 곡 뽑다가 스테파노비치가 알과 유충들이 알차게 붙어 있는 장작들을 몇 개 골라 던져주면 우르르 몰려와 겨울철 별미를 즐긴다.

옛날 옛적 도토리 하나가 떨어져 용케도 다람쥐와 멧돼지의 입질을 피해 싹을 틔웠다. 세월이 흐르면서 많은 경쟁을 이기고 자라나 해마다 도토리를 사슴들에게 선물했다. 늙어 곰삭아가는 껍질을 뚫고 벌레들이 둥지를 틀자 동고비와 딱따구리가 찾아와 구멍을 뚫었고, 새로 봄이 오면서 어미의 속삭임을 듣고 솜털 보송보송한 올빼미 새끼들이 그 구멍에서 기어 나왔다. 저 벌레들이 나무를 좀먹고 나무가 쓰러지지 않았다면 우리의 연료인 장

---

* 마을을 악마로부터 지켜준다는 우데게 장승.

작도 박새들의 만찬도 없다. 죽은 나무는 산 동물이 되고 죽은 동물은 산 나무가 된다.

산막 굴뚝에선 연기가 피어오른다. 구수한 장작 냄새를 풍기며 눈 덮인 산맥 위로 솟아오른 연기는 어두워가는 회색 구름으로 스며든다. 산막 안에는 페치카°가 가운데 설치되어 있고 페치카 양옆으로 간이침대가 하나씩 놓여 있다. 하나밖에 없는 창문은 뒤쪽 벽에 있는데 창문 밑에 식탁과 의자 세 개가 놓여 있다. 발로쟈가 페치카에 불을 활활 지펴놓았다. 참나무 장작이 아궁이에서 벌겋게 타오르고 페치카 위의 낡은 주전자는 칙칙거리며 주절댄다. 그 옆에 물동이를 올려놓자 치익 칙 요란한 소리를 내며 수증기가 피어오른다. 장작을 한 아름 안고 와 페치카 옆에 쌓아놓았다.

라조 자연보호구에는 큰 골짜기마다 산막이 한 채씩 있다. 겨울철 숲속에서 밀렵 방지 활동을 하는 산지기들의 휴식처다. 이 작은 산막이 아니면 깊고 넓은 계곡에 인적이 완전히 끊긴다. 밀렵에 무방비 상태가 되는 것이다. 그래서 밀렵꾼들이 산막에 불을 지르는 일이 가끔 발생한다. 조선곡 오지에 있는 이 산막도 몇 년 전 불에 탔다가 최근에 다시 지은 것이다. 숲에는 솜씨 좋은 밀렵꾼들이 많다. 그들은 숲에 대해 아는 게 많은 만큼 저지르는

• 러시아 및 만주 지역 등 추운 지방에서 사용되는 벽난로의 일종.

불법의 양도 많다.

　겨울 숲속이라 해가 일찍 떨어졌다. 조선강을 따라 용의 등뼈에서 스산한 바람이 불어왔다. 덜그럭거리는 창문 밖으로 나뭇가지에 쌓인 눈이 흩날린다. 스테파노비치는 페치카에 장작을 가득 집어넣고 일찌감치 잠자리에 들었다. 발로쟈도 페치카 옆에 자리를 잡았다. 나는 커튼을 닫았다. 바람이 나뭇가지와 덤불을 흔들며 내는 작은 소음이 산막 안을 아늑하게 만들었다. 페치카에서 새어 나온 불빛이 천장에 물방울무늬를 만들며 일렁거렸다. 캄캄한 어둠 속에서 생각을 정리하다 까무룩 잠이 들었다.

　"쿵, 우지직!"
　난데없는 소리에 눈을 떴다. 사방이 캄캄했다.
　"쿵, 우지직!"
　다시 소리가 들렸다. 뭔가 강하게 산막에 부딪혀서 산막이 흔들렸다. 조용히 일어나 앉았다. 페치카 옆에서 졸고 있던 차라가 침상 밑으로 기어 들어가 컹컹 짖어댔다. 발로쟈도 일어나 철컥 장총을 장전했다.
　"드르륵 – 드르르륵 –."
　이번에는 산막의 나무벽을 긁는 소리가 났다. 눈을 감고 가만히 귀를 기울였다.
　"후욱 후 – 욱."
　세찬 숨소리가 들렸다.

"뿌드득 뿌드득."

부드러운 눈 위를 걷는 사뿐한 발자국 소리도 들렸다.

"찌그르(호랑이)!"

스테파노비치가 나지막이 내뱉었다. 호랑이였다. 호랑이가 산막 주위를 맴돌고 있었다. 날카로운 발톱으로 산막 외벽을 긁을 때마다 창문이 흔들거렸다. 침상 밑에서 계속 짖어대는 차라를 진정시켰다. 사방이 잠시 고요해졌다. 사뿐거리는 발소리가 다시 들리더니 갑자기 큰 충격이 전해졌다. 호랑이가 일어서서 앞발로 벽을 내리쳤다. 산막이 흔들거리며 지붕 위의 눈더미가 우수수 떨어졌다.

다시 조용해졌다. 조용하던 호랑이가 짧은 간격을 두고 으르렁댔다. 가끔은 식식거리는 숨소리도 났다. 그러다 몸을 오그라들게 만드는 설골 소리가 들렸다.

"탱, 탱그르르…."

이번에는 쇠통 구르는 맑은 소리가 나더니 빠지직 귀에 거슬리는 소음이 울렸다. 산막 옆에 놔두었던 낡은 주전자를 굴리고 밟고 이빨로 씹는 소리였다. 호랑이는 한참을 주전자와 씨름하다가 다시 산막 쪽으로 다가왔다.

우두둑, 나무 부수는 소리가 들렸다. 산막 쪽문 앞에 놓아두었던 의자를 부수고 있다. 의자를 다 부쉈는지 앞발로 쪽문의 문틈을 비틀며 벌린다. 걸쇠가 빠질까 봐 문고리를 잡고 늘어졌다. 발로쟈는 총구를 쪽문으로 향한 채 가만히 서 있었다. 문이 열리지 않자 호랑이는 문틈에 코를 들이대고 후욱, 후욱, 콧숨을 내쉬다 앞발을 들이밀었다. 발로쟈는 여전히 장총을 움켜쥐고 문만 뚫어 져라 쳐다보고 있었다. 차라도 쥐 죽은 듯 조용했다.

"쿵, 우지직!"

앞발로 문을 내리치는 소리가 두어 번 들리더니 다시 적막이 찾아왔다. 뿌드득거리며 눈 밟는 소리가 들려왔다. 호랑이는 산막을 한 바퀴 빙 돌아서 멈춰 섰다. 구슬픈 바람이 창문을 흔들며 지나갔고 나뭇가지에서 눈더미가 사그락대며 떨어졌다. 한참 조용하던 호랑이가 움직이는 기척이 느껴졌다. 눈을 밟는 소리가 산막을 다시 한 바퀴 빙 돌더니 천천히 멀어져갔다. 창문의 커튼을 살짝 들어 밖을 내다보았다. 커다란 맹수의 형체가 어둠 속에서 오솔길 쪽으로 걸어가고 있었다. 어깨뼈가 유난히 솟아오른 큰 호랑이였다. 밤은 확실히 호랑이의 편이었다. 거침없이 산막을 휘저어놓고 오솔길로 사라졌다.

헐벗은 가지 뒤로 태양이 천천히 올라왔다. 산막 주변은 온통 호랑이 발자국이었다. 전날 내린 눈 위에 앞뒤로 슬쩍슬쩍 끌린 큼직한 매화 무늬가 아름답고 선명하게 찍혀 있었다. 꼬리의 발자국이었다. 유난히 솟아오른 어깨뼈를 교대로 들썩이며 어둠 속으로 걸어가던 뒷모습을 봤을 때부터 꼬리인 줄 알고 있었다.

쪽문 입구의 나무 의자는 박살이 났고 산막 외벽에도 발톱 자국이 줄줄이 새겨져 있다. 발로쟈가 서서 장총을 들고서야 겨우 닿을 수 있는 높이에서 발톱을 내리그었다. 공터 한쪽에는 알루미늄 주전자가 찌그러져 있다. 주전자 바닥은 떨어져 나가서 없고 몸통에 꼬리의 송곳니 구멍이 숭숭 나 있다. 구멍 옆에 피가 묻어 있다. 꼬리가 잇몸을 다친 것 같다. 무슨 심사로 산막을 건드렸을까? 사냥을 나섰다가 천방지축 뛰어다닌 차라의 발자국 냄새를 맡은 걸까? 아니면 오지의 산속에서 사람 냄새 풍기는 게 거슬린 걸까? 그것도 아니면 경쟁자에게 밀려나 숲의 바닥을 헤매는 자신의 처지에 화가 난 걸까? 호랑이라면 인간이나 인간의 구조물을 피해 다니는 게 정상이다. 가축도 없는 산막을 습격한다는 건… 알 수 없는 일이다.

야영 장비를 챙겨 산막을 출발했다. 하얀 오솔길 위에 생명들이 밤새 부지런히 돌아다닌 흔적이 싱싱했다. 그 가운데로 꼬리의 큼지막한 발자국이 걸어갔다. 앞뒤로 슬쩍슬쩍 눈을 스친 꼬리의 발자국이 설경을 뚫고 끝없이 뻗어 있다.

간밤에 지나간 대여섯 마리 멧돼지의 흔적이 오솔길을 가로질러 왼쪽 숲으로 들어갔다. 오솔길을 걷던 꼬리의 발자국도 왼쪽 숲으로 방향을 틀었다. 눈이 내리면 소리 없이 사냥을 나서는 시베리아호랑이의 본능을 따르고 있다. 새로 내린 눈은 발자국 소리를 줄여준다. 머리가 하얀 딱따구리가 눈 속을 헤집다가 떼떼떼떼 미친 듯이 소리 지르며 숲속으로 날아갔다. 나무가 아니라 땅에서 먹이를 구한다고 해서 우데게는 이 새를 땅딱따구리라고 부르는데, 그 몸짓과 울음이 찌르레기보다 요란해서 나뭇가지 위의 눈송이들이 떨어졌다.

잣나무숲에 들어서자 꼬리의 발자국이 조심스러워졌다. 잔걸음으로 걷던 발자국이 멈추더니 굵은 잣나무 뒤에 웅크렸다. 앞발은 모으고 뒷발은 옆구리에 붙인 채 눈밭에 바짝 엎드렸던 흔적이 남아 있다. 그 앞은 잣나무 뿌리가 땅 밖으로 튀어나와 가려져 있다. 꼬리는 뿌리 뒤에 몸을 숨기고 얼굴만 살짝 들어, 잣송이를 찾아 눈밭을 뒤지는 멧돼지를 노려보았다.

웅크렸던 꼬리의 흔적이 뛰쳐나가 눈밭을 달렸다. 20센티미터가량 쌓인 눈밭에서 첫 도약이 3미터 30센티미터, 두 번째 도약은 3미터 50센티미터, 그다음부터는 3미터 80센티미터 정도였다. 도약은 열아홉 번을 넘기고서 끝났다. 멧돼지들은 산 위로 내달렸고 꼬리는 더 이상 쫓아가지 않았다. 얕은 도약의 끝에 꼬리의 발자국이 우두커니 서 있었다. 달아난 멧돼지 무리의 흔적 외에 다른 흔적은 없었다.

시베리아호랑이의 멧돼지 사냥에서 열아홉 번의 도약은 많은 것이다. 이런 도약은 탄력과 순발력이 떨어져 사냥감과의 거리를 단번에 좁힐 수 없을 때 벌어진다. 과거 호랑이 흔적을 따라다닐 때 전성기 호랑이의 습격을 본 적이 있다. 강변으로 펼쳐진 숲속의 오솔길을 따라 걷고 있는데 어디선가 까마귀들이 우짖는 소리가 들려왔다. 소리가 나는 곳으로 조심조심 따라갔다. 절벽을 돌아서자 멀리 아름드리나무 옆에 까마귀들이 까옥거리며 뭔가를 쪼아 먹고 있었다. 그 옆에는 호랑이가 잡아서 끌어다놓은 듯

한 멧돼지 한 마리가 놓여 있었다. 호랑이는 멧돼지를 반쯤 뜯어 먹고는 배가 불렀는지 어디론가 쉬러 가고 없었다. 마침 주변에 높은 바위 절벽이 있어 그 위로 올라가 숨어서 관찰했다.

까마귀들은 한쪽에서는 멧돼지를 쪼아 먹고 또 한쪽에서는 폴짝폴짝 뛰어다니며 부스러기를 주워 먹고 있었다. 그중에 드물게도 장끼가 두 마리 끼어 있었다. 장끼는 까마귀보다 덩치가 몇 배는 더 우람하고 당당함에도 까마귀들에게 치여서 주변만 맴돌며 부스러기를 주워 먹었다. 신중함도 덩치만 해서 머리털을 왕관처럼 쭈뼛 세운 채 한 번 찍어 먹고 고개를 갸웃갸웃 다시 한 번 찍어 먹고 고개를 번쩍 들어 주위를 살피기를 반복했다.

한참을 관찰하는데 맞은편 숲의 나무등치 사이에서 붉은 형체에 검은 줄무늬가 어른거렸다. 호랑이가 잡아놓은 먹이로 돌아오고 있었다. 호랑이는 돌아오다 멈춰 서서 까마귀 떼를 노려보았다. 평소 자신의 먹이에 까마귀가 모여 있으면 달려가서 쫓아내거나 그냥 무심하게 넘어가고 마는데 이날은 장끼가 섞여 있어서 그랬는지 갑자기 배를 지면에 바짝 붙이고 고개만 풀숲 위로 살짝 들어 사냥 포즈를 취했다. 호랑이는 가슴을 땅바닥에 딱 붙여 팔꿈치가 등보다 높이 올라갈 만큼 자세를 최대한 낮추고 주변의 지형지물에 자신을 은폐시키며 산들바람처럼 소리 없이 장끼에게 접근했다. 가끔 장끼들이 위험을 느끼고 경계했지만 기다려봐도 별일이 생기지 않자 다시 먹이를 쪼곤 했다. 호랑이는 접근하다 장끼가 고개를 쳐들면 그대로 멈추어 더욱 몸을 낮추었고 장끼가 의심의 눈초리를 거두면 스르르 미끄러지듯 접근했다. 시간이 좀 걸린다 해도, 아니 하루가 꼬박 걸린다 해도 장끼를 꼭 잡고야 말겠다는 의지가 엿보였다. 그 모습에 허울과 가식은 없었으며 날짐승 한 마리에도 최선을 다하는 진지함과 열정만 있었다.

바닥에 납작 엎드린 채로 고목 뒤에서 그루터기로, 그루터기에서 덤불 뒤로, 덤불에서 다시 쓰러진 통나무 뒤로, 몇 발짝만 도약하면 닿을 수 있는 거리까지 거의 30분째 기어가고 있었다. 어느 순간, 호랑이는 멈추었다. 이제 장끼들은 손에 잡힐 듯 가까워졌다. 호랑이는 장끼 중에서도 자신에게 가까이 있는 놈을 뚫어질 듯 노려보았다. 거리를 가늠하느라 눈길도 주지 않은 채 호랑이는 제 발로 발밑을 살피며 뒷다리로 떨어진 잔가지들을 치웠다. 습격 직전 사냥꾼의 본능인지 호랑이의 털이 파르르 떨리는 듯하더니 몸이 한 번 움찔하고 그다음에 딱 멎었다.

까마귀들이 먼저 눈치를 채고 후드득 날아올랐다. 그것을 신호로 호랑이는 한껏 웅크렸던 몸을 퉁기며 튀어 나갔다. 장끼도 뒤늦게 눈치를 채고 날아올랐다. 장끼는 번개처럼 빠르게 날갯짓했지만 덩치가 커 까마귀처럼 이륙이 빠르지 않았다. 몸을 고무줄처럼 신축시키며 이미 두 번의 도약을 마친 호랑이가 세 번째에는 하늘로 4미터가량 점프했다. 점프한 정점에서 온몸을 펼칠 수 있는 대로 쭉 펼치고 앞발 하나를 풍차처럼 휘둘러 날아오르던 장끼를 후려쳤다. 무거운 몸을 겨우 허공에 띄워 올렸던 장끼 한 마리가 호랑이의 앞발에 맞아 멀리 패대기쳐졌다. 호랑이는 가볍게 땅 위에 착지했다. 그 순발력과 탄력이란! 모든 일은 순식간에 일어났고 순식간에 끝났다. 이것이 날짐승까지 낚아채는 한창때 호랑이들의 순발력이고 탄력이다.

꼬리는 잣나무숲을 서성거리다 배설물 표시를 남겨놓고 강가로 나갔다. 점차 좁아지는 조선강의 줄기가 백지에서 그어져 백지 속으로 사라졌다. 꼬리는 그 백지 속으로 걸어갔다. 좁은 강을 감싸듯 허공에 드리워진 나뭇가지에서 흰 눈이 떨어졌다.

잣나무숲에 남긴 꼬리의 배설물을 관찰했다. 소화가 다 되고 남은 털 덩어리였다. 털을 헤쳐보았다. 검은색과 회색 털이 섞여 있다. 개털 같기도 하고 늑대털 같기도 했다. 오리털도 몇 가닥이 나왔다. 그런데 이상한 게 하나 있었다. 나일론 소재로 된 끈이었다. 끈에는 영어로 제조업체명이 쓰여 있었다. 그것은 무인 카메라의 멜빵끈이었다. 꼬리가 무인 카메라의 멜빵끈을 잘근잘근 씹어 먹었다.

서둘러 자작나무 숲길로 갔다. 설치해 놓은 무인 카메라가 부서지고 그 위에 눈이 쌓여 있었다. 주변 어디에도 꼬리의 발자국은 없었다. 눈이 오기 전에 부쉈다. 눈을 헤치고 부품을 살폈다. 카메라를 감싼 보온덮개 속의 오리털이 터져 나왔고 카메라는 산산조각이 나 있었다. 카메라 파편에 이빨 자국이 가득했다. 그나마 카메라의 강철 프레임 덕에 그 속의 테이프는 무사했다.

이 지역에 설치한 무인 카메라들을 차례로 확인했다. 얼어붙은 조선강 하류, 눈이나 비를 피할 수 있는 강 하류 인근의 기울어진 절벽, 새깔치 마을로 내려가는 능선 길, 이 세 곳에 위장해 놓은 무인 카메라도 꼬리가 찾아내 부숴버렸다. 이 지역에 설치한 무인 카메라 다섯 대 중 네 대를 파괴했다. 산막을 습격당한 충격이 채 가시기도 전에 새로운 불안이 밀려왔다.

현장을 수습하자마자 산막으로 돌아왔다. 무인 카메라의 작동 원리는 간단하다. 동물이 지나가면 센서가 감지하고 감지할 때마다 5분씩 녹화된다. 부서진 카메라에서 건진 테이프가 감겨 있는 상태로 봐서 뭔가가 녹화됐다. 재생기에 넣고 틀었다.

화면 속에는 눈 내리기 전의 오솔길이 길게 뻗어 있다. 오솔길 양옆으로 큰 자작나무들이 늘어서 있고 그 사이로 어린 침엽수들이 푸른 잎을 들이밀며 자라고 있다. 자작나무의 노란 잎들은 대부분 떨어지고 겨우 몇 잎만 남아 바람에 흔들리고 있다.

센서 감지 후 40초. 오솔길 모퉁이의 흰 자작나무에서 붉은색이 언뜻 비친다. 선 굵은 줄무늬를 가진 호랑이가 모퉁이를 돌아 나타났다. 한 발 두 발 걸어오더니 오륙십 미터 앞에 서서 무인 카메라를 노려보았다. 휘어진 등골뼈와 장작처럼 솟아오른 어깨뼈, 짚북데기처럼 가스러진 갈기털 가운데 빛나는 텅 빈 동공, 산 타고에서 본 꼬리였다. 꼬리가 무인 카메라를 노려보던 시선을 거두고 오솔길 왼쪽으로 방향을 틀어 화면에서 사라졌다.

센서 감지 후 1분 30초. 화면 속의 오솔길은 텅 비어 있는데 발자국 소리가 들린다. 누군가 낙엽을 밟으며 카메라 뒤쪽에서 걸어오고 있다. 소리가 점점 커지며 가까워졌다. 한 걸음, 두 걸음, 세 걸음, 네 걸음… 정확히 아홉 걸음을 걸었다.

"후-우욱 후-욱-."

콧숨 소리와 함께 화면이 흔들리더니 카메라를 숨긴 덤불과 나뭇가지를 파헤치고 부수는 소리가 났다. 화면은 점점 더 크게 흔들렸고 보온 덮개가 찢어져 오리털까지 날렸다. 격렬하게 흔들리던 화면이 까맣게 꺼졌다. 화면은 꺼졌지만 빠드득, 빠드득 카메라 씹는 오디오는 계속 들렸다.

센서 감지 후 2분 40초. 꼬리의 콧숨 소리와 함께 녹음도 끊어졌다. 다른 카메라에서 나온 테이프들도 다르지 않았다. 심지어 나머지 테이프에서는 화면에 꼬리가 전혀 나타나지 않았다. 발자국 소리만 들리다 화면이 흔들리더니 카메라가 파괴되었다. 꼬리는 한결같이 카메라 뒤쪽에서 접근했다.

렌즈 때문일 거라고 짐작했다. 작은 무인 카메라를 설치할 때 아무리 위장을 잘해도 렌즈까지 숨길 수는 없다. 그 렌즈를 가만히 쳐다보고 있으면 안으로 시커멓게 움푹 파인 모습이 꼭 총구를 닮았다. 밀렵꾼들이 호랑이가 다니는 길목에 총을 숨기고 방아쇠에 낚싯줄을 걸어서 팽팽하게 당겨놓는 경우가 있다. 호랑이가 지나가다 낚싯줄에 걸리면 방아쇠가 당겨져 발사되는 무인 밀렵총이다. 무인 총을 수거할 때마다 그 총구가 무인 카메라의 렌즈와 비슷하다는 느낌을 많이 받았었다. 쇠붙이나 플라스틱 소재로 냄새도 비슷하다. 이런 냄새는 자연에서 흔히 맡을 수 있는 냄새가 아니다. 꼬리는 이전부터 숲속에 숨겨진 카메라들의 존재를 눈치채고 있었을 것이다. 무인 총의 총구와 냄새도 알고 있었을 것이다. 어쩌면 총격을 경험했을지도 모른다. 그래서 무인 카메라를 부술 때 꼭 렌즈 뒤에서 접근해 부순 것이다.

이 무인 카메라가 신경에 거슬려서 산막을 습격한 것일까? 그건 아닐 것이다. 이전의 꼬리는 무인 카메라를 만나도 부수지 않고 멀리 피해 다녔다. 그런데 겨울이 되자 갑자기 카메라에 대해 난폭한 반응을 보이며 공격적으로 변했다. 그 사이에 무인 밀렵 총을 경험한 것일까? 아니면 하얀이과의 경쟁에서 패배해 심사가 틀어진 것일까? 만약 그렇다고 해도 카메라만 부수면 됐지 그게 산막까지 습격할 일인가? 가축도 없는 인간의 구조물을 습격한 이 파괴적인 신경질은 과연 무슨 뜻일까? 문득 배설물 속에서 발견된 카메라 멜빵끈이 떠올랐다. 멜빵끈까지 씹어 먹을 정도로 배가 고픈 것일까?

겨울철에는 사냥이 힘들다. 사슴과 멧돼지는 빨라서 원래 사냥하기 힘들고 오소리와 곰은 이미 동면에 들어갔다. 사방을 둘러봐도 개구리와 메뚜기 한 마리 없고 강이 얼어붙어 물고기를 잡을 수도 없다. 게다가 밀렵은 겨울철에 더 기승을 부린다. 겨울이 오면 사람이나 동물이나 먹고살기가 힘들어진다. 갈등도 그만큼 심해진다. 의문이 꼬리를 무는 가운데 꼬리는 모습을 감추고 한동안 나타나지 않았다.

갈등

웅웅 - 웅웅웅 -. 눈발이 희끗거리더니 북서풍이 몰아온 눈보라가 이내 숲을 덮쳤다. 눈보라는 갈수록 강해져 눈 폭풍으로 변했다. 사방이 희끄무레했고 귀는 먹먹했다. 야영텐트가 찢어질 듯 납작하게 드러누웠고 꺼진 모닥불 위에 놓아둔 주전자가 축구공처럼 굴러다녔다. 머리를 풀어헤친 숲이 비단 깃처럼 펄럭일 때마다 능수버들로 휘청이던 나뭇가지들이 쭉쭉 찢어져 날아갔다. 깃을 부여잡고 귀신이 흐느꼈다. 비단 깃이 찢어지며 흐느낌이 멀어지다 다시 살아났고 헤아릴 수 없는 귀신들이 아우성치며 소용돌이치는 숲을 가득 채웠다.

이틀에 걸친 눈 폭풍이 끝나자 심한 추위가 몰려왔다. 수염과 눈썹은 하얀 서리로 뒤덮였고 입안은 달그락거렸으며 손가락이 잘 구부러지지 않았다. 머리가 띵했고 글썽거리던 눈물도 얼어붙었다. 떨리는 몸을 추스르고 눈더미에 눌려 납작해진 야영텐트 문을 열었다. 텐트 안으로 눈이 스르르 밀려들었다. 텐트 지붕도 텐트 앞도 온통 눈더미로 덮여 있었다. 눈굴을 파고 돌아다니는 생쥐처럼 눈더미를 뚫고 밖으로 기어 나왔다. 차가운 공기가 허파 가득 밀려들었다. 길길이 날뛰던 바람은 가라앉았고 은백의 숲이 세상 저쪽으로 끝없이 펼쳐져 있다. 오들오들 떨며 굶주리던 지난 이틀간의 나처럼, 저 하얀 세상 어딘가에서도 생명들이 웅크리고 추위를 이겨내고 있을 것이다.

4,500제곱킬로미터가 넘는 라조 지역에서 꼬리의 흔적이 사라졌다. 해가 바뀌도록 꼬리의 행방은 묘연했다. 그러던 새해 초, 호랑이가 마을에 출몰한다는 제보가 들어왔다. 용의 등뼈를 따라 내려갔다. 용의 등뼈는 라조 지역을 통과하여 남서쪽의 빠르치잔스크°로 뻗어간다. 치스토 마을은 그 중간쯤에 위치한 첩첩산중의 작은 마을로 골짜기 제일 안쪽에 있었다.

러시아의 시골집 뒷마당에는 집마다 이삼백 평 정도의 텃밭이 있는데, 치스토 마을은 산 밑에 있다 보니 텃밭이 산으로 이어졌다. 그중 낡은 목책이 둘러쳐진 어느 집 뒷마당에 흰 개 한 마리가 있었다. 튼튼한 나무에 쇠줄이 묶여 있고 반대편 끝은 개의 목에 매여 있다. 그런데 목 밑으로… 몸통이 없었다. 끊어진 목에는

• 빠르치잔스크는 일제 강점기 때 백마 탄 김경천 장군, 붉은 범 홍범도 장군 등이 항일 빨치산 활동을 벌인 연해주 한인들의 터전이다.

살점이 얼어붙어 있고 근처 눈밭에는 피 얼음으로 변한 호랑이 발자국이 찍혀 있었다. 널려 있는 발자국 중 깨끗한 것을 찾아 앞발 볼의 너비를 재보니 13.1센티미터. 꼬리였다. 꼬리가 다시 민가로 내려와 개를 잡아갔다. 발자국이 바짝 얼어붙은 것으로 봐서 적어도 하룻밤은 지났다. 눈 위에 점점이 떨어진 붉은 핏자국이 꼬리의 발자국과 함께 뒷산으로 이어졌다.

작달막한 키에 양털코트를 입고 나온 주인 남자가 치를 떨며 말했다.

"어제저녁 호랑이가 울타리를 넘어와서 우리 개를 죽였어요. 개 목걸이에서 개의 머리가 빠지지 않으니까 목을 잘라 몸통만 가져갔어요. 저녁 내내 마당에 불을 켜놓았는데도 호랑이가 왔어요. 저 밖의 커다란 호랑이 발자국 보셨죠? 머리만 남은 개와 저 발자국을 보고 바로 호랑이의 짓인 줄 알았죠. 발자국을 따라가 볼까 했는데… 무서운 생각이 들어서 아내를 불렀어요. 아내가 가지 말라고 말렸죠. 이 마을에서만 벌써 개 다섯 마리가 죽었어요. 저 옆집에서 한 마리, 뒷집에서는 한꺼번에 세 마리, 이번에 우리 집에서 한 마리…."

꼬리의 발자국을 쫓아 뒷산으로 올라갔다. 얼마 안 가서 개를 뜯어 먹은 흔적이 나왔다. 조금 남아 있는 뼈다귀의 털이 잿빛으로 어제저녁에 잡아간 개가 아니었다. 뜯어 먹은 장소가 으슥한 절벽 밑이나 아름드리나무 옆이 아니라 가는 참나무들이 평범하게 서 있는, 은신할 곳이 전혀 없는 곳이었다. 마을과도 가까웠다. 이런 곳에서 먹이를 먹는 건 시베리아호랑이의 습성이 아니다. 배가 무척 고팠던 것 같다. 마을 뒷집에서 한꺼번에 개 세 마리를 잡을 때 한 마리를 먼저 잡아와 얼른 먹고 다시 잡으러 갔던 모양이다.

발자국을 따라 500미터쯤 더 올라가자 또 주저앉아 개를 뜯어 먹은 자리가 나왔다. 이번엔 누런 개였다. 야산에 흔한 15센티미터 굵기의 작은 참나무들이 듬성듬성 서 있는 개방된 언덕배기의 눈밭이었다. 이 자리도 적당하지 않은 자리였다. 자잘한 뼈는 통째로 삼키고 굵은 뼈도 일부를 깨물어 먹었는데 남은 뼈에는 살점이 거의 붙어 있지 않았다. 알뜰하게도 뜯어 먹었다.

겨울이 깊어지면서 먹이 구하기가 어려워진 모양이다. 산중을 다녀도 짐승 보기가 힘들다. 오소리나 곰은 동면에 들어갔고 들판을 돌아다니던 소와 말들도 우리로 들어갔다. 꼬리는 굶주려 있다. 잡아 온 개를 아무 곳에서나 허겁지겁 뜯어 먹을 정도로 굶주려 있다. 조심성이 점점 줄어들고 있고 그 자리를 배고픔이 차지했다. 배가 고프다는 사실이 이미 지나가버린 과거나 아직 오지 않은 미래를 잊게 했고 꼬리로 하여금 오로지 지금만을 생각하게 했다. 사람보다 굶주림이 무서워 마을에 들어가 개를 잡아왔지만 굶주린 배를 채우기에는 턱도 없다. 개 다섯 마리를 잡아도 멧돼지 한 마리만 못할 것이다.

꼬리의 발자국은 산 정상으로 이어졌다. 정상에 가까워질수록 침엽수가 많아지고 바위들이 드문드문 솟아나 있다. 올려다보니 정상은 우람한 바위들로 이루어진 석두산石頭山이었다. 정상을 100미터쯤 남겨둔 곳에 눈을 밟아 하얀 속살이 드러난 꼬리의 발자국이 찍혀 있었다. 어젯밤 올라갈 때 찍힌 얼어붙은 발자국이 아니라 방금 찍힌 윤기 나는 발자국이었다. 꼬리는 이곳에서 우리가 올라오는 것을 지켜보았다. 나의 체취를 알아챘을지도 모르겠다. 소금절벽에서, 비네스코 목장과 체르노 목장에서, 또 산타고와 키쉬뇨프카 들판에서, 늘 자신의 주변을 맴돌던 한 인간의 체취를 기억하고 그 인간이 지금 또 자신을 향해 오고 있다는 것을 알아챘을 것이다. 서성거리던 꼬리의 발자국이 다시 정상으로 향했다.

발로쟈가 하늘에다 공포탄을 쏘았다. 나도 쏘았다. 폭죽은 펑 소리와 함께 하얀 연기를 이끌고 날아오르더니 탄도의 정점에서 맑은 겨울 햇살을 받아 눈부시게 빛나다가 쾅 하고 터졌다. 다시 한 발, 다시 한 발, 연이어 세 발을 쏘았다. 하늘이 쪼개지는 소리가 나며 숲이 흔들렸다. 꼬리가 다시는 마을 근처에 얼씬하지 않도록 겁을 줘야 했다. 키쉬뇨프카 들판에서 쏘아 올린 밤하늘의 불꽃은 꼬리의 굶주림을 막지 못했다. 그럼에도 공포탄을 쏘아야 했다. 나에게 커다란 적의를 가지더라도 그 적의보다 더 큰 공포를 꼬리에게 주어서, 굶주림보다 더 무서운 죽음이라는 공포를 주어서, 그래서 다시는 마을로 내려오지 못하게… 착탄하고 쏘고 착탄하고 쏘고 발걸음을 서두르며 미친 듯이 공포탄을 쏘았다. 시린 하늘에 하얀 연기와 함께 올라간 포탄들이 굉음과 함께 연이은 불꽃으로 터져 제트기의 배설물 같았다.

정상에 오르자 커다란 바위 더미들이 늘어서 있고 바위틈마다 소나무들이 몇 그루씩 자랐다. 동고비 두 마리가 푸드덕 날아가며 소나무가 흔들렸다. 산봉우리를 감도는 겨울바람 때문인지 스산한 내 마음 때문인지 다가갈수록 싸한 느낌이 났다. 소리가 나지 않는 총구가 나를 겨누고 있는 것만 같았다.

노란 햇살이 드는 큰 바위 더미 밑에 오랜 세월 소나무에서 떨어져 쌓인 마른 솔잎이 푹신하게 깔려 있고 그 위에 내린 눈이 둥그렇게 녹아 있다. 하얀 개털과 뼈다귀 몇 개가 뒹굴었다. 꼬리가 어젯밤 하얀 개를 잡아와서 먹고는 쉬었던 자리였다. 여기 누워서 햇볕을 쪼다가 우리가 올라오는 기미를 알아차리자 100미터쯤 내려와 상황을 파악하고는 자리를 피했다. 이런 곳이 호랑이가 사냥한 먹이를 먹는 곳이다. 여기까지 개를 가지고 올라온 것을 보니 허기가 웬만큼 가셨던 모양이다.

꼬리가 흐트러뜨린 싱싱한 눈 자국은 서쪽 능선으로 달렸다. 산맥으로 들어가는 초입이었다. 능선을 따라 계속 달리며 공포탄을 쏘고 고함을 지르고 또 공포탄을 쏘았다. 먼 산에서 돌아온 고함과 공포탄의 메아리가 전쟁터의 박격포 소리처럼 반복해서 울렸다.

한참을 추격하다 걸음을 멈췄다. 네발로 도약하며 도망치던 꼬리의 발자국에 여유가 생겼다. 보폭이 서서히 줄어들더니 이제는 천천히 걷고 있다. 거리가 벌어졌다. 더 이상의 추격이나 공포탄은 의미가 없어 보였다. 서늘한 바람이 흘러내리는, 눈앞에 펼쳐진 수많은 골짜기들 중 하나를 향해 마지막 공포탄을 쏘아 올렸다. 화약 연기가 풀려나와 띠처럼 너울거렸다. 그리고 그가 걸어간 발자국 너머로 눈을 뭉쳐 던졌다. 돌아오지 마, 그냥 죽어. 마음속으로 던진 고함이 허파에 스민 화약 연기와 섞여 매캐하고 쓰라렸다.

석두산으로 돌아와 주변을 살폈다. 우람한 바위와 침엽수 사이에 입구 지름이 1미터밖에 안되는 작은 바위굴이 있었다. 발로쟈가 굴로 기어 들어가서 털 몇 가닥을 주워 나왔다. 황갈색으로 윤기 잃은 호랑이털이었다. 굴속에서 걸어 나온 꼬리의 발자국이 바위굴 옆으로 돌아갔다. 돌아간 바위 자락의 끝은 벼랑이었는데, 벼랑 끝의 눈 위에 꼬리의 발자국이 가지런히 찍혀 있었다. 마을이 한눈에 내려다보였다. 꼬리는 이곳에서 마을을 지켜보았다. 낮에는 바위굴에서 토막잠을 자다 저녁이면 이 벼랑 끝에 서서 마을에 누가 오고 가는지, 어느 집에 개가 있는지, 어떤 개를 잡을 건지 생각에 잠겼을 것이다. 그러다 날이 어두워져 불이 하나둘 꺼지면 마을로 발걸음을 옮겼을 것이다.

꼬리가 민가 가축을 습격하는 방식이 점점 교묘하고 대담해지고 있다. 들판이나 목장 주변을 배회하더니 이제는 남의 집 뒷마당까지 침범한다. 올겨울 폭설이 잦고 유난히 혹독하긴 하지만 그래도 도를 넘어서고 있다. 첫눈 내리던 날, 키쉬뇨프카의 밤하늘을 아름답게 밝혔던 폭죽처럼, 큰 효과는 없겠지만 그래도 꼬리가 개를 뜯어 먹은 자리마다 고깃덩어리를 구해 낚싯줄로 묶고 그 끝을 대포 폭죽과 연결하여 나무에 묶어두었다.

두만강 인근에서 조선표범을 조사하다가 산속에서 숯 굽는 노인을 만난 적이 있다. 숯가마 앞마당으로 가끔 표범의 발자국이 가로지르곤 했는데, 그때마다 노인은 '할아버지 오셨네'라고 말했다. 늙은 산지기 스테파노비치처럼 호랑이를 신으로 숭배하는 우데게 원주민 문화의 영향을 받은 탓에 이 지역 러시아 사람들에게도 아직 이런 정서가 존재한다.

그들은 호랑이가 마을에 들어와 가축을 잡아가면 처음에는 어쩌다 한번이려니 하고 피해 보상을 받는 선에서 놔둔다. 그러나 가축을 잡아가는 것이 빈번해지면 아무리 '할아버지 오셨네' 하는 원주민 정서가 남아 있어도 죽여야 한다고 말하는 사람들이 나타난다. 마을의 피해도 막아야 하고 호랑이를 잡으면 목돈도 생긴다. 그러면서 마을 주민들 사이에 논쟁이 벌어지고 죽이자는 사람들과 죽이지 말자는 사람들 사이에 갈등이 생긴다. 비록 인간들 사이에서의 권리이지만 주민들에겐 가축을 습격하는 맹수를 사살할 권리가 엄연히 있다.

마을회관에서 마을 대표인 마리아를 만났다. 마리아는 두 아이의 어머니였는데 불안에 떨고 있었다.

"아침마다 애들을 학교나 유치원에 보내야 하잖아요. 그때 갑자기 호랑이가 나타나면 어떡해요?"

우리는 그녀를 안심시키려 했다.

"이 호랑이는 사람을 해치지 않습니다."

"개를 몇 마리나 잡아갔잖아요?"

"배가 고파서 개를 잡아간 거지, 사람을 해치는 호랑이는 아닙니다."

"말도 안 되는 소리 마세요. 얼마 전에 빠르치쟌스크에서 호랑이가 사람을 잡아먹었다고요."

"그건 이 호랑이가 아닙니다. 그 호랑이는 죽었어요."

"그 호랑이나 이 호랑이나… 아무튼 호랑이가 시골역으로 가는 부부를 잡아먹었잖아요. 빠르치쟌스크 신문에 대문짝만하게 났다고요."

"언론은 원래 말뿐이에요. 근본적인 원인은 말 안 하고 호랑이가 사람을 잡아먹었다는 기사만 크게 쓰죠."

"아니, 사람을 잡아먹은 건 사실이잖아요."

"그건 사람이 호랑이에게 먼저 총을 쐈기 때문이에요. 호랑이가 괜히 사람을 해친 게 아니에요. 그리고 먹지도 않았고요."

"아니, 호랑이가 덤비니까 쐈겠지, 가만히 있는데 왜 쐈겠어요."

얼마 전 이곳에서 남서쪽으로 100여 킬로미터쯤 떨어진 빠르치쟌스크에서 호랑이 한 마리가 새벽에 마을 간이역으로 출근하던 부부를 습격하는 사건이 벌어졌다. 남편은 죽고 부인은 크게 다쳤다. 이 사건을 전해 들은 치스토 마을 사람들은 가축 피해가 문제가 아니라 호랑이가 사람을 죽일 수도 있다는 점을 우려하고 있었다. 마리아는 좀처럼 우리 말을 믿으려 하지 않았다.

"사람들이 자꾸 산에 가서 밀렵을 하는 게 문제입니다. 사슴도 쏘고 멧돼지도 쏘고 그러다 호랑이도 보이면 쏘고, 그러니 산에서 호랑이가 어떻게 살고 호랑이가 잡아먹을 게 뭐가 남겠어요? 그래서 호랑이가 마을로 내려오는 겁니다."

"눈도 많이 오고 먹을 게 없어서 호랑이가 마을로 내려오는 거 나도 다 알아요. 하지만 이렇게 자주 와 버릇하면 사람이라고 안 잡아가겠어요?"

"그렇지 않습니다. 우리가 오래 따라다니며 쫓아냈지만 가축은 잡았을망정 사람을 해친 적은 한 번도 없었다니까요?"

어떻게든 설득하려 안간힘을 썼지만 마리아는 요지부동이었다.

"나는 여기 마을회관에서 일하는데 저녁마다 집까지 걸어가기가 너무 무서워요. 여기서 나가는 것조차 겁난다고요. 지금 저 창문을 열고 밖을 좀 보세요. 호랑이가 개를 잡아먹고 길가에 뼈다귀와 꼬리만 남겨놓았다니까요. 개가 흘린 핏자국도 있어요. 이제는 매일 저녁 남편이 총을 들고 나를 마중 나와요. 전시도 아닌데 매일 총을 들고 다녀야 한다니, 이건 너무 심하잖아요?"

결국 마을 사람들 사이에 회의가 열렸다. 마을 사람들을 다독이기 위해 피해를 입은 민가에 보상을 해주고 우리가 취한 조치들을 설명했다. 공포탄을 쏘아서 쫓아버렸기 때문에 돌아오지 않을 가능성이 높다는 것, 돌아오더라도 길목마다 고깃덩어리를 놓고 폭죽을 설치해 놓았다는 것, 그래도 혹시 돌아올 것에 대비해 우리가 매일 밤 순찰을 돌며 마을을 지키리라는 것을 약속하며 주민들을 설득했다. 그러나 설명도 설득도 소용없었다. 마을 사람들 대부분이 호랑이를 죽여야 한다고 완강히 고집했다. 어른들은 물론이고 등교하는 아이들까지 위험하니 가만 놔둘 수 없다는 것이었다. 마을 회의에서 결론이 내려졌다.

'오늘 밤 호랑이가 다시 마을로 돌아오면, 내일 맹수 전문 사냥꾼을 부른다.'

마을로 내려오는 길목마다 폭죽을 추가하고 주요 길목에는 무인 카메라와 함께 조명 센서를 달았다. 센서가 꼬리를 감지하면 나무 위에 달아놓은 조명이 켜질 것이다. 길목 어딘가에서 불빛이 켜지면 오지 말아야 할 꼬리가 돌아왔다는 신호다. 그 불빛이 꼬리가 넘지 말아야 할 마지노선이었다. 불빛이 켜지지 않기를, 켜지더라도 불빛에 놀라 발길을 되돌리기를 빌었다.

겨울 산골의 해는 짧았다. 어둠이 찾아오는 길목은 높고 깊어서 산맥의 골마다 일찌감치 어스름이 흘렀고, 그 어스름이 산자락과 능선을 기어오를 때 인적 끊긴 마을은 어둠에 덮였다. 용의 등뼈를 넘어온 바람이 마을을 훑고 지나가자 마을 개들이 불안한 울음을 울었고 개들이 뱉어낸 울음을 따라 산맥의 늑대들이 서로가 서로를 부르는 긴 광시곡을 토해냈다.

공포탄과 장총을 휴대하고 순찰에 나섰다. 산맥을 넘어온 바람이 멀리 뻗어 내린 수많은 산자락을 훑어 내리다 마을을 휩쓸자 헛간 문들이 덜컹거렸고 지붕의 지푸라기들이 날려 거리를 떠돌았다. 뼈를 찌르고 마음을 뚫어버리는 기류였다. 야무지고 냉기 서린 바람 속에 지나온 날도 다가올 날도 휑했다. 어둠 속에서는 눈 밟는 소리가 유난히 크게 들려, 내가 눈을 밟는 소리에 내가 놀라 두리번거렸다. 발로쟈가 한곳을 주시하면 나도 그쪽을 바라보았고 내가 다른 곳에 눈길을 주면 발로쟈도 그쪽으로 시선을 돌렸다. 달빛 어설픈 헛간과 뒷마당에 플래시를 비출 때마다 개들이 짖었다. 조명은 켜지지 않았고 폭죽도 터지지 않았다. 하지만 그것들이 금방이라도 터지고 켜질까 봐 마음 졸이며 마을 주위를 몇 바퀴 돌았다.

자정이 가까워질 무렵, 캄캄하던 마을 어귀 한쪽이 환해졌다. 굶주림은 역시 사람보다 무서웠다. 결국 돌아왔다. 조명이 켜진 곳으로 달려갔다. 불빛에 비친 눈밭에 꼬리의 발자국이 걸어오다 멈춰 섰다. 그리고 사라졌다. 무인 카메라를 확인했다. 조심스럽게 산길을 밟아 내려오던 꼬리가 갑자기 불빛이 터지자 얼어붙은 듯 정지했다. 뼈대 굵은 몸통과 윤기 빠진 갈기, 그리고 묵직한 머리를 정지한 상태로 삼사 초, 꼬리는 차분하게 주변을 살폈다. 조명이 켜졌어도 앞을 주시하는 눈빛은 침착했다. 상황을 파악하자 걸어온 발자국을 그대로 되짚어 천천히 뒷걸음질 쳤다. 망설임 없이 어둠 속으로 사라졌다.

"컹컹! 컹컹컹!"

갑자기 마을 개들이 짖기 시작했다. 맞은편이었다. 꼬리는 조명 불빛을 피해 반대쪽으로 움직였다. 마을 대로로 뛰어나가 소리 나는 쪽으로 플래시를 비추었다. 이미 마을에 내려와 있었다. 검은 줄무늬를 굵직하게 두른 붉은 몸체가 마을 대로 멀리에 우두커니 서서 이쪽을 바라보고 있었다. 바람이 등골을 타고 갈기를 건드렸고 눈빛은 가라앉아 텅 비어 보였다. 그 넓은 대로에서 꼬리는 온전히 혼자였다. 나무집들이 양쪽으로 늘어선 그 넓은 대로 한가운데에서, 플래시 불빛만 어른거리는 어둠 속에서, 이쪽을 바라보며 덩그러니 홀로 서 있었다. 그는 흔들리지 않는 석고상처럼 가만히 나를 바라보았다. 나도 홀로라는 것을 느꼈다. 죽음을 맞이할 때처럼 아무도 없는 대로 한가운데서 우리는 서로 홀로였다.

발로쟈가 연이어 공포탄을 쏘면서 뛰었다. 꼬리는 숲으로 돌아서더니 어둠 속으로 사라졌다. 발로쟈가 계속 따라붙으며 위협사격을 하다 산발치에서 걸음을 멈추었다. 숲은 꼬리의 것이다. 그리고 밤은 호랑이의 시간이다.

나무 서리가 아침 햇살에 반짝였다. 개들의 털은 뻣뻣한 서리로 덮였고 개들의 입에서 나온 숨결은 흰 거품처럼 콧등에 내려앉았다. 가지에서 가지로 청설모 한 마리가 서리를 떨어뜨리며 옮겨 다녔다.

폭죽과 연결된 고깃덩어리 앞에 꼬리의 발자국이 찍혀 있었다.

폭죽은 터지지 않았다. 꼬리는 두 번 속지 않았다. 고깃덩어리 앞에 잠시 머물며 폭죽을 지켜보다 지나갔다. 폭죽, 조명, 마을 대로, 그리고 늘 자기를 속이며 따라다니는 사람들, 뼛속이 시려서 부르르 떨었을 것이다.

지난밤 그 소동 이후에도 꼬리는 마을 주변을 떠나지 않고 어두운 숲을 배회했다. 그러다 냄새를 맡았고 그 냄새를 따라간 곳이 마을 외곽의 닭장이었다. 닭장은 비어 있어 먹을 닭이 없었다. 숲에도 없고 마을에도 먹을 것이 없었다. 빈 닭장 한가운데 덩그러니 서 있었을 꼬리의 얼굴이 떠올랐다. 묵직한 몸체를 늘어뜨리고 부리부리한 눈으로 빈 닭장을 물끄러미 쳐다보며 무슨 생각을 했을까? 마을 주위를 배회하며 살아가는 것은 힘든 일이다. 텅 빈 숲에서 혼자 살아가는 것보다 더 힘들지도 모른다. 닭장은 부서져 있었다. 꼬리는 해머 같은 앞발로 나무 기둥을 부러뜨리고 강철 같은 송곳니로 여기저기 온통 이빨 자국을 남겨놓았다.

갈
림
길

태양이 중천에 올랐을 때 지프 한 대가 마을로 들어왔다. 장총을 든 세 명이 내렸다. 마을 사람들이 결국 맹수 전문 사냥꾼을 불러들였다. 사냥꾼들은 마을 사람들과 간단히 얘기를 나누고는 우리를 불러 마을 문제는 자신들이 해결할 테니 밤에는 나다니지 말라고 요청했다. 곧 호랑이가 습격한 현장들을 둘러보고 산에서 내려온 길목들을 파악하기 시작했다. 일을 진행하는 모습이 맹수 사냥에 이골이 난 꾼들이었다. 상황 파악이 끝나면 사냥꾼 세 명이 각각 위치를 잡고 스나이퍼처럼 잠복할 것이다.

꼬리가 마을 주위를 배회한 지 일주일, 오늘 밤에도 마을로 내려올 것이다. 시간이 별로 없었다. 우리는 급히 산지기를 찾아 밀렵꾼의 총에 맞아 죽은 멧돼지 한 마리와 멧돼지 똥 한 가마니를 구해왔다. 멧돼지 배를 갈라 창자를 꺼내 밧줄로 묶은 다음 그걸 끌고 다니며 꼬리가 산에서 내려올 만한 길목마다 냄새를 피웠다. 그 위에 멧돼지 똥을 뿌렸다. 모든 냄새 자국들이 마을에서 5킬로미터 정도 떨어진, 산지기들이 가끔 사용하는 외딴 산막으로 이어지게 꼼꼼히 작업했다. 이 작업은 빠른 것보다는 정확하고 세밀한 유인이 중요했다. 꼬리가 산에서 내려오는 길목 중에서도 마을과 산막으로 나누어지는 갈림길에 더 많은 냄새와 똥을 뿌려 정밀하게 작업을 마쳤다.

냄새 작업을 마친 뒤, 꼬리가 내려다보고 있을 만한 곳으로 멧돼지를 끌고 갔다. 멧돼지를 끈 자국이 눈밭에 길게 생기며 그 속에 미약한 돼지 냄새도 남겨졌다. 지금 이 순간 꼬리가 어디서 보고 있을지도 모른다. 그걸 노리고 꼬리의 시선이 머무를 것으로 예측되는 장소는 모두 거치며 모르는 척 멧돼지를 끌었다. 최종적으로 멧돼지를 끈 흔적들을 모두 산막 앞으로 모이게 한 다음, 산막 앞 40미터쯤 떨어진 나무둥치 밑에 멧돼지를 묶었다. 작업하는 내내 산속 어딘가에서 꼬리가 멧돼지 끄는 우리를 지켜보기를 바랐다. 날이 저문 다음 저 멧돼지를 끈 자국 위로 터벅터벅 걸어오기를 바랐다. 마을로 내려가는 길목에서 산막으로 꼬리를 끌어내야 했다. 봄도 아니고 이 혹독한 겨울에 산에서 먹이를 구할 수도 없는 호랑이니, 모르는 척 멧돼지를 먹이고 허기를 달래서 숲으로 돌려보내야 했다.

조그마한 통나무 산막은 야트막한 야산 발치에 홀로 서 있었다. 산막에서 40미터쯤 떨어진 곳에 한 뿌리에서 나온, 굵지 않은 물참나무 서너 그루가 모여 있고, 물참나무 뒤로는 마른 쑥부쟁이가 섞인 억새밭이 50미터쯤 펼쳐져 있다. 그 뒤부터 야산이 시작되어 용의 등뼈로 이어진다. 냄새를 맡고 다른 호랑이나 스라소니가 찾아와 끌고 갈까 봐 멧돼지는 물참나무 밑동에 묶어두었다.

산막 안의 작은 창문을 통해 물참나무가 잘 보였다. 창문 틈으로 선을 연결하여 산막 외벽에 마이크를 설치하고 카메라 앵글과 포커스를 물참나무에 맞춰놓았다. 그리고 커튼을 내려 렌즈를 제외하곤 창문 전체를 가렸다. 산막 안이 캄캄해지자 카메라 뷰파인더에서 희뿌연 빛이 새어 나왔다. 짧은 시간이었으나 할 수 있는 일은 다했다. 마을의 사냥꾼들도 준비를 마쳤을 것이다. 미끼를 놓고 어딘가에 숨어서 저격을 준비하고 있을 것이다. 저녁이 점점 다가오고 있다. 이제 남은 것은 꼬리의 몫이었다. 물참나무 뒤 야산에서 보름달이 천천히 떠올랐다. 멀리서 부엉이 울음소리가 들렸다.

알 수 없는 자연의 소리가 들려왔다. 그 소리는 멀리서 눈과 바람이 서로 희롱하며 겨울나무 즐비한 숲에 수작을 부리는 소리 같기도 했고 거리를 가늠할 수 없는 곳에서 우는 여우의 흐느낌 같기도 했다. 그 소리가 내 마음을 유인하여 산막 안에 있으면서도 눈 덮인 숲속 외줄기 오솔길을 거닐게 했다. 그 소리는 가끔씩 끊어졌는데, 그때마다 삭풍이 불어 흔적 하나 없는 하얀 눈밭을 얼려갔다. 나는 외로움에 부르르 떨었다. 그럴 때면 나는 거꾸로 걸었다. 어느 시인처럼, 너무나 외로워 내 발자국이라도 보며 걷고 싶었다.

붉은 족제비 한 마리가 냄새를 맡고 쪼르르 달려왔다. 또 한 마리가 나타나더니 먹이를 먹다 말고 눈밭을 폴짝폴짝 뛰고 뒹굴며 먼저 온 녀석과 장난을 쳤다. 먹을 걸 신경 쓰지 않고 눈밭을 구르는 걸 보니 흘레를 붙는 모양이다. 한 녀석이 눈밭을 달려 억새밭으로 들어가자 나머지 녀석도 따라갔다. 배터리를 아끼기 위해 마이크에 연결된 오디오만 켜두고 화면은 껐다.

밤이 깊어가며 산막 주변은 고요해졌다. 추위에 얼어붙은 나무들이 쩍쩍 갈라지는 소리를 냈다. 실내 기온이 영하 13도, 바깥 기온은 영하 30도가 넘을 것이다. 바깥과 온도 차이가 나 창문에 성에가 끼기 시작했다. 입김을 후후 불어 성에를 닦아냈다. 꼬리가 굴뚝에서 나는 연기를 볼까 봐 페치카에 불을 피우지 않았더니 몸이 시리게 아려왔다.

달이 휘영청 올라 맑은 빛을 은서리같이 뿌렸다. 꼬리가 나타날 시간이었다. 꼬리가 산을 내려온다면 마을과 산막으로 갈라지는 갈림길에서 냄새를 맡을 것이다. 그 갈림길이 꼬리에게는 삶과 죽음의 갈림길이다. 그 갈림길에서 발걸음을 어디로 옮길 것인가? 마을로 내려가는 길은 육체와 영혼을 분리하는 길이고, 산막으로 내려오는 길은 아직 남은 삶의 허기를 달래는 길이다. 오늘 아침 폭죽에 매단 고깃덩어리 앞에서 서성거린 꼬리의 발자국을 보면서 나는 동물에게도 망설임이 있다는 말의 진실한 의미를 깨달았다. 아침의 것은 배고픔을 달래 산으로 돌려보내려는 한 덩이 살점이었지만 지금 저 포수들이 놓은 고깃덩어리는 배고픔으로 죽음을 조율하고 끝내 삶을 죽음의 아가리에 처넣는 미끼다. 꼬리는 지금 그 갈림길에서 서성이고 있을지도 모른다. 늘 가던 마을로 걸음을 옮기려는 충동이 점점 커질 것이다. 어제까지 꼬리의 몸 안에서 꿈틀대던 그런 충동은 하루를 더 굶은 지금 한층 강해졌을 것이다.

왕대라는 숲의 위엄을 갖춘 존재도 결국은 죽어 사체가 될 수밖에 없다는 사실은, 살아 있는 개체라면 누구나 아는 슬픔이다. 그러나 마지막까지 운명에 저항하다 사라진다면 그것은 비극이다. 사체는 팔려가서 해부되고 부위별로 다시 팔릴 것이다. 그가 두려워해야 할 것은 죽음이 아니라 죽음에 이르는 과정, 그 과정에서 그가 이 세상에서 가지고 있던 것들을 하나둘 빼앗기는 것이다. 죽음에 저항하며 끌려가든 죽음을 똑바로 바라보며 스스로 걸어가든, 그 과정에 두려움과 불안이 스며들어 마음을 옥죄기도 하고, 배고픔이 슬그머니 끼어들어 노쇠한 욕망을 부추기기도 할 것이다. 꼬리는 이미 많은 것을 빼앗겼고 더 빼앗길 것도 몰아쉬는 숨 외에 많지 않다. 뼈는 삭고 근력은 쇠했는데 싱싱한 사슴이 뛴다면 그건 쾌락인가 고통인가? 그럴 땐 자연에 순응할 준비를 해야 한다.

꼬리는 나타나지 않았다. 달은 이미 중천에 떠올랐고 꼬리가 움직였을 시간은 지났다. 시간이 지날수록 마음이 무거워졌다. 미세한 소리도 꼬리가 서걱거리며 눈을 밟는 소리 같았고 억새 숲이 조금만 움직여도 금방 털북숭이 얼굴이 억새 사이로 나타날 것만 같았다. 하지만 나타나지 않았다. 폭력적인 사념이 강렬한 총알처럼 살갗을 뚫고 지나갔다. 갈림길에서 서성이던 꼬리가 결국 마을로 난 오솔길로 향하는 환각이 떠올랐고, 뒤이어 마을에서 총소리가 울려 퍼지고 그 살벌한 소리가 검은 산맥에 메아리쳐 돌아오는 환청까지 들려왔다. 거기에는 확실히 죽음의 기척이 있었다.

사냥꾼들이 장총을 잡고 어딘가에 은신해 있다는 생각만으로도 숲이 달라 보였다. 사냥꾼이 겨냥한 장총의 총구가 자꾸 둥그렇게 떠올랐다. 그리고 총구의 원이 점점 커졌다. 두 눈과 두 귀를 연결하는 선의 가운데, 단 한 방에 죽일 수 있는 곳, 바로 미간에 총구가 겨누어지고, 그 총구 끝에서 섬광이 번쩍이자 날아간 쇳덩어리가 꼬리의 몸 한구석으로 빨려 들어가고, 한순간의 짧은 경련과 함께 무거운 돌멩이가 수면 아래로 가라앉듯 쓰러지는 장면이 떠올랐다. 포효도 몸부림도 없는 고요한 정적 너머에서 그 모습이 선명하게 떠올랐다.

나는 몸의 힘을 빼고 머리를 비운 뒤 마음을 일종의 절전 상태로 만들었다. 마음을 안정시키기 위해 조용히, 그렇지만 깊게 호흡했다. 하지만 가끔 시무룩함이 한숨을 토해냈다. 허연 입김이 통나무 벽으로 뻗어나가다가 천천히 가라앉았다. 안개 속에서 젖은 눈이 내릴 때 저렇게 무거웠었다. 시무룩함이 깊어져 한탄이 새어 나왔다. 꼬리가 마을로 내려가든 산막으로 오든 그것이 나에게 무슨 상관인가? 한 개체가 배가 고파 마을로 내려오고 세월에 밀려 죽음의 언저리를 배회하는데… 그건 머지않아 나에게도 찾아올 미래인데… 가을쑥이 죽어야 봄쑥이 싹을 내미는 것이고 그것이 자연의 이치인데…. 하지만 불쌍하고 불완전했다. 늙는다는 것도 불완전했고 늙어서 스스로 생활해 내야 한다는 것도 불완전했다. 자연이 그것을 배려하지 않는다는 것은 알지만 그래도 꼬리가 불쌍했다. 내가 그에게 끌리는 것은 완전한 것에 대한 집착이 아니라 불완전한 것에 대한 연민이었다.

들쥐들이 눈을 뚫고 나와 멧돼지 가죽을 끊어 갔다. 먹는 자나 먹히는 자나 먹어야 했다. 얼핏 발자국 소리를 들은 듯했다. 또 환청이었을까? 억새풀 흔들리는 소리가 들렸다. 호흡을 멈추고 헤드폰에 귀를 기울였다. 다시 잠잠해지며 한동안 정적이 흘렀다. 뽀드득, 눈 밟는 소리였다. 시무룩함이 두근거림으로 고동치며 손가락까지 떨려왔다. 마음을 진정시키며 살며시 화면을 켰다. 억새 속에서 눈빛이 반짝 빛났다. 억새가 흔들리며 서서히 갈라지더니 물참나무 밑으로 갈기 성성한 털북숭이가 걸어 나왔다. 숨이 멎을 것 같았다. 눈을 끔뻑여 다시 봐도 꼬리가 눈앞에 있었다.

꼬리는 멧돼지 냄새를 슬쩍 맡고 가만히 서서 산막을 주시했다. 심장을 찌르는 듯한 눈빛이었다. 뻣뻣한 털은 하얀 서리로 덮여 있고 내뿜는 콧김은 나오자마자 공중에서 얼어붙어 거품처럼 내려앉았다. 갈기 아래로 콧등이 묵직하고 입술이 붉었지만 달빛에 비친 전신의 윤곽은 나뭇등걸처럼 헐렁했다. 갈비뼈는 빨래판 같고 어깨뼈는 유난히 솟아올라 뼈다귀에 가죽만 걸쳐놓은 것 같았다. 꼬리는 늙고 우둔한 맹수처럼 보였으나 죽음을 무수히 넘긴 기운을 숨기고 있었다. 육감이라는 것은 누구에게도 의존하지 않고 스스로 힘으로 살아가려는 자에게 더 잘 주어진다. 그리고 그런 감각은 새끼를 가진 어미나 다른 종족의 영역을 기웃거리는 자에게 더 잘 발휘된다. 죽음의 입구에 놓인 미끼를 피해 결국 이리로 왔다. 갈림길의 이쪽도 미끼임엔 다름없으나 숲으로 돌아가는 미끼였다.

꼬리는 산막을 바라보던 시선을 거두고 멧돼지를 덥석 물더니 힘껏 잡아당겼다. 털 아래 근육들이 살아 움직이며 불끈 솟구치고 꿈틀거렸다. 멧돼지를 매어놓은 물참나무가 휘청거렸다. 당겨도 끌려오지 않자, 꼬리는 뒷다리는 일어선 채 앞다리만 낮춰 멧돼지를 뜯어 먹었다. 배는 고프고 마음은 서두르고 있다. 창자가 당기는 대로 울대를 꿈틀거리며 얼어붙은 멧돼지 고기를 씹지도 않고 목구멍으로 삼켰다. 빠드득 뼈가 부러지고 살이 뜯기는 소리가 나자 다시 산막을 쳐다본다. 어제부터 사냥에 실패하고 사람들과 대치한 탓에 예민했다. 자정이 넘어서야 산막에 나타난 것을 보면 꼬리는 마을을 살피고 왔을 것이다. 어둠 속에서 기다리는 쇠붙이 든 인간들의 낌새를 느꼈거나, 총격이 빗나가 아슬아슬하게 사지를 벗어났을 수도 있다. 아니면 석두산 정상에서 멧돼지를 끌고 가는 우리를 내려다보고 산막 근처로 일찌감치 와서 살피다가 이제 나왔을 수도 있다. 어쨌든 꼬리는 지금 이 산막 앞에 있다. 달빛이 흐르며 눈밭을 환히 비췄다.

시간이 흐르면서 마음이 놓였는지 꼬리는 눈밭에 털썩 주저앉아 엉덩이부터 차근차근 먹어치웠다. 호랑이가 많이 먹어도 한 번에 보통 30킬로그램인데, 오랜만의 포식이라 그런지 90킬로그램짜리 멧돼지를 3분의 2나 먹어치웠다. 이렇게 포식하고 나면 보름 정도는 아무것도 먹지 않고 지낼 수 있다. 그러나 보름이 지나고 나면 또 어쩔 것인지, 벌써부터 그것이 걱정이다. 태양이 지고 저녁이 다가올 때마다 그의 가슴엔 서리 묻은 냉기가 쌓이고, 두려워하면서도 마을 어귀에 어스름이 깔리기를 기다리는 마음은, 어김없이 돌아오는 끼니와 끼니 사이의 싸움이었다. 먹어야만 하는 것과 죽어야만 하는 것의 전쟁이었다.

하얀 꼬리를 씰룩이며 늘씬하게 달리는 사슴을 보거나 개울가로 몰려나와 물장난치는 멧돼지를 볼 때마다 욕망을 달래며 돌아서야 하고, 사슴의 목뼈를 부러뜨리던 송곳니와 멧돼지의 등짝 깊숙이 박아 넣던 갈고리발톱마저 잃을까 봐 두려워진다. 그것은 아직 겪어보지 않았고 알지도 못하는 죽음을 두려워하는 것이 아니라 한 끼 굶주림을 두려워하는 것이다. 굶주림은 흐르는 물결 같아서 어김없이 밀려와 지나간 모든 포식을 덮어버린다.

억새밭을 배경으로 앉아 있는 꼬리의 자태가 둥근 달과 야산에 어울려 골계미가 서렸다. 꼬리를 향해 카메라를 천천히 줌인했다. 렌즈가 미세하게 움직이며 시야를 줄여갔다. 뷰파인더 속에서 나의 시선이 꼬리의 눈빛과 마주쳤다. 꼬리가 벌떡 일어났다. 줌인을 멈췄지만 꼬리는 조금도 움직이지 않고 가만히 서서 렌즈를 노려보았다. 등의 털이 일어섰고 꼬리가 곧게 펴졌다. 뭉툭한 털북숭이 코를 살짝 들어 흐르는 나의 냄새를 맡았다. 그러곤 네발짐승이 낮출 수 있는 최대한 자세를 낮춰 한 발 두 발 산막으로 다가왔다. 뿌드득, 뿌드득 눈 밟는 소리가 천천히 가까워졌다. 렌즈를 응시하는 눈빛을 조여 렌즈 너머를 꿰뚫어 보려고 했다. 상대를 질식시키는 강렬한 기운이었다. 다가오던 꼬리가 어느 순간 내딛으려던 오른쪽 앞발을 허공에서 멈췄다. 그리고 단 한곳, 렌즈 뒤의 나만을 이글이글 바라보았다. 산막까지는 불과 10미터, 숨결이 느껴졌다.

미동도 않고 온몸을 긴장하며 나를 바라보던 꼬리가 몸을 돌리거나 뒤돌아보지 않고 렌즈에 시선을 고정한 채 자신이 걸어온 발자국을 그대로 밟으며 한 발 두 발 천천히 물러났다. 물러날 때의 눈빛과 긴장감도 다가올 때와 마찬가지였다. 산전수전 다 겪은 노련한 생명체였다.

나는 모르는 척했다. 모르는 척, 이게 내가 꼬리와 소통하는 방식이었다. 비네스코 목장이나 키쉬뇨프카 들판에서처럼 나의 냄새를 맡았을지도 모르겠다. 아니면 개구리를 잡던 감자밭 어딘가에서 혹은 백두산사슴을 잡았던 아메리카 계곡 어딘가에서 나를 보았을지도 모른다. 꼬리와 내가 교감하는 방식은 늘 이랬다. 서로의 주변을 떠돌며 서로의 냄새를 맡고 가까이에서 지켜보지만 아는 척은 할 수가 없었다. 그가 원하는 것을 주고 싶어도 아는 척하는 순간 소통은 끝난다. 언어와 습성이 다른 종이라서만은 아니었다. 그는 야생에 있고 나는 문명에 있기 때문이었다. 지금 이 순간도 창문 하나를 사이에 두고 마주 보고 있지만 손을 흔들어줄 수가 없다. 다시는 돌아오지 말라거나 잘 가라고 말해줄 수도 없다. 내가 꼬리에게 애정을 표현하는 최선의 방식은 모르는 척이었다. 모르는 척하면서 서로를 배려하는 것이 우리의 유일한 끈이었다. 결국 혼자 가야 하며 그것이 살아 있는 모든 생명의 길이기 때문이다.

물참나무까지 물러난 꼬리는 몸을 돌려 억새숲으로 사라졌다. 족제비들이 다시 나타나 눈밭을 뛰놀았다. 멀리서 여우가 짖었다. 꼬리가 산막에 나타난 지 3시간, 새벽이 다가와 있었다.

꼬리가 사라진 억새숲 위로 나무 서리가 내렸다. 나무 서리는 새벽이 다가오면서 더 짙어져 아침이 되자 대지와 대지에 뿌리를 둔 모든 것들을 하얗게 덮었다. 페치카에 장작을 넣고 성냥을 켰다. 불쏘시개에 불을 지필까 하다가 훅 불어 껐다. 언제일진 모르지만 꼬리가 남은 멧돼지를 마저 해치우기 위해 돌아올 것이다. 그때까지라도 꼬리의 마음을 불안하게 만들고 싶지 않았다.

눈치 빠른 까마귀들이 아침 일찍 날아와 멧돼지 잔해를 쪼았다. 배불리 먹은 녀석들은 물참나무 가지 위에 올라앉아 부리를 닦았고, 다 닦은 녀석들은 잔해를 쪼는 동족을 내려다보며 까옥 까옥 울었다. 족제비들이 다시 나타나 아침 식사를 물어 갔다. 억새숲에서 밤을 지새운 오목눈이들은 아침 햇살로 몸을 녹이며 무리 지어 지저귀었고, 맑은 하늘에서는 황조롱이 한 마리가 맞바람에 날개를 파르르 떨며 정지해 있다가 바람결로 몸을 돌려 능선과 능선 사이로 미끄러져 들어갔다.

서리 앉은 억새를 타고 다니며 사이좋게 지저귀던 오목눈이들이 후드득 날아올랐다. 까마귀들도 깍깍깍 빠르고 짧게 끊어서 울어댔다. 뿌드득, 억새숲에서 부드러운 벨벳 발이 눈 밟는 소리가 들렸다. 한 발 한 발 조심스럽게 내딛고 있었다. 살짝살짝 흔들리던 억새숲이 큰 구렁이가 지나가듯 갈라지며 설렁거렸다. 억새가 흔들릴 때마다 서리 가루들이 날려 아침 햇살에 반짝였다.

물참나무 뒤의 억새 꽃술이 술렁이더니 그 사이로 꼬리가 얼굴을 내밀었다. 이마와 갈기에 하얀 서리가 서려 있다. 꼬리는 눈을 부릅뜨고 산막을 뚫어지게 바라보았다. 허연 콧김이 일 미터나 푹푹 뿜어져 나왔다. 한겨울의 억새밭과 야산을 뒤로하고 몸을 긴장시킨 채 서 있는 모습이 늙어 보였다. 꼬리를 따라 숲속을 헤매다닌 세월이 맹수와 사람을 함께 늙게 했다. 꼬리는 시선을 거두고 먹다 남긴 멧돼지 잔해를 덥석 물었다. 꼬리를 번쩍 치켜들고 뒷다리로 버티면서 온 힘을 다해 당겼다. 멧돼지를 묶어 놓은 물참나무가 부러질 듯 흔들렸다. 그래도 멧돼지가 끌려오지 않자 주저앉아 먹기 시작했다.

한낮의 트인 공간, 예상치 못한 일이었다. 시베리아호랑이가 자신을 가장 드러내기 싫어하는 때와 장소다. 그런데도 꼬리는 위험을 무릅쓰고 나타나 지난밤 남긴 먹이를 마저 해치우고 있다. 저만한 크기의 멧돼지라면 보통 사나흘에 걸쳐서 먹는데, 범나비 잡아먹듯 간밤에 돼지의 3분의 2를 먹어치우고도 꼬리는 이 훤한 아침에 다시 돌아왔다. 남긴 먹이를 누가 가로채 갈까 봐 염려스러웠을까?

꼬리는 마음이 굶주려 있는 것 같다. 실제로는 배가 부른데도 배가 고프다고 느끼는 것이다. 굶기를 밥 먹듯이 하다 보면 이런 일이 벌어진다. 꼬리는 배가 미어터질 때까지, 그래서 질려서 더 이상 먹고 싶지 않을 때까지 실컷 먹어보고 싶은 것이다. 지옥같이 고통스러운 배고픔보다 배가 고프다는 생각에서 벗어났을 때 비로소 자신이 살아 있다는 것을 느낄 것이다.

꼬리가 앞발을 일으켜 세웠다. 통통했던 돼지는 하룻밤 새에 몇 개의 뼛조각이 되어 나뒹굴었다. 엉덩이는 주저앉고 앞발을 일으켜 세운 채 꼬리는 서리 성성한 할아버지 얼굴로 벌판 저쪽에서 이쪽까지 천천히 훑어보았다. 허연 콧김이 뭉실뭉실 뿜어져 나왔다. 꼬리는 길쭉하고 뭉툭한 코를 허공으로 살짝 들어 올려 바람에 실려오는 산막과 나의 냄새를 세밀하게 맡았다. 물참나무 위에 까마귀 한 마리가 내려앉자 물끄러미 올려다보더니 다시 산막을 쳐다보았다. 눈빛이 많이 누그러져 있었다.

이윽고 꼬리는 엉덩이를 일으켰다. 물참나무에 누런 오줌을 흘

175

뿌리고 두툼한 발을 성큼성큼 내디며 억새밭을 향했다. 억새밭으로 들어가려던 꼬리가 문득 멈춰 섰다. 고개를 돌려 산막을 바라보았다. 뒤를 돌아보는 것은 연민이 느껴지는 존재가 뒤에 남았거나 죽음이 도사리고 있을 때이다. 뒤쪽 어딘가에 남겨진 나의 체취를 다시 한번 짐작하려는 것일까? 아니면 죽음의 그림자 뒤에 드리운 삶의 여운이 얼마나 남았는지 재보려는 것일까? 그 모습이 마치 자신의 영혼이 미처 따라오지 못할까 봐 걸어온 길을 되돌아보는 늙은 인디언 같았다.

꼬리는 산막을 바라보던 시선을 거뒀다. 이번에는 뒤돌아보지 않고 곧장 억새 숲으로 들어갔다. 억새 꽃술들이 야산까지 일직선으로 갈라지더니 이내 고요가 찾아왔다. 꽃술에 내린 서리 가루가 바람에 흩날리며 은빛으로 반짝였다.

회색지대

눈이 내렸다. 온종일 내리고 있다. 하늘은 회색으로 가득하고 가까울수록 흰색으로 변했다. 장작이 빼곡히 쌓인 헛간과 통나무로 지어진 산막의 외벽, 나무 사이로 난 오솔길과 그 너머의 개울, 모든 것이 흰색이다. 다른 색이 드러나는 건 나무 꼭대기에 웅크리고 앉은 까마귀들이 몸을 흔들어 등에 쌓인 눈을 털어낼 때뿐이다. 눈은 개울의 자갈과 그루터기를 덮었고, 그루터기 아래의 들쥐 굴과 고목의 날다람쥐 굴, 바위 틈새와 장작더미의 구멍, 세상의 우묵한 곳은 모두 메워 모난 것을 부드러운 것으로 바꾸었다.

산골 마을에서의 시련이 끝나자 꼬리는 시호테알린 산맥으로 들어갔다. 이후 눈이 몇 차례 내려 꼬리의 흔적은 끊어졌다. 인근 마을을 수소문하다 한 촌부에게서 호랑이 이야기를 들었다. 며칠

전 얼어붙은 키에프카 강을 건너 수호이 개울을 따라 오르다가 인근 산기슭에서 호랑이 한 마리를 봤는데, 호랑이가 비쩍 말라 가죽밖에 없었고 걸음걸이가 비틀거렸다고 했다.

산기슭을 따라 난 산길에 발자국이 남아 있긴 했지만 눈이 바람에 쓸려 크기를 측정할 만한 깨끗한 발자국은 없었다. 호랑이는 길을 걸을 때 앞발이 디딘 자리를 뒷발이 다시 디딘다. 발자국을 멀리서 바라보면 외줄의 일직선으로 뻗어 있다. 그래서 호랑이 발자국을 외발자국이라고 한다. 그러나 산길을 걸어간 호랑이는 앞발이 디딘 발자국에 못 미쳐 뒷발을 디뎠다. 가끔은 S자 곡선으로 걸었다. 걸음걸이가 비틀거렸고 걸어가다 산길 가운데에 두어 번 주저앉아 쉬던 자국도 있다.

골짜기를 따라 10여 킬로미터쯤 깊이 들어가자 침엽수가 많아지고 바위들이 더러 보이는 능선을 타더니 발자국이 바위 절벽 밑으로 들어갔다. 앞으로 60도 가까이 기울어진 절벽은 밑이 움푹 파여 바람기도 약하고 눈도 덜 쌓였다. 그래도 능선을 훑던 바람이 눈가루를 일으키며 가끔 들이쳤다. 그곳에 호랑이 한 마리가 누워 있었다. 가죽이 뼈에 비쩍 말라붙었고 등골이 울퉁불퉁했다. 앞발을 가지런히 모으고 그 위에 머리를 얹었다. 얼핏 보면 양지바른 쪽으로 해바라기하며 깊은 잠에 빠진 것처럼 보였다. 황갈색 털이 누렇게 바랜 늙은 암호랑이였다. 상처는 없었고 먹은 것이 없어 배가 등에 달라붙었다. 굶어 죽은 호랑이였다.

두툼한 눈으로 덮인 바위 절벽 밑에 자리를 잡고 누워 삶의 끝이 점점 다가오는 것을 몸속 깊이 느꼈을지도 모른다. 사방을 둘러보아도 도와줄 이 하나 없고 결국은 혼자 가야 한다. 감각이 무뎌지고 콧숨 소리가 가늘어진다. 두툼했던 입술이 마르고 체온이 떨어지며 자신의 생을 지탱해 주던 어떤 기운이 미세하게 몸을 떠나는 걸 느낀다. 용맹했던 일들, 비굴했던 일들, 과거의 일들이 스쳐간다. 가족과 경쟁자들, 그들도 부질없게 느껴진다. 후회인지 후련함인지 마음이 가라앉으며 편안한 느낌도 든다. 몸속의 거친 것들은 사라지고 솔바람 같은 미세한 기운만 남아 쏴-아 하고 서서히 기억을 씻어낸다. 달 없는 밤에 새벽이 온 것처럼 눈앞이 흐릿해지다 까무룩 잠이 든다. 이런 기분이 찾아온다면 그 자리가 바로 육체의 길이 끊어지고 마음의 길이 소멸해 버리는 자리다.

이 호랑이는 더 이상 굶주리거나 추위에 떨지 않을 자신의 자리로 이곳을 골랐다. 퀭한 눈동자 속의 검푸른 빛이 먹이를 구하려는 건지 마음을 구하려는 건지 세상의 끈을 아직 붙들고 있는 것만 같았다.

겨울이 황량한 산맥을 사납게 몰아붙이며 절정으로 치닫자 짐승들은 깊은 골을 벗어나 야산으로 내려왔다. 내려오면서 쓰러지는 동물들도 늘어나고 있다. 이 고비를 넘겨야 봄이 온다. 개구리도 나오고 메뚜기도 나오고, 동면에 들어갔던 곰과 오소리도 깨어나 겨우내 굶주린 배를 채우기 위해 숲을 헤맬 것이다. 그러면 꼬리도 체면 차린 식사는 못 해도 최소한 굶주리지는 않을 것이다. 그러나 그 봄을 기다리기엔 겨울이 너무 길고 혹독했다.

끊어졌던 꼬리의 흔적이 디피코우*로 들어가는 초입에 다시 나타났다. 양 갈래로 뻗어 내린 산맥의 봉우리와 뿌리들이 겨울 빛 아래 차갑고 싱싱했다. 새로 내린 눈은 부드러워 발길에 차일 때마다 하얀 속살을 드러냈다. 꼬리는 디피코우로 향했다. 배가 부르자 영역표시 본능이 되살아났다. 향긋한 잣나무와 구수한 참나무, 스쳐가는 나무들이 또렷해지고 눈을 밟는 앞발에도 뿌직뿌직 힘이 실렸다.

디피코우의 그랜드 마커인 세 아름드리 잣나무가 가까워지자 영역표시가 잦아졌다. 바위에 쌓인 눈더미와 굵직하니 기울어진 나무마다 꼬리가 남긴 오줌 자국이 냄새를 풍겼다. 멧돼지 한 마리가 효과를 발휘하여 꼬리는 숲에 대한 자신의 믿음을 끊임없이 남겼다. 독한 냄새가 오늘은 향기로웠다.

디피코우와 산타고. 두 갈래 산맥이 합쳐지는 곳에서 또 한 마리 호랑이가 산마루를 타고 내려왔다. 발자국이 굵고 보폭은 시원했다. 그리고 뒷발자국이 사다리꼴 모양이었다. 꼬리가 목표인지 아니면 세 아름드리 잣나무가 목표인지, 하쟈인은 꼬리의 발자국을 따라가고 있었다. 눈밭을 앞뒤로 끌며 걸어간 꼬리의 외

• 우데게 말이다. 산타고의 '고'와 디피코우의 '코우'는 어간에 따라 다르게 발음되긴 하지만 모두 ㅆ에서 나온 말로 계곡을 뜻한다. 산타고는 '세 번째 큰 계곡'이라는 뜻이고, 디피코우는 '사냥꾼들의 계곡'이라는 뜻이다.

줄 발자국 옆으로 힘찬 매화 무늬 발자국이 길게 이어졌다. 두 수 호랑이는 경쟁적으로 영역표시를 남기며 이 지역의 그랜드 마커 인 세 아름드리 잣나무로 향했다.

꼬리의 발자국이 세 아름드리 잣나무로 접근했다. 잣나무 둥치 에 묻은 오줌 자국이 독하고 노랬다. 뒤따라온 하쟈인도 잣나무 로 다가가 오줌을 흠뻑 뿌렸다. 꼬리가 삽 같은 뒷다리로 눈을 파 내고 배설한 자리 옆에 하쟈인도 배설했다. 하쟈인의 배설 자리 는 쌓인 눈 아래 언 땅이 다 파헤쳐졌을 정도로 짧고 깊었다. 그 리고 계속 꼬리를 쫓아갔다. 꼬리는 디피코우가 산타고와 용의 등뼈로 갈라지는 갈림길에서 산타고로 향했다. 하쟈인의 발자국 도 망설임 없이 꼬리를 따라갔다.

하쟈인의 목표는 꼬리였다. 산타고에서 넘어온 하쟈인이 산타 고로 넘어가는 꼬리를 뒤쫓고 있었다. 하쟈인의 목표는 이 지역 의 그랜드 마커인 잣나무도 아니고 용의 등뼈도 아닌 오직 꼬리 였다. 하쟈인은 영역표시 경쟁을 하는 것이 아니라 자신의 영역 으로부터 꼬리를 밀어내려 하고 있었다. 이 지역의 으뜸 수호랑 이, 새로운 왕대로서 이제 서열을 확실히 하기 위한 정도가 아니 라, 자신의 사냥터와 자신이 거느린 암호랑이들로부터 늙은 왕대 를 완전히 몰아내기 위해 따라 다니고 있었다. 하쟈인의 시원하 고 망설임 없는 발자국은 수컷이 수컷에게 보내는 힘과 적의를 느끼게 했다.

산타고를 향해 능선을 타던 꼬리의 발자국이 오솔길 한가운데서 멈춰 섰다. 꼬리 앞에 사다리꼴 모양의 발자국이 서 있었다. 그 발자국 앞에서 꼬리는 더 이상 나아가지 못했다. 꼬리에게 다가온 발자국도 물러서지 않았다. 다툼은 없었다. 새로 내린 눈밭에 찍힌 흔적은 간결했고 명확했다. 물러서진 않았으나 나아가지 못하고 있던 꼬리의 발자국이 주춤주춤 뒷걸음질 치더니 오솔길을 벗어나 경사지로 내려갔다. 그리고 다시 디피코우 하류로 향했다. 그것으로 수컷과 수컷 사이의 기세는 갈라졌고, 영역과 영역은 합쳐졌으며, 숲은 충돌 없이 고요해졌다. 물러설 것인가 말 것인가, 이것을 가장 민감하게 알아차린 자는 바로 꼬리 자신일 것이다. 과거 자신이 어떤 상대를 밀어붙였을 때 상대가 보여주었던 행동이 기억났을지도 모른다. 그 기억이 그 상대가 행동한 대로 따라 하라고 속삭였을지도 모른다. 진실이란 대개 강한 아픔과 허무를 불러온다. 그러나 꼬리의 간결한 흔적 속에는 본능에서 움튼 미련과 망설임이 섞여 있지 않았다. 이제 물러설 때를 늘 염두에 두며 살아야 할 시간이다.

꼬리가 수컷으로서의 미련을 완전히 버리진 않았을지도 모르겠다. 그러나 살아야 할 이유를 증명하기엔 그는 너무 늙었고 먹고살 일도 벅차다. 이제 꼬리가 다시 영역표시를 한다면 그것은 오줌바위나 아름드리 잣나무가 아닌, 훨씬 위험하고 황량한 회색지대일 수밖에 없다. 숲의 변두리이자 마을의 변두리인 저 강물 너머 회색지대, 그곳에서는 먹이를 잡아도 불안에 떨며 먹어야 하고 영역표시를 해도 봐줄 동족이 없다. 개체가 새로운 곳에 내

던져지면, 새로운 환경, 새로운 길, 새로운 잠자리, 먹잇감도 바뀌고 그를 노리는 길목도 바뀐다. 현실 세계가 바뀐다.

디피코우는 산맥 하나를 두고 산타고와 맞닿은 계곡이다. '사냥꾼들의 계곡'이란 뜻으로, 과거 동물들이 많이 살아서 붙여진 이름이다. 이 계곡에 빽빽이 들어찬 참나무 군락은 보기 드물게 울창한 숲을 이루고 있어 지금도 사슴과 멧돼지 무리가 사시사철 찾아온다. 가을 겨울에는 바닥에 떨어진 도토리를 찾아오고, 추위가 심해지고 눈이 쌓이면 야산의 경작지로 내려갔다가도, 눈 녹는 봄철이 되면 남은 열매를 마저 뒤적이려고 찾아온다.

디피코우에는 무리를 크게 형성한 멧돼지 떼가 살고 있는데, 이 무리의 우두머리는 이 지역 사람들에게 널리 알려진 멧돼지다. 나이가 들면서 흑갈색 털이 희끗희끗 탈색된 수컷으로, 아래턱의 예리한 송곳니가 오랜 세월 자라서 커다란 어금니가 되었다. 주둥이 밖으로 뻗어 나온 어금니가 얼마나 크고 인상적인지 사람들은 이 멧돼지를 '어금니'라고 부른다.

어금니는 우선 그 덩치로 유명하다. 어금니를 본 적이 있는 한 산지기는 키 1미터 50센티미터에 무게가 400킬로그램은 나갈 거라고 말했다. 어금니가 진흙탕을 뒹군 후 참나무에 어깨를 비빈 흔적을 본 적이 있는데, 참나무에 묻은 진흙의 높이가 1미터 20센티미터는 되었다.

어금니가 알려진 지 예닐곱 해 되었으니 그렇게 자라기까지의 성장 시기를 감안하면 열서너 살은 넘었을 것이다. 야생멧돼지는 질병이나 밀렵, 호랑이 같은 천적 때문에 일고여덟 살을 넘기는 경우가 별로 없다. 온갖 위험을 피해 지금까지 살아남았으니 어금니는 늙긴 했어도 노련한 멧돼지였다.

멧돼지들은 번식기가 끝난 겨울철이면 가족끼리 단독 생활에 들어가지만 어금니에게는 몇몇 암돼지 가족들이 따라다닌다. 어금니의 작고 게슴츠레한 눈 뒤에 자리한 굳센 지혜와 경험에 의존하려는 암돼지들이다. 어금니는 천적의 접근에 예민하다. 살아오면서 호랑이나 밀렵꾼에게 습격당한 경험이 여러 차례 있었을 것이고 그때마다 위기를 벗어나며 숲속의 이상 징후를 감지하는 능력이 발달했다. 먹이를 먹으면서도 늘 호랑이의 습격을 경계하고 진흙 목욕을 즐길 때도 주변의 기척을 감지하는 데 많은 시간을 들인다.

이런 어금니 무리를 꼬리가 따라다니고 있었다. 디피코우에 머물던 어금니는 눈이 깊게 쌓이자 야산 지역으로 내려갔다. 우리도 그들의 발자국을 따라 움직였다. 계곡은 점점 넓어져 큰 강과 만났다. 겨울 강은 물이 낮아 물가에 바위들이 드러났다. 바위마다 눈이 덮여 하얀 무덤들이 공동묘지를 이루었다. 언 강에 눈이 내리고 쌓인 눈에 바람이 불어 빙판 위에 시간의 무늬가 찍혀 있다.

강물 너머는 인간의 영역이다. 보호 구역의 외곽이자 마을의 변두리로 야산과 들판으로 이루어진, 인간들이 경작하고 방목하고 물고기를 잡으며 활동하는 곳이다. 저곳은 야생의 영역인 녹색지대도 아니고 인간들의 거주지인 황색지대도 아니다. 야생에서 밀려난 뜨내기 동물들과 들판과 강에서 일하는 사람들이 뒤섞여 활동하는, 폭력과 불안이 가득한 회색지대다.

이 회색지대는 숲과 마을이 싸우고 야생이 문명과 겨루는 한없이 무자비한 곳이다. 마을에서 숲의 변두리를 벌목하면 숲은 끊임없이 씨앗을 뿌려 들판으로 나아가려 하고, 야생이 먹이를 찾아 내려오면 문명은 온갖 다양한 무기로 대응한다. 숲에서는 호랑이나 스라소니, 늑대 같은 맹수나 맹금류만 조심하면 되지만, 강물 너머에선 덫과 올가미, 사냥개와 밀렵꾼의 총구, 심지어 발목 지뢰나 무인 밀렵총과 같은 살인 병기들이 소리 없이 기다린다. 야생에서처럼 한 마리만 잡아도 만족하는 온정이 있는 것도 아니고, 잡을 수 있을 때 모두 잡아 저장해 두려는 무자비함이 숨어 있다. 생명들에게 숲보다 훨씬 위험한 곳이 저 강물 너머 회색지대다.

어금니 무리는 강을 건너 들판으로 나아갔다. 가끔 구릉밭과 목초지도 지나갔다. 강물 너머는 산이 멀어서 더디게 저물고 있었다. 아직 어스름이 끼지 않았지만 빛들이 구름에 막혀 눈밭을 걸어간 멧돼지들의 발자국에 푸르스름한 음영이 감돌았다. 음영 속에서 낯설지 않은 물건을 발견했다. 렌즈였다. 카메라 렌즈가 깨져서 푸른빛 서린 모서리를 눈밭에 내밀고 있었다. 그 뒤로 렌즈 후드, 플라스틱, 강철 프레임 조각들이 소형 폭탄 터진 듯 산산조각으로 흩어져 있었다. 강물 너머로 나온 짐승들이 다니는 길목에 숨겨놓았던 꼬마 카메라였다.

카메라 파편에는 이빨 자국이 가득했다. 날카로운 송곳니로 뚫은 것이 아니라 모루같이 평평한 이빨로 씹은 흔적이다. 카메라를 숨겨놓았던 버드나무도 껍질을 짓이기고 물어뜯어 죄다 벗겨놓았다. 버드나무에 찍힌 생채기가 멧돼지 어금니의 것이다. 멧돼지 발자국도 어지러웠다. 그중 하나가 망치 두 개를 나란히 찍은 듯 매우 컸다. 어금니의 것이었다. 어금니가 마치 호랑이처럼 카메라를 찾아 부쉈다. 혹독한 추위 속에 굶주리고 지친 어금니의 내면에서 파괴 본능이 꿈틀대고 있다.

어금니 무리를 추적하던 꼬리의 발자국이 파괴된 카메라 앞에 머물렀다. 꼬리는 고개를 숙이고 콧김을 흡 들이쉬어 플라스틱과 쇠 냄새를 맡았을 것이다. 자기도 부순 적이 있는 인간의 물건을, 늙은 멧돼지가 부수지 않았다면 자기가 부수기라도 했을 것처럼 가만히 서서 살펴보았다. 꼬리의 발걸음이 다시 멀어졌다. 고단한 삶을 재촉하는 살아 있는 것들의 발자국이 푸른 으스름으로 덮여가는 눈밭에 길게 이어졌다.

삭정이에 도끼질을 하자 나뭇가지의 눈이 우수수 떨어졌다. 바람 없이 내린 눈이라 고왔다. 꼬리를 따라 숲을 헤매다 우묵한 곳을 찾아 모닥불을 피우고 주전자에 눈을 담아 차를 끓였다. 큰 장작 하나가 바지직 소리 내며 옆으로 굴렀다. 얼어붙은 몸속으로 뜨거운 것이 내려가자 입김이 더 길게 뿜어져 나왔다.

쓰러진 나무와 구릉의 바위에 눈이 쌓여서 하얀 봉분을 이루었다. 그중 하나가 움찔거렸다. 다가가자 눈이 일어서며 봉분 한쪽이 무너졌다. 멧돼지였다. 멧돼지가 깊은 눈 속에 가만히 엎드려 몸 전체로 겨울을 맞고 있었다. 두껍게 쌓인 눈이 기척과 냄새를 지운 탓에 꼬리가 발견하지 못한 모양이었다.

멧돼지는 겨우 앞발을 일으켜 세웠으나 푸르르 콧김 한 번 불기운이 없는지 나를 물끄러미 쳐다보기만 했다. 눈빛은 눈밭을 달리고 있지만 발은 눈밭에 잠겨 있다. 추위와 굶주림에 지쳐 탈진한 눈빛이 거뭇하게 꺼져간다. 죽음의 기척이 눈바람을 따라 다가왔다. 잦은 폭설과 혹독한 추위로 먹이 찾기가 힘들어졌다. 나무껍질을 벗겨 먹으며 연명하는 것도 한계가 있다. 이렇게 쓰러진 동물들은 거듭되는 폭설에 깊이 파묻혀 있다가 봄눈이 녹으면서 하나둘 모습을 드러내, 겨울을 이겨내고 살아남은 자들의 먹이가 된다. 겨울을 이겨내지 못한 잔해들의 운명이다.

생명의 근원이 아침 햇살을 뿌렸다. 가지마다 서리꽃이 피었다. 서리에 투과된 아침 햇살이 가닥가닥 갈라져 빙그르르 돌았다. 딱따구리들이 이 나무 저 나무 옮겨 다니며 딱딱 딱딱 나무를 쫄 때마다 서리가 떨어졌다. 바람이 맑고 햇살은 청명했으며 눈이 부시고 어지러웠다. 야영하는 밤마다 멀어지는 거리를 따라잡기 위해 아침 일찍 서둘렀다.

어금니 무리를 따라가던 꼬리의 흔적이 한곳에 머물렀다. 그곳에 멧돼지털과 뼈다귀들이 널려 있었다. 털과 뼈의 크기와 모양이 어린 새끼 멧돼지였다. 사냥한 흔적은 없다. 대신 눈 속에서 멧돼지를 파낸 흔적이 있다. 꼬리는 사냥을 하기 위해서가 아니라 굶주림에 지쳐 쓰러진 멧돼지를 얻기 위해 어금니 무리를 따라다니고 있었다. 꼬리도 어금니처럼 묵은 경험으로 이 혹독한 겨울을 버티고 있다.

어금니 무리가 밤새 멀리 움직였다. 꼬리의 발자국은 여전히 그 뒤를 따라가고 있었다. 무리의 흔적이 아담한 야산과 야산 사이의 골짜기로 들어갔다. 앞서가던 발로쟈가 손가락을 입술에 대고 속삭였다.

"멧돼지야, 멧돼지! 꼬리가 멧돼지를 사냥했어."

간결했던 눈밭에 덩치들이 뒤엉키고 굴러서 흔적이 복잡했다. 언뜻언뜻 핏자국이 묻어 있고 흑갈색 멧돼지털이 흩어져 있다. 멧돼지 무리는 살짝 경사진 오솔길을 지나가고 있었다. 오솔길 좌우에는 참나무와 섞여 소나무들이 드문드문 늘어서 있고, 소나무 사이마다 어린 소나무들이 허리춤 높이로 고개를 내밀고 있다. 꼬리는 그 뒤에 숨어 있었다. 길가에 겹쳐 자란 나지막한 잔솔 뒤에 커다란 맹수가 눈을 녹이며 웅크리고 있다 눈을 박차고 뛰어나간 흔적이 선명했다.

바람을 타고 멧돼지 특유의 냄새가 흘러왔다. 꼬리는 잔솔 밑에 몸을 바짝 웅크렸다. 푸른 솔잎에 가려 시야가 흐릿했지만 냄새는 점점 짙어졌다. 피를 뛰게 하는 냄새였다. 바늘잎 사이로 형체가 어른거리며 시커먼 것이 모퉁이를 돌아 걸어 나왔다. 늙어서 털이 희끗희끗해진 거대한 멧돼지였다. 어금니가 유난히 길어 익숙한 놈이었다. 그놈을 보자 꼬리는 마음에 앞서 몸이 먼저 반응했다. 움찔거리는 사지를 꾹 눌렀다.

뒤이어 멧돼지 무리가 차례로 따라 나왔다. 냄새가 더욱 짙어졌다. 늙은 멧돼지가 다가올수록 꼬리는 더 웅크렸다. 바로 앞 어린 소나무까지 다가왔다. 감미로운 향기가 코를 찔렀다. 꼬리는 금방이라도 튕겨 나가려는 몸을 필사적으로 다잡았다. 늙은 멧돼지의 바랜 흑갈색 몸통이 꼬리의 눈앞을 천천히 지나갔다. 솔잎 사이로 어른거리는 그 뒷모습을 가만히 쳐다보며 마음을 추슬렀다.

다음 놈도, 그다음 놈도 그냥 보내주었다. 멧돼지 무리가 줄줄이 꼬리의 눈앞을 지나갔다. 비쩍 말라 힘이 없어 보이는 멧돼지 한 마리가 시야에 들어왔다. 꼬리는 시선을 고정했다. 사정거리에 들어올 때까지 미동도 하지 않았다. 바늘 같은 솔잎에서 향기가 흘러나와 코를 간질였다. 한 발 두 발 점점 가까이 다가왔다. 꼬리는 뒷다리에 힘을 주었다. 눈을 박차고 잔솔을 뛰어넘었다. 갈고리 같은 발톱을 멧돼지의 어깨 근육에 박아 넣으며 송곳니로 목을 물어 쥐었다. 달려드는 힘의 관성으로 어딘가로 굴러떨어지는 와중에도 턱에 힘을 주어 목줄을 뚫었다. 바람이 새는 듯한 멧돼지의 울음이 길게 울려 퍼졌다. 그럴수록 턱에 더 힘을 주었다. 쉰 울음이 차차 잦아들더니 이윽고 멈추고, 멧돼지의 몸이 걸레처럼 늘어졌다. 꼬리는 목줄을 놓고 숨을 가쁘게 몰아쉬었다. 멧돼지들이 언덕 위로 줄줄이 달려가고 있었다.

꼬리는 기다렸다. 멧돼지가 대처할 틈이 없을 만큼 아주 가까이 다가올 때까지 끈질기게 기다렸다. 바람은 꼬리에게 유리했을 것이다. 자신이 숨어 있던 솔잎 앞으로 멧돼지가 들어오자 그제야 달려들었다. 꼬리가 덮친 충격으로 멧돼지는 서너 걸음밖에 도망치지 못하고 산길 옆 1미터 깊이의 구렁으로 떨어졌다. 멧돼지가 저항한 흔적이 얕고 작았다. 꼬리는 무리에서 멀어지기 시작한 탈진한 멧돼지를 노렸다. 큰 놈보다는 확실히 잡을 수 있는 놈, 모험보다는 확률을 택했다. 꼬리는 현실을 알고 그 위를 걸어가고 있다.

놀란 멧돼지들은 야산 언덕 위로 도망갔다. 눈 덮인 언덕에 삶과 죽음을 가른 질주의 흔적이 줄줄이 나 있다. 꼬리는 사냥한 멧돼지를 야산 사이의 주름진 작은 골짜기로 끌고 갔다. 햇살에 드러났던 눈의 속살이 다시 얼어 끌고 간 자국이 기름진 빛을 잃었다. 멧돼지가 남긴 똥도 낡고 단단해서 사냥한 지 이틀은 돼 보였다. 멧돼지가 쓰러져 있던 흔적이 크지 않았다. 이 정도 몸집이면 먹어치우는 데 하루 이틀 걸린다. 근처에 꼬리가 있을지도 모른다. 발소리를 죽이며 골짜기를 올라갔다. 멧돼지를 끌고 가느라 힘들었는지 거친 혓바늘을 세워 차가운 눈을 핥은 자국이 보였다. 꼬리가 목을 축인 곳부터 골짜기가 가팔라졌다. 50미터쯤 더 올라가자 우묵하고 양지바른 골 자리가 나타났다. 그곳에 멧돼지 잔해가 있었다. 흑갈색 털이 이리저리 널렸고 이미 다 뜯어 먹은 통뼈들과 두개골이 그 가운데에서 뒹굴고 있었다. 하얗게 드러난 두개골의 두피까지 알뜰하게 뜯어 먹었다. 멧돼지 두개골을 들어 올렸다. 아래위 턱에 제법 사나운 어금니 네 개가 붙어 있었다. 작은 수컷이었다. 두피에 조금 남은 피와 살점이 싱싱했다. 꼬리가 방금까지도 두개골의 두피를 뜯어 먹고 있었다.

고개를 들어 주변을 가만히 훑어보았다. 볕을 받아 금잔디처럼 밝은 둔덕이 우묵한 골 자리를 둘러싸고 있고, 둔덕에 부딪친 겨울바람이 가끔 돌아 나오며 마른 풀잎을 흔들었다. 솔개 두 마리가 바람을 타며 허공을 오르내렸다. 먼 하늘에선 검독수리 한 마리가 날개를 펼친 채 천천히 미끄러졌다. 가까운 하늘은 까마귀 소리 하나 없이 차분했다.

산뿌리를 돌아나간 꼬리의 발자국이 생생했다. 여기서 골짜기로 올라오는 우리를 줄곧 지켜보고 있었다. 꼬리의 발자국을 따라 골 자리를 벗어나자 겨울바람이 세차게 불었다. 야산의 능선 초입 하나를 돌아섰을 때 붉은 몸체가 멀리서 펄쩍펄쩍 뛰었다. 붉은 몸체는 야산의 마루로 달려 올라갔다. 마루 위로 올라간 꼬리가 멈춰 서더니 고개를 돌려 우리를 바라보았다. 눈빛이 담담해 보였다. 그의 삶을 비추는 얼굴이 낯설지 않았다. 세월의 몹쓸 짓에 휘둘렸어도 누구에게도 의지하지 않고 제힘으로 살아가는 얼굴이었다. 눈을 마주치며 무심하게 바라보던 꼬리가 고개를 돌렸다. 터벅거리는 몸짓이 천천히 야산 너머로 사라졌다.

　우리도 산마루로 올라갔다. 꼬리는 야산 허리를 빙 돌아 나갔다. 등걸 같은 어깨를 실룩이며 야산을 내려가는 꼬리의 뒷모습에 바위처럼 얼어 죽은 암호랑이의 야윈 등골이 겹쳐 보였다. 야산을 내려간 꼬리의 발자국은 숲으로 돌아가지 않고 강물 너머에 머물렀다. 강물 너머는 자신의 영역도 아니고 하쟈인의 영역도 아니지만 길은 늘 그곳으로 뻗어 있다. 젊어서 걷던 산길의 꽃들은 향기로웠으나 이제 눈 내린 들길의 꽃 타래는 뜯겨 나가고 산산이 흩어져버렸다. 늙은 날의 눈보라는 날마다 대지를 덮어 이제는 인간과 자신의 영역조차 모호하게 만들어버렸다. 사랑하고 다투며 고달픈 삶을 이어 오느라 까마득히 잊고 있다가 강물 너머를 걸으며 꼬리는 문득 만날지도 모른다. 사랑하고 다투던 상대들이 하나둘 떠나고 갈림길에서 홀로 서성이는 자신을.

양봉장

라조 서남쪽에 쉬뇨뜨카라는 마을이 있다. 산에서 흘러나와 들판을 구불구불 가로지르는, 폭 5미터 정도의 맑은 시냇가에 열다섯 가구가 모여 사는 작은 마을이다. 마을 주변은 야산을 낀넓은 목초지로 영양분이 많아서 풀의 여왕이라 불리는 알팔파가 자란다. 생김새는 클로버와 비슷한데 크기는 서너 배나 더 커서 자이언트 클로버라고도 한다. 하양과 연분홍이 섞인 탁구공 모양의 알팔파 꽃들이 경쟁하듯 솟아오르는 7월이면 주변의 벌들은 온통 이 목초지로 모여든다. 탐스럽고 둥근 꽃들이 서로 자기 꿀을 따 가라고 하늘거리고, 그 사이를 오가는 꿀벌과 야생벌, 곤충들의 날갯짓 소리가 귀를 먹먹하게 울린다. 미풍에 살랑살랑 실려오는 달콤한 꿀 내음을 맡으며 부지런한 벌들의 건조한 날갯짓 소리를 듣고 있으면, 마음이 취하여 뭔가 아련한 느낌

속으로 가라앉는다. 복사꽃이 필 때보다 더 허무한 그 느낌에서 얼핏 깨어나면, 어느덧 가을이다. 트랙터들이 지나다니며 알팔파를 수확하고, 텅 빈 들판에는 알팔파를 뭉쳐서 떨궈놓은 원형의 건초 더미들만 드문드문 남는다. 이제는 눈까지 내려 부산한 여름의 기억은 간데없고 머리가 차가워진다. 머릿속 깊은 곳에서 꿀벌들의 날갯짓 소리만 가끔 들려온다.

발로쟈와 함께 쉬뇨뜨카 마을을 지나는 개울을 따라 상류로 3킬로미터쯤 올라갔다. 그곳에는 밤나무숲이 넓게 퍼져 있어 가지에 쌓인 눈이 이따금 바람에 날렸다. 밤나무숲 한편에 공터가 있고 그곳에 백여 개 정도의 벌통이 가로세로 직사각형 모양으로 줄지어 놓여 있다. 알팔파꽃과 밤꽃을 오가며 여름 내내 꿀을 따느라 분주했을 벌들은 동면에 들어가 조용하고, 벌통 지붕마다 지난밤 내린 눈이 수북하다. 그중 몇 개는 옆으로 쓰러져 있었는데 동면하다 깨어난 꿀벌 몇 마리가 벌통 입구에서 힘없이 기어 다녔다.

벌통들이 늘어선 공터 옆에 작은 오두막이 한 채 서 있다. 어제 이곳에서 살인 사건이 벌어졌다. 살인범은 아직 잡히지 않았다. 우리가 다가가자 오두막 앞에 매어놓은 검은 개가 맹렬하게 짖었다. 오두막 안에서 사람들이 나왔다. 그중 한 젊은 여인의 눈이 부어 있다. 피해자의 딸인 것 같다. 방문 목적을 이야기하자 그녀는 자초지종을 설명하다 말고 주르르 눈물을 흘렸다.

미샤는 59세로 딸 올가와 함께 이 밤나무숲 양봉장을 돌보며 살아왔다. 올해는 알팔파가 무성했고 밤꽃이 흐드러진 데다 벌들이 늦가을 꽃까지 잘 훑쳐서 꿀을 톡톡히 받았다. 마지막 꿀은 털어내지 않고 벌들을 일찌감치 동면에 들였다. 겨울철엔 꿀통에 바람이 들지 않도록 감싸주고 늦게 동면에 들어가는 곰들이 가끔 내려오면 쫓아버리는 일이 다여서, 부녀는 모처럼 한갓진 날들을 보내고 있었다.

어제 오후는 눈이 올 듯 날씨가 흐렸다. 미샤는 오두막 뒤에서 장작을 패고 있었고 올가는 오두막에서 감자를 볶으며 시간을 보내고 있었다. 미샤는 장작을 패다 개 짖는 소리를 들었다. 오두막 앞에 묶어둔 미르와 불카가 요란하게 짖기 시작하더니 평소와 달리 예사롭지 않은 비명을 질렀다. 미샤는 장작을 패다 말고 오두막 앞으로 달려갔다. 벌통들 사이에서 커다란 호랑이 한 마리가 네발로 버티며 개를 잡아당기고 있었다. 호랑이가 불카를 물고 개집째 끌고 가는 중이었다. 불카는 죽었는지 늘어져 있고 호랑이가 불카를 밤나무숲으로 끌어당길 때마다 벌통들이 개집에 걸려 이리저리 넘어졌다.

미샤는 호랑이를 향해 도끼를 내던지고 오두막으로 들어가 카빈총을 가지고 나왔다. 호랑이는 개집을 끌고 밤나무숲으로 들어가고 안 보였다. 미샤는 장전하고 밤나무숲으로 달려갔다. 호랑이가 밤나무 사이에 앉아서 개 목줄을 끊기 위해 불카의 멱을 따고 있었다. 미샤는 호랑이를 겨냥하고 카빈총을 쏘았다. 총소리를 들은 호랑이가 불카를 놓고 미샤를 향해 달려들었다. 미샤는 제자리에서 또 한 발 쏘았다. 호랑이는 달려오던 그대로 미샤를 덮쳐 목을 물고 흔들었다. 미샤는 목줄을 물려 숨통이 조여지기도 전에 목뼈가 꺾여 죽었다.

오두막에서 요리를 하던 올가도 미르와 불카가 짖는 것을 들었다. 그러다 갑자기 개들이 비명을 질렀다. 올가는 처음에는 아버지가 개들을 혼내는 줄 알았다. 겨울철 사냥을 나가기 전이면 아버지가 미르와 불카한테 엄하게 대하는 것을 올가는 알고 있었다. 그런데 그때에 비해서 개들의 비명이 날카롭고 절박했다. 문을 열고 나가보려는데 아버지가 뛰어 들어왔다. 아버지는 창고에 걸어둔 장총을 챙겨 뛰어나가며 소리쳤다.

"호랑이야, 호랑이가 불카를 잡아갔어!"

올가도 아버지를 따라 밖으로 나왔다. 불카는 개집째 없어졌고 미르는 제집에 들어가 꼼짝도 하지 않았다. 벌통도 여러 개 쓰러져 있었다. 아버지가 장총을 들고 밤나무숲으로 달려갔다. 올가는 겁이 나서 따라가지 못하고 오두막 앞에 서 있었다. 아버지가 장총을 급하게 겨냥하고 숲속으로 쏘았다. 숲속에서 울긋불긋한 짐승이 달려 나오는 것이 보였다. 아버지가 또 한 발을 쏘았다. 달려오던 호랑이가 아버지의 정면을 덮쳤다. 아버지는 짚단처럼 뒤로 날아가 넘어졌다. 호랑이가 아버지를 타고 앉아 목을 물고 흔들었다. 아버지는 등짝을 몇 번 쿨럭거리다가 잠잠해졌다. 공포에 질린 올가는 가까이 가지는 못하고 개 밥그릇과 장작을 던지며 소리를 질렀다. 아버지에게서 주둥이를 뗀 호랑이가 올가를 잠시 쳐다보다 아랑곳하지 않고 아버지를 끌고 숲속으로 들어갔다. 짧은 순간 올가는 끔찍한 장면을 모두 목격했다. 올가는 울고 비명을 지르면서 3킬로미터 떨어진 쉬뇨뜨카 마을로 달려갔다. 마을 사람들은 바로 추적대를 조직했다.

마른 울음을 삼키며 이야기를 마친 올가는 젖은 울음을 토해 내며 펑펑 울었다. 목울대가 잠겨 쉿소리가 났다. 올가를 위로하러 모인 마을 사람들이 나머지 이야기를 들려주었다.

마을 사람 십여 명이 양봉장에 도착했을 때, 호랑이는 사라지고 없었다. 호랑이는 불카를 내버려 두고 미샤를 끌고 갔다. 목이 반쯤 끊긴 불카는 눈밭에 누워 있었고 미샤를 끌고 간 흔적이 핏자국과 함께 밤나무 사이로 나 있었다. 노인 두 명과 아주머니 한 명은 올가를 위로하기 위해 오두막에 남고 나머지 남자들은 장총을 들고 호랑이 발자국을 따라갔다. 호랑이 발자국이 밤나무숲 뒤의 야산으로 향했다. 얼마 안 가 미샤의 털외투가 눈 위에 떨어져 있었다. 이어서 장화, 셔츠, 바지… 다른 옷가지들이 하나둘 나왔다. 모두 피가 묻고 찢어진 채 덤불에 걸려 있거나 버려져 있었다. 미샤를 끌고 간 흔적이 가끔 끊어졌다. 호랑이는 미샤를 물고 가다 힘이 들면 다시 끌고 가기를 반복했다.
2킬로미터쯤 더 올라가자 호랑이가 산길을 벗어나 길도 없는 외진 곳으로 미샤를 끌고 갔다. 한편에 고목들이 겹쳐 쓰러져 나무 무덤을 이루고 있었다. 그 밑에 미샤의 시체가 있었다. 배가 훤히 열려 있었고 배 속엔 내용물이 아무것도 없었다. 한쪽 팔도 사라져 뼈만 남은 팔목에 시계만 덩그러니 남아 있었다. 사람들이 웅성거리며 다가오자 낌새를 알아챈 호랑이는 도망치고 없었다.

몇 명은 미샤의 시신을 수습하고, 나머지는 계속 호랑이의 발자국을 추적했다. 뒷산으로 이어진 호랑이의 발자국을 따라 핏방울이 보였다. 호랑이가 피를 흘리고 있었다. 피는 갈수록 선명해졌다. 호랑이가 미샤를 끌고 갈 때는 미샤의 피인 줄 알았는데, 확실히 호랑이의 피였다. 미샤의 총에 호랑이도 어딘가를 맞았다.

마을 남자들은 추적을 할수록 이상하다고 느꼈다. 호랑이 발자국이 산을 한 바퀴 빙 돌아 다시 밤나무숲으로 향하고 있었다. 발자국은 차츰 양봉장에 가까워졌고 남자들은 점점 불길한 예감이 들기 시작했다. 밤나무숲 너머로 양봉장이 보였다. 사람 울음소리가 어렴풋이 들렸다. 호랑이의 발자국은 양봉장 안으로 이어졌다. 다들 양봉장으로 뛰어갔다. 벌통이 여러 개 더 넘어져 있었고 묵은눈 위에 새빨간 핏방울이 뿌려져 있었다. 남아 있던 마을 사람들은 오두막 앞에서 울고 있었다. 노인 한 명은 퍼져 앉아서 울었고 아주머니는 올가를 부둥켜안고 울고 있었다. 호랑이가 돌아왔다. 추적대를 따돌리고 양봉장으로 돌아온 호랑이가 양봉장에 남아 있던 노인 한 명을 또 잡아갔다.

변을 당한 노인의 이름은 샬리코프였다. 샬리코프는 친구와 함께 불카의 주검을 수습하고 개집을 원래 자리로 돌려놓았다. 그리고 쓰러진 벌통들을 바로 세워 바람막이를 덮고 있었다. 친구가 먼저 호랑이를 봤다. 추적대가 떠난 맞은편 밤나무숲에서 갑자기 호랑이가 달려 나와 양봉장 안으로 뛰어들었다. 친구는 허둥지둥 물러서며 소리를 질렀다. 벌통에 바람막이를 두르느라 허리를 구부리고 있던 샬리코프는 친구가 외치는 소리에 몸을 일으켰다. 그 순간 뒤에서 달려온 호랑이가 샬리코프의 등에 올라타며 덮쳤다. 호랑이는 벌통 위로 넘어진 샬리코프의 목덜미를 물어 목뼈를 꺾었다. 친구는 혼비백산해서 여자들이 있던 오두막으로 도망쳤다.

호랑이는 노인이 가벼웠는지 물고 갔다. 끌고 간 자국 없이 자신의 발자국 흔적만 또렷했다. 총을 든 마을 남자 일부는 양봉장을 지키고, 나머지 남자들은 정신없이 호랑이 발자국을 따라갔다. 그러나 얼마 안 가 추격을 멈춰야 했다. 날이 어두워지고 있었다. 조급하고 무서운 기분에 어두워가는 하늘에다 총을 몇 발 쏘았다. 그것이 마을 사람들이 취할 수 있는 조치의 다였다. 결국 오두막으로 돌아왔고, 일부는 마을로 내려가 경찰에 신고했다. 자정이 다 돼서 경찰이 양봉장으로 찾아왔다. 하지만 너무 어둡고 눈까지 내리기 시작해서 조사를 할 수가 없었다. 별수 없이 목격자와 관계자들의 진술을 듣고 시신의 사진 몇 장을 찍은 다음 돌아갔다.

새벽에 눈이 많이 내렸다. 아침이 되자 전날의 끔찍한 흔적들이 모두 사라지고 밤나무숲은 눈숲이 되어 있었다. 호랑이 발자국의 크기를 물었지만 마을 사람들은 구체적으로 측정하거나 조사해 놓은 것이 없었다. 엄청 컸다거나 개 밥그릇만 했다거나 하나같이 표현이 애매모호했다. 어젯밤 들렀던 경찰들도 발자국 크기를 측정하지 않았다. 경찰들에게 생태 조사가 무리라는 건 알고 있지만, 피해자의 사진만 찍어가고 사후 조치를 거의 해놓지 않았다. 호랑이를 직접 본 노인과 올가의 이야기대로라면 상당히 큰 호랑이였다. 목털을 묘사하는 게 갈기털이 있는 수호랑이였다.

사건의 내막은 불운했고 안타까웠다. 미샤는 이미 개를 죽이고 끌고 가는 호랑이를 발견했다. 개를 살리기에 늦었으면 내버려두고 신고를 하든지, 아니면 오두막 앞에서 사격을 했어야 했다. 그런데 미샤는 호랑이를 따라갔다. 기왕에 호랑이를 따라갔다면 급소를 정확히 맞춰 사살했어야 했는데 첫 번째 사격은 빗맞았고 두 번째는 빗나갔다. 어설픈 총격에 부상당한 호랑이가 가장 무섭다. 호랑이에게 총을 쏘려면 반드시 죽여야 한다. 다치게만 하면 호랑이가 상대를 죽이려고 달려든다. 노인과 여자들을 총 한 자루 없이 양봉장에 남겨둔 것도 실수였다. 총격당한 호랑이의 흉포함을 모르고 마을 사람들이 무모하게 추적했다. 전문가팀을 부르고 사냥개를 대동해서 추적해도 주의하지 않으면 위험하다.

경찰이 사냥꾼과 산지기들을 불러모았다. 산지기와 사냥꾼, 경찰이 3인 1조로 여러 팀을 꾸려 노인의 시체를 찾아 나섰다. 눈이 내려 쉽지 않을 거라고 생각했으나 늦은 오후에 시체를 찾았다. 밤나무숲 뒷산이 산맥으로 연결되는 산비탈에 시체가 있었다. 산비탈이 미끄러지다 잠시 경사를 멈춘 곳에 찢어진 옷이 나무에 걸려 있었고 그것을 본 수색팀이 그 주변을 샅샅이 뒤진 끝에 눈에 덮인 시체를 찾아냈다. 이미 다 뜯어 먹히고 머리와 다리 일부만 수습했다. 노인의 시체가 있던 곳 근처에 저격팀이 잠복했지만 호랑이는 나타나지 않았다.

식인호랑이는 반드시 추적해서 사살하는 것이 러시아의 관습법이다. 한 번 사람을 잡아먹은 호랑이는 또 사람을 습격한다. 게다가 이 호랑이는 부상까지 입고 있다. 부상이 심해서 죽어버리거나 부상이 경미해서 사냥하는 데 지장이 없다면 차라리 낫다. 치명상은 아니지만 야생동물을 사냥하기 힘들 정도의 어중간한 부상을 당했을 때가 가장 위험하다. 이 경우는 다시 사람을 습격할 확률이 높아진다.

경찰은 시체를 수습한 후 다시 추적대를 꾸렸다. 추적대가 여러 갈래로 나뉘어 여기저기 숲을 뒤지고 경찰 헬리콥터까지 동원해서 사흘 내내 수색했지만 성과가 없었다. 사건 당일 내린 눈이 모든 흔적을 지워버렸고 호랑이는 마음만 먹으면 하룻밤에 100킬로미터 가까이 이동할 수 있다. 눈이 많이 쌓인 겨울이라도 최소 50킬로미터는 이동할 수 있다. 다시 눈이 내리기 시작했다. 추위도 점점 심해졌다. 다들 난감해했지만 수색을 마쳐야 했다. 식인호랑이는 사라졌고 사건은 미제로 남았다.

올가는 큰 호랑이라고만 말했다. 눈으로 보고도 구체적인 특징을 기억하지 못했다. 호랑이 얼굴을 자주 봐도 보통 사람은 이 호랑이와 저 호랑이를 구분하지 못하는데, 아버지를 죽이는 호랑이를 봤으니 정신이 하나도 없었을 것이다. 노인도 갈기 성성한 큰 호랑이라고만 했지 외모의 특징이나 특이한 행동에 대해선 알지 못했다. 큰 수호랑이, 민가를 습격한 전력… 꼬리의 얼굴이 떠올랐다.

꼬리는 늙었다. 그래서 늘 굶주려 있다. 들판의 달걀을 주워 먹어야 하고 개울의 개구리를 잡아먹어야 한다. 그마저도 없을 때는 마을의 가축을 건드려왔다. 꼬리가 이 양봉장 살인 사건과 연관이 있을까? 호랑이가 춥고 배고프면 환관도 잡아먹는다는데, 꼬리라고 그러지 않으리라는 법도 없다. 그러나 꼬리는 늙어 회색지대를 전전할 때도 가축은 건드렸지만 사람은 늘 피해 다녔다. 비네스코 목장에서, 체르노 목장에서, 키쉬뇨프카 들판에서 여러 번 조우하면서도 서로 모르는 척 스쳐 지나갔을 뿐 한 번도 나를 해칠 낌새를 보인 적이 없다. 나를 해치려고 했다면 언제든 죽일 수 있었을 것이다. 원래 품성이 그런 것일까? 아니면 적의 없이 다가가서 그런 것일까? 만약 내가 꼬리에게 총을 쏘았다면, 설맞혀서 부상을 입혔다면 어땠을까?

과거에는 호환과 마마가 제일 무서웠다. 그러나 과거 호환이 많았던 건 호랑이라는 종의 습성이 인간에게 흉포해서가 아니라 숲에 호랑이 개체 수가 너무 많았기 때문이다. 호랑이 수가 많아지면 호랑이끼리 경쟁하고, 경쟁에서 밀려난 호랑이들이 숲에서 쫓겨나 마을 인근 회색지대를 떠돌 수밖에 없다. 그러다 보면 자연히 인간과 마찰이 일어나고 이 양봉장에서 벌어진 일과 유사한 일들이 자주 벌어지는 것이다.

오랜 세월 인간과 호랑이 사이에 마찰이 일어나고 서로 피해를 주는 일이 자주 생기면서 호랑이는 점점 더 인간을 잘 파악하고 인정할 줄 아는 동물이 되었다. 그들은 인간을 두려워하지 않지만 함부로 대하지도 않는다. 그들은 인간과 인간이 키우는 가축의 차이를 알고 있으며 마을의 구조물이나 총 같은 쇠붙이의 위력도 잘 알고 있다. 그것들의 주인과는 늘 일정한 거리를 두며 눈에 띄지 않게 은밀히 다닌다. 그래서 가축은 잡아갈망정 사람을 함부로 해치지는 않는다.

그러나 부상을 입었거나 새끼를 데리고 다니는 호랑이는 사람을 공격할 때가 있다. 연해주에서 지난 30년 동안 시베리아호랑이가 사람을 해친 사건은 대략 50건 정도 있었는데, 주로 밀렵이 성행하는 겨울철에 발생했다. 새끼 딸린 암호랑이가 사람을 공격한 경우도 몇 건 있었지만, 대부분은 사람에 의해 부상을 입어 정상적인 사냥을 할 수 없는 호랑이들의 짓이었다. 새끼 딸린 암호랑이는 사람의 위협으로부터 새끼를 지키기 위해 우발적으로 공격하지만, 부상당한 호랑이는 사람에 대한 원한과 굶주림을 해결하기 위해 의도적으로 공격한다. 새끼 딸린 암호랑이는 자신이 공격한 사람을 버려두고 가지만 부상당한 호랑이는 끌고 가서 뜯어 먹는다.

과거 라조 지역에서 예외적인 일이 한 번 벌어졌다. 산골 밭일을 마친 사람들이 트럭을 타고 가다 눈구덩이에 빠졌다. 사람들이 모두 내려 앞에서는 당기고 뒤에서는 밀어 트럭을 겨우 빼냈다. 사람들은 다시 트럭에 올라탔고 운전사는 바퀴를 괴었던 지렛대를 치우고 있었다. 그때 길가 숲에서 호랑이가 나타나 눈 깜짝할 새에 트럭 운전사를 덮쳐 물고 숲으로 들어갔다. 신고를 하고 추적대를 조직해 시신을 찾았을 때는 거의 뜯어 먹히고 없었다. 모든 수단을 동원해 결국 그 호랑이를 죽였다. 새끼도 상처도 없는, 송곳니까지 튼튼한 한창때의 수호랑이었다. 사람을 습격할 이유가 없었다. 어쩌면 그 호랑이는 언젠가 사람에게 공격당한 경험이 있었을지도 모르겠다.

이번 양봉장 사건은 식인호랑이가 탄생하는 전형적인 경우다. 호랑이가 총에 맞지 않고 개만 잡아갔다면, 그 후로도 가축은 습격할지언정 사람을 공격하지는 않았을 것이다. 그러나 그 호랑이는 이미 식인호랑이가 되었다. 사람을 어려워해 거리를 두던 호랑이가 인육에 맛을 들였고, 또 사람이 허약한 존재라는 사실을 인식했다. 사람의 영악함과 그들이 만들어낸 도구들만 조심한다면 사람도 다른 동물처럼 목을 물고 비틀면 금방 죽는, 더 쉽게 시들어버리는 존재라는 진실을 알게 된 것이다.

건장했던 미샤도 죽고 샬리코프 노인도 죽었다. 한 번 나면 한 번 죽는 것이 살아 있는 생명들의 숙명이지만 자연이 준 시간에 순응하는 죽음이 아닌 이런 종류의 돌발 죽음은 항상 안타깝다. 샬리코프 노인은 이 마을에서 알팔파를 재배하며 평생 욕심 없는 삶을 살아왔다. 미샤도 알팔파 꽃봉오리에서 꿀을 따오는 벌들을 보살피며 가족을 일궈왔다. 그들은 호랑이는 잘 이해하지 못했지만 알팔파와 꿀벌은 잘 이해해서 그 일을 하는 데 큰 어려움이 없었다. 알팔파를 키우고 씨앗이 여물기 전에 잘라 말린 다음, 건초 더미로 만들어 팔거나 자신의 가축들에게 먹인다. 벌들이 열심히 일해서 모은 꿀을 계절마다 가져오고 겨울이 오기 전 일부만 남겨 내년을 위해 동면시킨다. 인간의 입장에선 벌어먹기 위한 당연한 일이겠지만 알팔파나 꿀벌들의 입장은 어떨까? 살아생전 미샤가 불카와 미르를 데리고 겨울 사냥을 나섰을 때, 영문도 모르고 총에 맞아 죽은 수많은 생명들이나 그 가족들의 입장은 또 어떨까?

조사를 마무리하고 개울을 따라 밤나무숲을 돌아 나왔다. 들판에는 갈까마귀들이 이리저리 몰려다녔다. 멀리 쉬뇨뜨카 마을을 둘러싸고 목초지가 사방으로 오르내렸다. 겨울 목초지는 태초의 생명을 숨긴 하얀 눈밭이었다. 완만한 곡선의 반복에 눈밭은 부드럽게 너울졌고, 하얀 외피의 장려함 아래에서 생명이 움트는 기운이 서걱대며 내 두피를 뚫고 들어오자 머릿속 깊은 곳에서 꿀벌들의 날갯짓 소리가 들려왔다.

아침에 초록이었다가 오후에 잘려서 시들어버리는 목초처럼 호랑이가 물어 죽인 소의 목청에선 쉰 울음이 터져 나오고, 꿀벌들이 하양과 연분홍 꽃망울에 매달려 붕붕 날갯짓하며 꿀을 따 집으로 날아갈 때 호랑이도 가끔 개를 잡아 숲으로 가져간다. 목초지는 사람의 것이면서 자연의 것이다. 사람이 가축의 알과 우유를 가져가듯 호랑이도 가끔 개와 소를 가져가는 것이다. 그 날갯짓과 울음이 대지에 기대어 살아가는 것들의 섭리에 어긋나지만 않는다면 꿀벌이나 호랑이나 사람이나 같은 일을 하는 것이다.

건
초
창
고

쌓인 눈은 그대로였지만 추위는 조금씩 물러갔다. 페치카 옆을 달구던 식인호랑이 이야기도 차츰 사그라들었다. 죽은 사람들은 이미 묻혔고 사라진 호랑이도 사람들의 기억에서 희미해져 갔다. 그러던 겨울의 막바지, 타밀 마을에 호랑이가 출몰했다는 소식이 들려왔다. 시린 가슴을 조이며 녹기 시작하는 눈길에 차를 밀고 끌어 세 시간 만에 현장에 도착했다.

마을에서 50미터쯤 떨어진 곳에 기다란 목조 창고 하나가 맑은 햇살 아래 서 있었다. 창고 앞 공터에는 마을 사람들이 몰려나와 창고를 흘낏거리며 웅성대고 있었다. 웃는 사람도 있고 심각한 얼굴도 있었으며 화를 내는 사람도 있었다. 창고는 두꺼운 판자로 외벽을 친 단층 건물이었는데, 반으로 나누어 왼쪽은 헛간 오른쪽은 건초창고로 쓰고 있었다. 건초창고로 들어가는 여닫이

문의 위와 아래, 그리고 중간에 판자를 덧대 못을 박아놓았다. 그것도 모자라 판자에 굵은 각목 여러 개를 괴어 버팀목으로 세워놓았다. 결코 문이 열리지 않게 하겠다는 의지가 느껴졌다.

헛간을 통해 건초창고 천장 위의 다락으로 올라갔다. 어두컴컴한 다락에 플래시 불빛이 언뜻거리며 그림자가 넘실거렸다. 다락 가운데에 사람들이 서 있는 게 어렴풋이 보였는데, 여기저기서 '이쪽 이쪽! 아니, 여기 여기!' 같은 이해할 수 없는 외마디 외침들을 질러댔다. 동공이 어둠에 맞춰지며 어렴풋하던 다락 안이 서서히 밝아지자, 지붕이 낮은 다락에 구부정히 선 마을 장정 몇 명과 바닥에 엎드려 뭔가를 휘젓고 있는 사람들이 보였다. 엎드린 사람들 앞에는 다락 바닥을 뜯어낸 큼직한 구멍이 나 있고, 서 있는 사람들이 그 구멍 안으로 플래시를 비추며 고함을 질러댔다. 엎드린 사람들은 건초창고 안을 내려다보며 긴 각목과 장대로 뭔가를 찾고 있었다. 그중 한 명이 장대로 건초창고 안쪽을 마구 찔렀다.

"커-훙 크르르렁!"

성난 맹수의 강렬한 소리와 함께 나무막대 씹는 소리가 들렸다.

"저쪽을 봐. 저 건초 더미 사이에 있어!"

뜯어낸 다락의 구멍으로 아래를 내려다보았다. 창고 안은 건초 더미로 가득 차 마른풀 냄새가 텁텁하게 풍겨왔다. 플래시 불빛이 흔들릴 때마다 빛과 어둠이 엇갈렸고 판자로 짜 맞춘 창고 외벽의 갈라진 틈 사이로 빛줄기들이 스며들어 어두운 공간을 칼날처럼 이리저리 베어놓았다. 그 사이를 건초들이 뿜어낸 뿌연 먼지가 아메바처럼 스멀스멀 떠다녔다.

건초 더미 사이에서 이글이글 불타는 눈동자가 천장 위의 사람들을 겨누고 있었다. 숨이 막혔다. 한동안 나의 뇌리에 정적이 감돌며 스멀거리는 먼지 속의 눈동자만 또렷했다. 건초 더미 사이에 웅크리고 있는 맹수는… 꼬리였다. 꼬리가 거기 있었다. 건초 더미에 가려 몸통은 보이지 않고 얼굴만 내놓은 채 다락을 노려보고 있었다. 굳게 다문 입술과 윤기 없는 콧등의 주름, 이글거리지만 침전된 눈빛, 낡은 갈기털 가운데에 세월의 풍파를 말해주는 듯한 얼굴, 꼬리는 정말 빠져나갈 길 없는 창고에 갇혀 있었다. 숨이 막힐 듯 밀폐된 이 건초창고 안에… 늙고 우둔해 보였다. 결코 만나지 말아야 할 곳에서 오래전 헤어진 옛 연인을 우연히 만나 그녀의 늙고 시든 얼굴을 들여다보는 기분이 이럴까?

마을 남자 한 명이 말릴 새도 없이 각목으로 다시 꼬리를 찔렀다.

"커어-헉!"

노려보던 꼬리가 펄쩍 뛰어올라 각목을 낚아챘다. 각목에 딸려 건초창고 안으로 떨어지려는 남자를 다른 남자들이 얼른 붙들었다. 꼬리는 송곳니로 각목을 산산이 부숴버렸다. 원추형의 기다란 송곳니, 비네스코 목장의 소, 소의 목줄에 나 있던 네 개의 커다란 송곳니 구멍, 꼬물거리는 쇠파리를 쫓아버리고 그 구멍에 손가락을 찔러 넣었을 때의 섬뜩한 육질감, 그 질감이 다시 손가락을 타고 올라와 목구멍을 턱 막았다. 하필 왜 이 시점에 마을로 내려와 이런 곳에 들어앉아 있는 것일까? 인간이 숲에서 그렇듯 호랑이도 마을에서는 개미지옥에 떨어진 한낱 송장벌레에 지나지 않는데….

그럼에도 꼬리는 자신이 처한 운명에 시선을 똑바로 던지고 있었다. 이글거리지만 차분한 눈빛 속에 잔인한 세월을 살아낸 흔적이 묻어났다. 한때 이 숲의 일인자였던 자가 일인자였을 때의 위엄을 잃지 않으려고 자신이 처한 운명에 온 힘을 다해 집중하며 똑바로 시선을 던지고 있었다. 그런 안간힘에도 아랑곳없이 다락 위에서는 그의 운명을 이리저리로 쏠리게 하는, 막연하기도 하고 신기해하기도 하며 분노에 차기도 한 소리들이 오갔다. 쥐약을 먹고 죽어가는 쥐의 꼬리에 불을 붙이자는 심사였다.

'장대로 한 번 더 찔러봐.'
'배고플 텐데 뭐라도 줘야 하지 않을까?'
'무슨 소리야? 내 개를 잡아간 놈한테 뭘 줘?'
'총으로 쏴버려.'
'그래, 쏴 죽이고 중국 상인 불러!'

이 마을 사람들도 호랑이 한 마리를 잡으면 1년 동안 일한 품 삯보다 더 많은 돈을 벌 수 있다는 것을 안다. 현실은 본질보다

늘 가까이 있고 그것이 풍기는 향기는 마약처럼 중독성이 강하다. 사람들을 말리며 꼬리에 대해 내가 아는 것을 이야기했다. 오래전부터 지켜보며 관찰해서 잘 아는 호랑이이며, 이 혹독한 겨울에 늙고 배가 고파 마을로 내려왔지만 가축은 잡아갈망정 사람은 해친 적이 없다는 사실을 간곡하게 설명했다. 사람들은 나를 이상한 눈으로 쳐다보며 믿지 않는 표정이었다. 추가 설명을 하려 하자 그런 이야기라면 마을 대표를 찾아가 말해보라고 손사래를 쳤다. 이 호랑이는 갇혀 있어서 도망갈 곳도 위해를 가할 상대도 없으니 더 이상 호랑이를 자극하지 말고 관련 기관에서 어떤 조치가 있을 때까지 가만히 내버려 두라고 신신당부를 한 뒤 다락을 내려왔다.

공터로 나오자 마을 사람들이 몰려들어 내게 한마디씩 했다. 마을 대표를 찾았으나 도시의 관련 기관에 연락을 취하러 읍내에 나가 아직 돌아오지 않았다고 했다. 중학생쯤 돼 보이는 한 소년이 내게 다가와 자기가 호랑이를 처음 본 사람이라고 말했다. 주근깨로 덮인 소년의 얼굴이 상기되어 있었다. 나는 그 소년을 통해 꼬리가 창고에 갇힌 지 이미 20시간이 흘렀다는 것을 알게 됐다.

"어제 오후에 잃어버린 개를 찾아서 친구들과 동네를 돌아다니고 있었어요. 그런데 아무리 찾아도 개가 없는 거예요. 그러다 눈길에 난 호랑이 발자국을 봤어요. 호랑이가 잡아갔나? 생각하며 발자국을 따라갔는데, 글쎄 호랑이 발자국이 공터를 지나 건초창고 안으로 들어간 거예요. 친구 두 명이 창고에 들어가 찾아보고는 금세 나오더니 아무것도 없다고 했어요. 혹시나 해서 제가 들어가서 자세히 살펴봤어요. 근데 건초 더미 밑에 우리 개의 머리가 뼈다귀와 함께 있는 거예요. 겁이 더럭 났어요. 뒷걸음쳐 돌아서려는데 호랑이와 눈이 딱 마주쳤어요. 창고 구석에 호랑이가 숨어서 나를 보고 있는 거예요. 저는 얼른 도망쳐 나와서 급히 문을 닫고 빗장을 질렀죠. 호랑이가 안에서 나오려고 문을 치는 바람에 문이 덜컹거렸어요. 친구들과 얼른 달려가서 마을 어른들을 데리고 왔어요. 어른들이 문에 판자를 대고 못을 박아 저렇게 버팀목도 놨어요."

호랑이 처리 문제를 놓고 마을 사람들은 결정을 내리지 못하고 있었다. 도시의 관련 기관에 연락을 취해놓긴 했으나 눈 쌓인 겨울에 이 오지까지 오려면 족히 이틀은 걸린다. 도시의 전문가들이 와서 판단을 내리기야 하겠지만 마을 사람들도 그때까지 입장을 정리해야 했다. 마을에 들어와 피해를 준 맹수를 어떻게 처리할지에 관해서는 그 마을 사람들의 의견이 반영된다.

마을에 해를 입혔으니 죽이자는 주장도 있었다. 그러나 이 마을에선 호랑이에게 피해를 입은 것이 처음이라 그런지 호랑이를 살려서 숲이나 동물원으로 보내자는 의견도 많았다. 대체로 마을 청장년 남자들은 이번 일을 심각하게 생각했고 여자들과 아이들은 호랑이를 숲으로 돌려보내자고 했다. 호랑이의 처리를 놓고 다들 갈팡질팡하는 사이, 천진난만한 아이들은 호랑이에게 줄 먹이까지 준비했다. 40대 후반의 한 여인은 호랑이를 아름답다고 했다. 그녀가 마을에서 가장 먼저 꼬리를 본 목격자였다.

"호랑이가 창고에 갇히기 전에 봤다던데 어디서 봤습니까?"

"호랑이가 우리 집 대문 아래 앉아 있는 걸 봤어요."

"대문 아래요? 놀랐겠네요"

그때의 기억을 떠올리고는 그녀는 한숨을 쉬었다.

"야생호랑이가 자기 집 담을 훌쩍 뛰어넘는 걸 봤다면 당신은 기분이 어땠겠어요?"

"무서웠습니까?"

"무서웠죠. 하지만 아름다웠어요."

나는 머뭇거리다 물었다.

"창고에 갇힌 호랑이를 어떻게 하는 게 좋겠어요?"

"죽이기에는 너무 아름다워요. 생포해서 다른 곳으로 보내면 좋겠어요."

"저 호랑이가 사람을 해칠 수 있다고 말하는 사람들도 있는데, 당신도 그렇게 생각합니까?"

그녀는 잠깐 생각을 하다가 고개를 흔들었다.

"그럴 수도 있겠죠. 하지만 내가 방에서 나왔을 때 호랑이는 담을 넘어 도망갔어요. 나를 공격했다면 지금 내가 이 자리에 있겠어요?"

그러나 마을 청장년층 남자들의 생각은 달랐다. 이미 마을에 피해를 입혔을 뿐 아니라 내버려 두면 사람까지 죽일 거라고 생각했다. 특히 읍내에서 돌아온 마을 대표 드미트리는 양봉장 사건을 들먹이며 꼬리가 그 사건의 범인일 가능성을 제기했다.

"한 달 전 여기서 18킬로미터 떨어진 양봉장에 호랑이가 개를 잡으러 내려왔다가 양봉장 주인까지 잡아먹은 거 알고 있습니까? 그게 다가 아니죠. 마을 사람들이 추적하러 간 사이, 다시 양봉장으로 내려와 또 한 명을 잡아먹었다고 들었어요. 그런데 아직도 그 호랑이를 못 잡았다면서요? 그 호랑이도 개를 잡으러 내려왔고, 창고에 갇힌 저 호랑이도 개를 잡으러 내려온 거 아닙니까? 또 그 호랑이가 큰 수컷이었다는데 저 호랑이 역시 큰 수컷이고요. 창고에 있는 저 호랑이가 그때 양봉장의 호랑이가 아니라는 보장이 어디 있습니까?"

양봉장 사건이 부각되자 마을 사람들의 분위기가 삽시간에 변했다. 생포해서 먼 곳에 풀어주자던 사람들도 더 이상 아무 말을 하지 못하고 결국 죽이자는 쪽으로 의견이 기울기 시작했다. 그른 일도 자신의 손익 앞에서는 옳은 것이 된다. 아무리 말려도 성급한 청장년 남자 몇 명이 총을 들고 다락으로 올라갔다. 사람이라면 연쇄 살인범조차도 사형 집행을 꺼리는데, 별 피해도 주지 않은 동물에 대해서는 해명할 기회도 없이 기분 내키는 대로 쏴 죽이곤 한다. 뜯긴 판자 구멍으로 넘실대던 먼지가 맑게 걷혔다. 꼬리는 아까 앉아 있던 그 자리에 미동도 않고 앉아 있었다. 불빛을 받은 꼬리의 눈빛은 판자벽을 뚫을 듯했다. 한 청년이 장총의 걸쇠를 풀자 철컥하는 쇠붙이 소리가 다락을 울렸다. 꼬리가 움 찔했다. 총구가 건초창고 안을 향했다. 꼬리가 총구를 노려보며 앞발을 사렸다. 총구 끝이 꼬리의 미간을 겨누었다. 꼬리의 이마 가 주름지며 입술을 살짝 씰룩였다. 눈동자에 떠 있는 한 줄기 빛 무리도 미세하게 떨렸다. 나는 복부 깊은 곳에서 뜨거운 무언가 가 찌릿하게 솟아오르는 것을 느꼈다. 총을 겨눈 청년의 어깨를 홱 밀쳤다. 그리고 총대를 붙잡고 사람들에게 이야기했다.

"저 호랑이는 사람을 해치는 호랑이가 아닙니다. 제가 오래 따라다녀 봐서 아는데 사람과 가축을 분명히 구분하는 호랑이예 요. 배가 고파서 마을로 내려온 것뿐입니다. 개를 잡아먹은 것은 몇 배라도 보상해 드릴 테니 제발 여기서 멈춰주세요."

마을 사람들이 여기저기서 언성을 높이며 따졌다.

"아니, 저 호랑이가 사람을 해치지 않는다는 걸 어떻게 알아 요? 마을에 들어와 개를 잡은 것도 잡은 거지만, 태연히 건초창 고 안에 들어가 처먹는 놈인데. 저렇게 간이 큰 호랑이는 처음 보 네. 나 원 참… 그런데도 사람을 잡아먹진 않는다고?"

"저는 저 호랑이를 오랫동안 관찰해 왔고 여러 번 마주치기도 했지만 지금까지 아무 일 없었습니다. 심지어 어느 안개 낀 밤에 는 지척에서 마주 보고 있었는데도 순순히 돌아갔습니다. 만약 저 호랑이가 식인호랑이라면 동네 꼬마들이 개를 찾으러 건초창 고에 들어갔을 때 그냥 내버려 뒀을까요. 아마 죽였을 겁니다. 저

집 대문 밑에 있다가도 아주머니가 방에서 나오자 담을 넘어 도 망갔지 않았습니까?"

멈칫거리던 사람들이 다시 항의했다.

"여기서 멀지 않은 양봉장에서 호랑이가 사람을 해쳤어요. 그 것도 두 사람이나. 저놈이 범인일 확률이 커요. 죽은 사람이나 그 가족 입장도 생각해야지, 뭔… 저 호랑이가 그 식인호랑이가 아 니라는 증거를 대봐요."

"자꾸 저 호랑이가 양봉장에서 사람을 해치지 않았다는 증거 를 대라는데, 해쳤다는 증거는 또 어딨습니까? 커다란 호랑이면 다 범인입니까? 수호랑이면 다 범인이냐고요. 18킬로미터면 다 른 호랑이도 얼마든지 돌아다니는 거리입니다. 호랑이 한 마리가 얼마나 넓은 지역을 돌아다니는지 아세요? 게다가 어설픈 총격 이 가장 위험한 호랑이를 만듭니다. 지금 저 호랑이를 보세요. 건 초창고에 갇혔지만 저렇게 침착한 호랑이를 봤습니까? 제가 야 생호랑이를 오래 관찰해서 잘 압니다. 설맞혀서 한 방에 죽지 않 으면 이 구멍을 통해 다락으로 뛰어오를 수도 있고 저 문을 부수 고 나가 사람을 해칠 수도 있어요. 그게 야생호랑이입니다. 양봉 장 주인도 호랑이를 한 방에 죽이지 못하고 설맞혀서 그리된 겁 니다. 그리고 저 호랑이를 미리 죽여놓고 식인호랑이가 아닌 걸 로 드러나면 그때는 어떡할 겁니까? 제발 도시에서 관계자들이 와서 확인할 때까지만이라도 기다려주세요."

서투른 러시아 말을 급하게 하느라 숨이 차올랐다. 그때 총소리가 울렸다. 꼬리의 눈빛이 번쩍 빛나며 온몸을 움찔했다. 사람들도 놀라 한 발 물러섰다. 매캐한 화약 연기가 다락 안을 채웠다. 잠시 침묵이 흘렀다. 꼬리는 바짝 웅크린 채 살기 서린 눈빛으로 천장 구멍을 올려다보고 있었다. 총을 든 청년이 욕지거리를 내뱉으며 옆 사람에게 총을 넘겼다. 이야기를 듣다 제 성질을 이기지 못한 청년이 다락 지붕에다 총을 쏜 것이다. 청년을 나무라며 다른 장년의 남자가 카빈총을 넘겨받았다. 그러나 그도 쏘지 못했다. 마을 사람들도 죽이자고는 했지만 정작 총을 쏘려니 선뜻 마음이 내키지 않는 모양이었다. 누구도 먼저 총을 쏘려고 하지 않았다. 사형 집행은 연기되었다.

청년들이 구멍으로 작대기를 쑤셔대며 꼬리에게 화풀이를 했다. 호랑이를 자극하지 말라고 아무리 말려도 소용없었다. 자신들에게 화가 난 건지, 아니면 이 신비한 동물을 죽이기 전에 발가벗겨 고양이처럼 가지고 놀고 싶은 건지, 그들은 멈추지 않았다. 건초창고에서 뿜어져 나오는 공기가 숨이 막힐 지경이었다. 몸을 도사리고 죽일 듯이 노려보던 꼬리가 어느 순간, 커르-릉! 밀폐된 실내를 진동시키는 포효를 터뜨리며 뛰어올랐다. 구멍에 닿을 듯 쭉 뻗은 앞발로 작대기와 각목을 쳐서 바닥에 떨어뜨렸다. 사람들이 혼비백산하며 뒤로 물러섰다. 꼬리는 등의 털을 곤두세운 채 건초창고가 흔들릴 정도로 으르렁거렸다. 그 으르렁거림에는 심장을 가르고 골수를 부수는 듯 깊고 응축된 긴장이 서려 있어서 그 울림만으로도 뼛속 저릿한 두려움을 불러일으켰다. 설골을 울리고 나온 그 소리가 뿌연 먼지에 덮이며 천천히 가라앉자 꼬리는 빼앗은 작대기를 이빨로 잘근잘근 부쉈다. 그리고 다시 제자리에 도사리고 앉아 눈빛을 이글거렸다. 그 눈빛에는 덫에 걸린 맹수가 두 다리로 돌아다니는 괴물이 자신의 생명을 앗아가기를 기다리기보다는 차라리 다리 한 짝을 물어뜯어 내서라도 자유의 몸이 되고자 하는 필사의 각오가 서려 있었다.

호랑이한테 물려가도 정신만 차리면 산다는 말은 바로 지금의 꼬리에게 해당하는 말이었다. 사람이라면 어떻게 행동했을까? 한 사람이 저렇게 밀폐된 공간에 갇혀 있고 거꾸로 호랑이들이 다락 위에서 난리를 친다면 말이다. 이런 위기의 순간이면 그 생명의 진짜 성품이 나오는 법이다. 문명 세계에서 자신을 그럴듯하게 꾸밀 수 있게 해주는 세련된 포장과 품위도 이런 상황에서는 아무 소용이 없다.

어떤 사람들은 꼬리의 단호함에 겁을 먹고 다락을 내려갔지만 어떤 사람들은 더 과격하게 나왔다. 마을 사람들은 흥분 상태였다. 나의 마음도 흔들리고 있었다. 그 와중에 오직 꼬리만 냉정했다. 오로지 이 한길밖에 없다는 듯 홀로 냉정함을 유지하는 눈빛이 섬뜩했다. 나는 꼬리의 저런 눈빛을 본 적이 없다. 그것은 상대와 자신 사이에 심리적이고 물리적인 거리를 두어 서로를 보호하려는 그런 호랑이의 눈빛이 아니었다. 그것은 상대를 죽이려는 눈빛이었다. 꼬리는 자신이 처한 운명을 직시하고 한 개체로서 이런 구체적인 상황 속에서 어떻게 행동해야 할지를 선택했다. 객관적 진리보다 주관적 경험을 중시하며 자신이 선택한 방향으로 나아갔다. 그 방향이 매우 위험하고 어리석어 보일지라도 그것이 꼬리에겐 최선이었다. 그러지 않으면 어쩌겠는가? 이 숨막힐 듯 밀폐된 건초창고 안에서.

밤이 늦어서야 마을 사람들이 뜸해졌다. 나는 남은 청년들을 달래서 다락에서 내려보냈다. 플래시 불빛을 따라 슬금슬금 떠다니던 먼지를 타고 메마른 풀잎 냄새가 흘러왔다. 몸속 깊은 곳에서 수많은 벌들이 날아다니며 윙윙 울었다. 먼지가 가라앉으며 윙윙거리던 벌들의 소리가 천천히 잦아들고 꼬리의 얼굴도 맑아졌다.

꼬리는 눈을 천천히 내리깔며 살기를 누그러뜨리고 나를 물끄러미 바라보았다. 둥근 빛무리가 떠 있는 눈빛 속에 마을 사람들을 노려볼 때의 거친 증오는 걷히고 없었다. 우리 둘은 적의도 의존도 없이 한동안 서로를 묵묵히 바라만 보고 있었다. 알 수 없는 뭔가를 갈망하듯 종이 다른 서로를 바라보았다. 꼬리가 눈을 부드럽게 껌뻑거리더니 작고 둥근 귀를 움찔거렸다. 뭉툭한 주둥이를 살짝 들어 작은 콧숨을 두어 번 들이켜 나의 냄새를 맡았다. 안개 낀 목장에서, 억새밭 산막 앞에서 나의 냄새를 맡았듯이 이 건초창고에서 나의 냄새를 맡았다. 그리고 꼬리를 좌우로 슬쩍 뒤척였다. 꼬리는 나를 알고 있었다. 처음으로 나에게 아는 척을 했다. 지금까지 서로 모르는 척 지내오다 이제 와서, 이 지옥 같은 창고에 갇혀서야 아는 척을 했다. 심장에서 한 줄기 열감이 치

오르며 눈물이 솟았다.

그를 처음 만난 이후 나는 사슴이 소금절벽에 끌리듯 그에게 끌리게 되었고 그에게 꼬리라는 이름을 지어주었다. 아프리카 어딘가에선 이름을 붙여주면 그를 돌볼 책임이 생긴다는데, 나는 그저 숲속에 버리고 온 그의 발자국들이 하얀 눈으로 덮여 사라지듯 자기 종족의 방식대로 그가 삶을 자연스럽게 마감하기만을 바랐다.

꼬리는 가끔 눈을 끔뻑이며 가만히 바라보고만 있었다. 꼬리가 인간의 언어를 이해해서 서로 마음 터놓고 이야기할 수 있다면 얼마나 좋을까? 피가 흐르고 근육이 펄떡이는 것은 마찬가지지만, 나와 그는 서로 다른 종족이고 그것을 뛰어넘을 만한 경험도 직관도 부족하다. 그렇지만 우리는 긴장의 끈을 유지한 채 가끔 만났고 그때마다 서로 좋아하지는 않지만 최소한 위험한 존재는 아니라는 사실을 느꼈다. 어떨 땐 나를 바라보는 저 눈빛이 과연 야생의 것인가라는 의문이 들 정도였다. 어느 순간부터는 그를 만나도 두렵거나 공포스럽지 않았다. 그냥 괜찮을 것 같은 느낌, 그것이 커져서 심지어 반가운, 그리고 안타까운 느낌으로 내 마음에 다가오곤 했다. 다만 그것이 보이지 않는 자연의 감성으로만 교류되어 확인할 수 없었을 뿐이다. 너도 내가 느낀 것을 느낀 거니?

꼬리는 고개를 내려 앞발에 괴고 꿈을 꾸듯 가만히 있었다. 이 세상 살아 있는 모든 것을 결국은 똑같은 것으로 만들어 버리는 시간의 강물을 거슬러 이렇게까지 걸어온 너의 행동은 도대체 어디서 오는 걸까? 가스러진 갈기를 걸음마다 흔드는 한 줄기 바람? 아니면 휘어진 등짝에 소리 없이 내려앉아, 뒤돌아보면 어느덧 수북이 무게를 느끼게 하는 눈송이? 그것도 아니면 네 몸뚱이 깊은 곳에서 문득문득 솟아나는 과거의 작은 추억들?

자연이 우리에게 삶을 주었고 이제 늙음을 주었다. 늙어감에 따라 예민함은 둔해지고 감각은 무뎌진다. 그리고 젊고 싱싱할 때의 감성도 잃어버린다. 몸이 쇠약해지고 마음이 나약해지면 그런 것들은 점점 더 잊혀간다. 내가 누구인지, 무얼 원하는지, 또 어떻게 살아야 하는지조차도.

꼬리가 다시 고개를 들어 나를 바라보았다. 선해 보이는 눈동자에 희미한 빛 방울이 맺혀 있었다. 나는 다락의 구멍을 판자로 덮으려다 다시 꼬리를 쳐다보았다. 의지할 데가 어디에도 없게 된 짐승의 눈망울, 그 속에 맺힌 빛 방울이 슬픔 같았다. 그 느낌이 실핏줄을 타고 내 몸 이곳저곳을 간질이며 터지지 않는 절규처럼 돌아다녔다. 꼬리는 눈을 끔뻑이더니 시선을 내렸다. 플래시 불빛을 끄자 심연 같은 어둠이 그의 형체를 덮었다. 판자로 구멍을 덮고 다락에서 내려왔다.

함박눈

새벽하늘은 시린 푸른빛이었다. 겨울 태양이 떠오르며 건초창고 너머로 싸늘한 햇살을 뿌렸다. 산비탈에 선 신갈나무를 따라 흘러내린 빛들이 세상을 덮어버린 눈밭의 하얀 색조에 닿자 옅었던 감각마저 차갑게 굳어버렸다. 대기와 숲과 눈밭이 굳어버린 햇살 속에서 하얬고, 햇살을 등진 나무들만이 검은 그림자를 드리웠다. 햇살이 강해질수록 그림자들은 더 검고 선명하게 살아나 활개를 쳤다. 숲은 하얀 햇살 속에 온통 검은 감각의 세계였다.

아무도 없는 공터를 가로질렀다. 건초창고는 흰 눈밭에 검은 그림자를 드리우며 아침 햇살에 갇혀 있었다. 꼬리는 빛과 어둠이 번갈아 들어오는 건초창고에서 하루를 보냈다. 나는 넋 나간 사람처럼 창고 판자벽에 귀를 대고 소리를 찾았다. 처음엔 나 자신의 숨소리만 들렸는데 시간이 지나면서 가끔씩 내쉬는 꼬리의 숨소리가 들려왔다. 그 숨소리에서 나는 하루가 얼마나 짧으면서도 길 수 있는지 깨달았다. 판자 하나를 사이에 두고, 떠올리고 싶지 않은 모습, 무어라 표현할 수 없는 기나긴 시간의 행렬이 여기저기서 들려오는 태양의 소리들에 섞여 다가왔다. 하루가 지나도 꼬리는 빠져나갈 길 없는 건초창고에 갇혀 있었다.

죽음의 그림자에 아랑곳없이 태양은 내리쬐고 숲은 흘러간다. 햇살 속에서 지난여름 쉬뇨뜨카 목초지를 날아다니던 벌들의 따분한 날갯짓 소리가 들려왔다. 꽃도 벌도 풀잎도 자신들의 삶을 위해 햇살처럼 흘러내린다. 햇살 아래 모든 개체는 제 위치를 유지하며 다른 개체의 죽음에 아랑곳없이 하나의 질서를 만들고 있다. 그 질서는 한 줄기 감성 없이 너무나 냉정해서 태양이 내뿜는 햇살마저 차갑게 만든다. 꼬리의 호흡만이 개울가에 모인 하루살이 날갯짓 소리처럼 아련하게 흘러왔다. 심연처럼 가라앉은, 그것도 슬픈 건초창고 안에서, 태양은 죽음의 맛이다.

다시 날이 저물고 다음 날 새벽이 다 돼서야 도시에서 관련 기관 사람들이 도착했다. 의료기관에서 나온 의사, 수렵협회에서 나온 사냥꾼, 그리고 과학아카데미 생물학부 소속의 포유류 전문가였다. 이 전문가가 실질적인 책임자였다. 그들은 하얀 입김을 내뿜으며 차에서 총과 마취 도구, 케이지를 내렸다. 그리고 마을 사람들의 안내를 받아 다락으로 올라가 판자 구멍을 열고 밑을 내려다보았다. 꼬리는 앉아 있던 자세 그대로 긴장하며 올려다보았다. 한참을 살펴본 후 그들은 자기들끼리 의견을 나누었다. 죽여야 할지 살려야 할지 그들도 쉽게 판단을 내리지 못했다.

그들은 결정을 내리기 전 마을 사람들을 불러 상황 설명을 들었다. 마을 사람들이 호랑이가 건초창고에 갇히게 된 경위를 처음부터 설명했다. 피해 가축은 개 한 마리뿐이었다. 올해의 유별난 폭설과 추위를 감안하면 있을 수 있는 일이었다. 눈이 너무 많이 와서 사슴과 멧돼지도 많이 죽었고 굶주림에 지친 야생동물들이 속속 야산과 마을로 내려오고 있었다. 그리고 호랑이의 상태도 늙었지만 건강해 보였다. 책임자는 의사에게 마취 준비를 시켰다. 호랑이를 마취해서 먼 곳에 방사하기로 결정했다.

그때 마을 대표와 청장년 몇 명이 최근에 일어난 양봉장 사건을 언급했다. 한 달 전 인근 마을에서 호랑이가 사람을 죽였는데 그 호랑이는 아직 잡히지 않았고, 그 호랑이나 저 건초창고에 갇힌 호랑이나 다 같이 커다란 수호랑이로 둘 다 개를 잡으러 마을에 내려왔다며 같은 호랑이일 가능성을 강조했다.

관계자들은 이 말에 놀라서 바로 지도를 펴놓고 자세히 살펴보았다. 그들도 양봉장 사건을 알고 있었다. 그러나 그 사건이 일어난 곳이 이 부근이라는 것은 모르고 있었다. 그 사건이 벌어진 곳은 이 마을에서 18킬로미터 떨어져 있는데, 18킬로미터라면 2,000제곱킬로미터 이상을 돌아다니는 수호랑이들에게는 가까운 거리다. 사람들의 이야기를 마저 들어본 관계자들은 자기들끼리 모여 한참 얘기를 주고받았다. 그리고 돌아와 사냥꾼에게 총살 준비를 지시했다. 결정이 번복되었다. 책임자는 꼬리가 양봉장 사건의 범인일 가능성이 높다고 판단한 것이다.

일을 흘러가는 대로 내버려 둘 수는 없었다. 나는 다시 나서서 꼬리에 대해 설명했다. 오랫동안 관찰해 와서 잘 알고 있고 여러 번 마주쳤어도 선선히 물러났던 호랑이며 이 마을에서도 동네 꼬마나 아주머니를 해칠 기회가 얼마든지 있었는데도 그러지 않았다는 사실까지 조목조목 설명했다. 그러나 결정은 다시 번복되지 않았다.

서릿발이 버석거리는 창고는 아직 새 한 마리 재잘대지 않는 춥고 이른 시간으로 뒤덮여 있었다. 관계자들이 타고 온 지프가 푸른 연기를 토해냈다. 눈을 뒤집어쓰고 곧추선 잣나무 너머, 푸른 구름 아래 수십만 그루의 나무들이 저마다 홀로 서 있다. 나무는 들리지 않는 비명을 지르고, 보이지 않는 피를 흘렸다. 유한한 것들을 침묵하게 하는 슬픈 본질이 푸른 새벽하늘처럼 나를 짓눌렀다.

숲은 꼬리에게 많은 것을 베풀었다. 배가 고프면 사냥감을 주었고 목이 마르면 흐르는 냇물을 마시게 했으며 쉬고 싶을 땐 아늑한 동굴과 마른 잎사귀로 잠자리를 마련해 주었다. 저 숲과 덤불과 강들은 아득히 사라져간 날들의 슬프고 기뻤던 일들을 기억하고 있다. 그 숲이 이제 꼬리에게 영원을 주려고 한다. 삶을 비집고 들어오는 고통을 치유할 수 있는 유일한 방법이 죽음밖에 없는 시기가 닥쳐왔다. 다들 사형 집행 준비를 서둘렀다.

혼자 다락으로 올라갔다. 구멍을 덮은 판자를 열고 그 옆에 주저앉았다. 이 새벽이 마지막일 꼬리를 내려다보았다. 꼬리도 앉아서 나를 가만히 올려다보았다. 눈빛이 가라앉아 있었다. 작은 귀를 가끔 움찔거렸다. 다락의 공기는 맑았고 판자 사이를 뚫고 들어온 새벽빛들은 푸른 레이저 빔처럼 이리저리 뻗어 있다. 쇠락한 짐승은 건초 더미처럼 메말랐다. 그 모습이 마치 나비가 빠져나가고 남은 빈 허물처럼 보였다. 눈을 끔벅이고 주둥이를 들어 콧숨을 들이켤 때마다 뭔가를 말하고 싶은 듯했다. 그 눈빛은 고민하는 듯도 하고 허무에 젖은 듯도 하며 저 삭막한 창고와 건초 더미에 겹겹이 갇혀 신음하는 듯도 했다.

살아 있는 것들은 모두 이 건초창고 안에 떠다니는 저 먼지 같은 거야. 배가 고프면 먹어야 하고 한 번 나면 한 번 죽어야 하는 불완전한 존재들이지. 태양이 끈을 놓으면 인간이 이루어낸, 아니 지구가 이루어낸 모든 것이 사라져. 인간이 만들어낸 모든 것을 합쳐도 주정뱅이 노래 하나 막지 못하고 풀 한 포기 자라는 걸 막지 못하지. 우리 모두는 태양의 미세한 요동에도 깜짝깜짝 놀라며 외줄을 타는 지구의 광대들일 뿐이야. 그런 어릿광대들끼리 말이 좀 통하지 않는다고 우습게 보고 괴롭힐 건 또 뭐야.

꼬리는 다시 한번 눈을 끔벅이며 주둥이를 살짝 들어 콧숨을 들이켰다 길게 내쉬었다. 이따금 꼬리 끝을 뒤척였다. 응축된 시선이 오고 갔다. 그 속에 지금까지 본 적이 없는 쓸쓸함이 서려 있었다. 저항하려 해도 어찌할 수 없는 체념 같기도 했다. 꼬리는 빛이 존재하지 않는 깊은 심해의 먼지펄 위에 누워서 부드럽게 이동하는 암흑의 물결을 바라보는 것 같았다.

아무것도 없는 무無 속에 홀로 있는 듯한 기분이 들었다. 심연이라도 빨아들일 듯한 슬픔이 깊은 곳에서 솟아올라 살아 있는 모든 것들에 대한 측은함으로 바뀌어갔다. 흐르는 시간과 광막한 공간 속에서 내가 꼬리의 손을 놓든 태양이 지구의 손을 놓든 소멸은 슬픔과 교접하고 슬픔은 사랑을 잉태한다. 어쩌면 죽음과 슬픔과 사랑은, 동의어일지도 모르겠다. 어딘가에선 꽃이 피고 또 어딘가에선 꽃이 지고 있다.

나무 계단이 삐걱거렸다. 컴컴한 다락 위로 유령 같은 그림자가 드리워지더니 총을 든 사냥꾼이 올라왔다. 이어서 책임자가 올라오고 의사도 올라왔다. 마을 대표와 마을 청장년들도 따라 올라왔다. 나는 다시 그들 앞에 섰다. 양봉장 사건을 생태적으로 설명하고 다락 밑의 호랑이가 사람을 죽였다는 어떠한 물증도 없다는 점을 지적하며 안간힘을 다해 그들을 설득했다. 하지만 결정은 번복되지 않았다.

사냥꾼이 걸쇠를 풀고 실탄을 장전했다. 능숙한 그의 행동은 그것이 그가 수도 없이 해온 일이라는 것을 말해주었다. 철컥거리는 쇠붙이 소리를 듣자 꼬리의 표정이 변했다. 온몸을 도사리며 꼼짝도 않고 사냥꾼을 노려보았다. 눈빛이 이글이글 불타오르기 시작했다. 그 눈빛 속에서 왕대의 호연지기에 가려져 있던, 인간에 대한 아주 오래되고 본능적인 증오가 분출되었다. 사냥꾼은 조용히 엎드려 장총을 겨누었다. 꼬리가 이겨내지 못한 것은 세월이지 총구가 아니었다. 지난 세월에 스며든 모든 기운을 응집해 마지막 도약을 하려는 그 무서운 눈빛에 나는 연민을 느꼈다. 자신의 삶을 자신의 죽음으로 끝내려는 그 모습이 애처로웠다. 절망감이 치밀었다. 이 절체절명의 순간, 불현듯 어떤 생각이 떠올랐다. 나는 마지막 제안을 했다.

"양봉장 주인이 죽기 전 쏜 총알은 식인호랑이를 맞췄습니다. 당시 마을 추적대가 호랑이가 흘린 핏자국으로 그것을 똑똑히 확인했습니다. 그러니 저 호랑이가 식인호랑이라면 분명히 몸에 총상이 있을 겁니다. 먼저 저 호랑이를 마취시킵시다. 그리고 총상이 있는지 없는지 살펴봅시다. 만약 총상이 있다면 그때 총살해도 되지 않습니까?"

총상 얘기가 나오자 책임자가 나를 쳐다보았다. 그리고 다시 꼬리를 쳐다보았다. 마을 사람들도 나를 쳐다보았다. 나는 말을 이었다.

"저 호랑이는 이 지역의 왕대입니다. 올해 폭설과 혹한에 먹잇감이 부족해 마을로 내려온 것뿐입니다. 저 호랑이의 눈을 보십시오. 건초창고에 갇혔는데도 저렇게 침착한 호랑이를 보셨나요? 저 침착한 눈빛이 과연 식인호랑이의 눈빛인가요? 아니, 식인호랑이인지 아닌지 가릴 마지막 기회조차 줄 필요가 없는 눈빛인가요?"

한동안 망설이던 책임자가 관계자들을 따로 불러 이야기를 나누었다. 꼬리는 이글거리는 눈빛으로 나만 쳐다보았다. 시린 새벽의 푸른빛이 판자 틈을 파고들었다. 엷은 먼지들이 빛 속에 뿌옇게 떠다녔다. 그 외의 어둠은 그냥 어둡기만 했다. 짧은 시간이 하염없이 길게 느껴졌다.

회의를 마친 책임자가 마을 대표와 이야기를 나누었다. 그리고 마을 대표는 다시 마을의 청장년들과 이야기를 나누었다. 모든 회의가 끝나자 책임자는 나를 따로 불렀다. 머뭇거리더니 총상을 확인하는 대가로 돈을 요구했다. 자기들이 여기까지 오는 데 든 비용이며 인건비, 마취 비용, 식인호랑이가 아니라면 멀리 방사시키는 데 드는 비용, 추후 예방 차원의 조치 비용까지 거액을 요구했다. 여기서도 존재보다 소유가 득세하고 있었다. 그러나 돈이 곧 시간이었다. 꼬리의 목숨을 돈으로라도 살 기회가 생긴 것이다. 상황이 급해지자 나도 모르게 돈이 지배하는 사회의 천한 근성을 받아들였다. 그것은 비록 먼지가 떠다니더라도 한 줄기 빛이었다.

나는 돈을 지급하고 새로운 상황이 벌어지기 전에 서둘러 마취시키기를 요청했다. 그때 꾸물대던 마을 대표가 다가와 마을에서 입은 피해 운운하며 돈을 요구했다. 그들은 저 밑에 웅크리고 있는 늙은 호랑이에 대한 나의 각별한 감정을 눈치채고 있었다. 그것이 그들의 협상 무기였고 그것으로 그들은 협상에서 우위에 섰다. 마을 대표와 협의한 후 피해액 외에도 가구당 일정 금액을 지급했다. 분배가 끝나자 마을 사람들은 다락을 내려갔다. 그러나 일부 청년들은 남아 쭈뼛거리더니 돈을 더 요구했다. 강짜를 부리며 포기하지 않을 기세였다.

다락의 작은 통풍구로 아스라이 보이는 산맥이 꿈틀꿈틀 뻗어 있었다. 날은 이미 밝았고 하늘과 산맥의 경계가 깨끗했다. 헐벗은 나무들이 산들의 하얀 맥과 구릉을 따라 끊임없이 펼쳐졌다. 나는 저기 눈 덮인 산속 어딘가에 호랑이가 있다는 것이 좋았다. 저렇게 황량한 산이라도 호랑이만 있다면 싱싱하게 살아날 것 같았다. 꼬리를 내려다보았다. 꼬리는 나를 올려다보고 있었다. 저 꼬리가 그랬던 것처럼 이들에게도 먹을 것이 필요하다. 개 한 마리를 잡아 이 건초창고로 들어온 꼬리처럼 모두가 필사적으로 살아가고 있었다. 돈을 더 주었다.

그러자 이번에는 만족하고 먼저 다락을 내려갔던 마을 사람들이 다시 올라와 이의를 제기했다. 그들도 돈을 더 요구했다. 불의는 참고 불이익은 못 참는 법일까? 나는 너무 외로워 소름이 돋았다. 여기서 이렇게 꼬리와 마주칠 줄은 꿈에도 몰랐지만, 그 꼬리가 보는 앞에서 자본주의의 은밀한 거래를 할 줄은 더더욱 몰랐다. 한 생명의 목숨을 두고 이 오지의 어두컴컴한 다락 위에서도 우리가 이룩한 자랑스러운 자본주의가 위력을 떨치고 있었다. 나는 살기 어린 눈으로 지켜보는 꼬리 앞에서 돈을 건네주었다. 꼬리에게 부끄러웠다.

이것으로 마을 사람들과도 협상을 마쳤다. 도시에서 온 책임자가 마취할 때 위험할 수 있으니 관계자들 외에는 모두 다락을 내려가 달라고 요청했다. 우리는 다락에서 내려와 공터로 물러났다. 아이들은 꼬리에게 줄 먹이를 가지고 기다리고 있었다. 아침까지만 해도 맑던 하늘에 회색빛 털구름이 끼기 시작했다. 바람이 세차게 불어 쓰러진 눈까지 일으켜 세웠다. 그 위에 눈이 내렸다. 그리고 대지를 덮었다. 대지에 깃든 생명들은 눈을 기다리기도 하고, 눈이 녹기를 기다리기도 한다. 하지만 눈은 그래서 오는 게 아니다. 누군가가 기다리든 기다리지 않든, 대지든 대양이든 때가 되면 눈은 내린다. 눈은 내리고 내려서 무언가를 덮을 뿐이다. 시간이 흘러갔다.

커어- 흥! 커-흥! 건초창고 안에서 갑자기 꼬리가 울부짖으며 날뛰었다. 나는 계단을 뛰어 올라갔다. 컴컴한 다락 안에 서 있는 책임자와 사냥꾼, 그리고 의사의 윤곽이 천천히 밝아오며 뚜렷해졌다. 그들은 건초창고를 내려다보고 있었다. 책임자는 플래시를 들고 있었고, 사냥꾼은 장총을 메고 있었다. 그리고 의사는 두 손으로 마취총을 쥐고 있었다.

마을 사람들이 건초창고 여닫이문에 세워놓았던 버팀목을 치우고 사선으로 붙박은 판자도 떼어냈다. 장도리로 못을 뺄 때의 날카로운 소리가 골수를 시큰하게 파고들었다. 문을 열자 매캐한 먼지와 함께 건초 냄새가 훅 풍겨왔다. 사냥꾼이 총을 거머쥐고 조심스럽게 안으로 들어갔다. 마취가 덜 되면 사람이 위험하고, 마취가 더 되면 호랑이가 위험하다. 책임자가 플래시를 비추며 따라 들어갔다. 플래시 불빛 속에서 뿌연 먼지가 해파리처럼 슬금슬금 기어 다녔다.

꼬리는 잠들어 있었다. 머리를 건초 더미에 괴고 꿈을 꾸듯 누워 있었다. 꿈속에서도 자신의 앞을 가로막는 세월을 피해 방황하는 것인지 두툼한 콧마루에서 나지막한 신음이 흘러나왔다. 엷은 신음은 아직도 삶과 죽음의 갈림길에서 서성이는 듯했다. 아침 햇살처럼 붉었던 갈기털은 바래고 가스러져 노쇠의 빛이 고였고 두렁 같던 꼬리의 근육은 사라졌으며 숲을 활보하며 영역 표시를 하던 삽 같은 앞발은 나무의 뿌리혹처럼 마디졌다. 소금 절벽에서 산모기를 쫓던 굵은 꼬리도 장난기 하나 없이 축 늘어져 있다. 뺨 밑으로 손을 넣어 얼굴을 들어 올렸다. 보름달처럼 커다란 얼굴이 말라서 털뿐이다. 눈꺼풀은 납처럼 처져 반쯤 닫혔고 입술 사이로 거친 혓바닥이 삐져나와 있다. 얼굴을 가로지른 검은 줄무늬는 삶의 피로가 남긴 얼룩 같았다. 이마에 새겨진 王 자 무늬를 손가락으로 따라 그렸다. 눈시울이 젖어 들었다.

의사가 꼬리의 엉덩이에 꽂힌 술 달린 주사기를 뽑아냈다. 꼬리의 눈동자가 키쉬뇨프카 들판에 누워 있던 소의 눈처럼 검누랬다. 꼬리의 눈동자를 살펴보던 의사가 마취 상태로 눈이 오래 열려 있으면 동공이 건조해져 시력을 잃을 수 있다고 안약을 넣고 눈꺼풀을 쓸어내려 감겼다. 누구도 두려워하지 않고 어떤 것도 거리끼지 않던 왕대가 인간의 손에 자신을 맡긴 채 가만히 누워 있었다.

꼬리의 입 안을 살펴보았다. 상앗빛 고드름 같은 송곳니 세 개는 아직 괜찮았다. 하지만 하나가 썩어 들어가고 있다. 아래쪽 어금니도 두 개가 시커먼데, 하나는 완전히 썩었고 또 하나는 썩어 들어가고 있다. 호랑이는 자주 사용하는 송곳니가 주로 상하는데 꼬리는 어금니가 먼저 썩었다. 그러나 아직 사냥하는 데는 문제가 없고 먹는 데도 지장을 줄 정도는 아니었다. 혓바닥을 구부리자 1센티미터 길이의 까칠한 혀바늘이 촘촘하게 솟아났다. 평상시에는 납작하다가 먹이를 먹거나 털을 핥을 때 돋아나는 혀바늘은 혓바닥과 마찬가지로 누른빛이었다. 젊은 호랑이들처럼 선명한 연분홍색은 아니었지만 나이에 비해 건강했다. 앞발과 뒷발, 쇠갈고리 같은 발톱, 그리고 고무 같은 발바닥 패드까지 모두 손상 없이 튼튼했다.

몸통을 쓰다듬자 갈비뼈가 울퉁불퉁 만져졌다. 어깨뼈와 엉덩이뼈는 툭 튀어나와 있었다. 골격이 굵고 털로 덮여 덩치가 커다래 보였지만 꼬리는 말랐다. 몸통에 흉터가 있었다. 옆구리의 붉은 털 속에 난 길이 20센티미터가량의 긴 흉터였다. 무언가 날카로운 물체에 피부가 갈라졌다가 아문 듯했다. 오래전에 생긴 흉터였다. 큰 곰을 사냥하다 다쳤는지 아니면 다른 수호랑이와 영역 다툼을 하다가 다쳤는지 상처가 상당히 컸다. 젊은 시절에 얻은 꼬리의 훈장이었다. 여름철에 다친 상처는 아닐 것이다. 이 정도 크기의 상처라면 여름철 세균 감염을 견뎌내기 힘들다. 작은 흉터도 여러 개 있었다. 수많은 싸움에서 살아남은 백전노장의 몸이었다. 그러나 총상 자국은 없었다. 머리에서 꼬리 끝까지 샅샅이 살폈지만 최근에는 아예 상처를 입은 적이 없었다. 인간들의 손에 온몸을 맡긴 대가로 꼬리의 결백이 입증되었다. 꼬리가 건초창고에 갇힌 지 사흘째, 눈은 점점 심해지고 있었다.

건초창고가 멀어지며 지프는 마을을 벗어났다. 눈 내리는 겨울 강을 건넜다. 강 위엔 정적이 감돌았고 산맥에서 갈라져 나온 야산들도 묵묵히 차창을 지나갔다. 맨몸의 야산들이 봉긋하게 오르내리며 부드러운 골세骨勢를 끊임없이 흘리고, 그 끝자락이 언 강에 닿았다가 눈 덮인 능선을 희끗희끗하게 기어올랐다. 그 위를 피뢰침처럼 야윈 갈색 나무들이 덮고 있다. 그나마 드문드문 박힌 푸른 침엽수와 굵직한 바위 더미들이 이 황량한 겨울 야산을 지키며 봄을 기다린다. 겨울은 늘 이렇게 지나간다. 구름 끼고 눈이 내려 낮 사냥을 나온 부엉이가 곡선을 그리며 길을 건너갔다. 야산을 헤매던 사슴 몇 마리도 눈길을 펄쩍펄쩍 뛰어 사라졌다.

꼬리는 시체처럼 잠들어 있었다. 체온이 식을까 봐 담요로 덮어놓고 꼬리의 살과 뼈를 계속 주물렀다. 그는 나뭇등걸 같았다. 잎사귀 떨어지고 가지는 말라비틀어져 더 이상 서 있을 수가 없어 쓰러진 삭정이 같았다. 느껴지는 촉감이 검버섯 핀 고목처럼 딱딱하고 얼어붙은 강처럼 차가웠다. 젖은 눈이 점점 자라 함박눈으로 바뀌었다. 눈발이 지프의 앞 유리창으로 유성우처럼 달려 들었다. 봄이 가까이 왔음을 알리는 3월의 함박눈이었다.

꼬리를 태우고 100킬로미터를 거슬러 용의 등뼈 북부로 올라가자 야트막한 야산들이 사라지고 닭의 볏처럼 가파른 산들이 나타났다. 침엽수가 섞이며 나무도 점점 굵어졌다. 용의 등뼈가 멀리 올려다보이는 숲속에 차를 세웠다. 활엽수와 침엽수가 잘 어우러진 혼성림이었다. 꼬리를 눈밭에 반듯이 내리고 의사가 마취를 푸는 주사를 놓았다. 영혼이 떠나버린 육체처럼 꼬리는 가만히 누워 있었다. 굵은 함박눈이 꼬리의 몸 위로 소복이 내렸다.

꼬리의 콧숨 소리가 차츰 커지더니 눈을 움찔거렸다. 헐떡이는 숨이 차츰 빨라졌고 늑골을 들먹거리며 전신을 떨었다. 고통의 순간이 지나가자 눈꺼풀을 힘겹게 들어 올렸다. 안약인지 눈송이인지 눈물인지, 초점 흐린 눈동자에 맑은 액체가 그렁그렁 고여 있다. 모두 숲 밖으로 물러났다. 꼬리는 일어나려고 몇 번이나 안간힘을 쓰다 겨우 상체를 일으켜 세웠다. 힘이 드는지 몸과 마음이 일치하기를 기다리며 막혔던 숨을 길게 내쉬었다. 하얀 입김이 뭉게뭉게 뿜어져 나왔다.

이윽고 힘을 주어 비틀거리는 몸을 일으켰다. 꼬리는 흔들리는 눈밭에서 디딜 자리를 확인하고, 한 발을 내딛다가 힘없이 도로 제자리에 갖다 놓았다. 무슨 소리를 지르려고 하는 것처럼 입을 쩍 벌렸지만 아무 소리도 나오지 않았다. 누군가를 찾는 것처럼 주변을 힘없이 둘러보다 고개를 돌려 나를 물끄러미 쳐다보았다.

눈송이가 쌓여가는 털북숭이 얼굴의 아련한 눈빛이 안간힘을 다
해 나에게 '어떻게 된 거지? 내가 어디 있는 거야?'라고 묻고 있
는 것 같았다. '숲으로 들어가는 입구야. 봄도 머지않았어. 이제
더 이상의 갈림길은 없을 거야. 그랬으면 좋겠어.' 애써 무심한
눈빛으로 대답했다. 순간 나는 그가 미소를 흘렸다고 생각했다.
흔들리며 살다가 마지막 순간이 왔을 때, 그 순간을 흘낏 보고 안
도하는, 다 안다는 듯한 미소 말이다. 눈이 쌓여가는 바위들과 희
끄무레 서 있는 나무들, 이를 지켜보는 산들의 침묵, 함박눈 내리
는 소리가 사각사각 들려왔다. 눈의 소리에 실려 꼬리의 깊은 숨
소리가 들려왔다. 숲이 숲다워 보였다.

나를 바라보던 꼬리가 다시 호흡을 가다듬었다. 앞발 하나를
들어 힘없이 휘젓다가 천천히 앞으로 내려놓았다. 한 발 한 발 흔
들리며 내딛는 꼬리의 몸짓에서 늙어버린 육신이 주는 거북함이
느껴졌다. 그는 용의 등뼈로 향했다. 푸른 침엽수 우듬지마다 눈
이 쌓이고 푸릇하고 거뭇하던 숲이 하얗게 변해갈수록 그의 널
찍한 등짝에도 눈이 쌓이고 있었다. 그 속을 그는 천천히, 그렇지
만 멈추지 않고 걸어갔다. 산맥을 넘어 고향으로 가는 것처럼, 다
음 세대를 위해 자신의 임무를 마치고 떠나는 존재처럼, 그는 내
시야에서 희미해져 갔다. 아니, 그러기를… 나는 처음으로 나 아
닌 어떤 힘에게 빌었다. 저 함박눈이 그의 과거를 지우게 해달라
고, 그가 삶을 자연의 품에서 마감하게 해달라고 빌었다. 눈은 끊
임없이 내렸다.

용의 정령

나비 앞세우고 또 봄이 찾아왔다. 방울꽃이 오르더니 개망초가
솟구쳤다. 강아지풀이 진 자리에 들국화가 벌어지고, 들국화가
진 자리에 서리꽃이 피어났다. 서리 묻은 낙엽에서 가을의 냉기
가 묻어나더니 북풍이 찾아와 산맥의 눈밭을 휩쓸고 다니다 물
러갔다.

　꼬리의 소식은 더 이상 들려오지 않았다. 흔적도 발견되지 않
았다. 꼬리가 자취를 감춘 라조 지역을 하쟈인이 차지했다. 조선
곡 암호랑이도 새끼 두 마리를 데리고 소금절벽에 흔적을 남기
기 시작했다.

　꼬리가 사라진 지 14개월 후, 북풍이 물러간 어느 날 산지기
한 명이 용의 등뼈를 오르다 호랑이 주검을 발견했다. 잔설이 군
데군데 남아 있는 용의 등뼈 산마루, 독수리나 둥지를 틀 만한 높

은 바위 더미 밑이었다. 양지바른 바위굴 입구에 호랑이가 엎드려 있었다. 근육과 살점은 삭아 없어지고, 삭다가 말라비틀어져 구멍이 숭숭 뚫린 가죽과 바래고 흩날려 얼마 남지 않은 털에 덮여, 엎드린 자세 그대로 뼈 무더기만 남아 있었다. 겨울을 넘긴 주검인데도 호랑이의 형체를 잘 유지하고 있었다. 무너지지 않은 골격의 뼈들이 대리석으로 깎은 조각처럼 아름다웠다. 양지바른 곳이라 뼈들이 하얗게 탈색되어서 더 아름다워 보였는지도 모른다. 몸통은 굴속에 웅크리고 굴 입구의 머리는 턱을 괴고 조용히 잠든 듯, 가지런히 모은 앞발 위에 놓아 밖을 빼꼼히 내다보고 있었다. 뼈만 남은 앞발과 허연 두개골에 초봄의 따뜻한 햇살이 비쳤다. 빛바랜 털 오라기는 대부분 날아가고 일부만 바닥에 떨어져 바람에 한 올 한 올 날렸다.

두개골 아래 목뼈에 와이어로 된 올가미가 감겨 있었다. 와이어가 목뼈와 목뼈 사이의 마디를 깊이 파고들었다. 호랑이나 곰을 잡을 때 쓰는 4호 줄이 아니라 오소리나 담비를 잡을 때 쓰는 1호 줄이었다. 와이어는 30센티미터 길이에서 끊어져 있었다. 가느다란 1호 줄이라 호랑이가 몸부림치며 끊어내긴 했지만, 올가미가 살을 파고들어 목뼈에 깊이 박혔다. 목뼈에서 와이어 줄을 빼냈다.

회복할 수 없는 상처를 입은 호랑이는 자신의 삶을 마감할 자리로 이 굴을 골랐다. 남은 힘을 다해 용의 등뼈를 기어올라 이곳으로 돌아왔다. 아마도 이 바위굴에서 태어났을 것이다. 어릴 적 이곳에서 어미의 보살핌을 받으며 형제들과 행복한 시간을 보냈고, 성장한 뒤에도 근처를 지날 때면 옛 생각이 나서 들렀을 것이다. 올가미가 목뼈를 파고드는 중상을 입자 마지막으로 생각난 곳도 이 바위굴이었다. 굴 밖에 앞발을 내놓고 그 위에 무거운 머리를 얹은 다음, 광활하게 펼쳐진 숲을 내려다보았다. 무슨 생각을 했을까? 어린 시절의 추억에 잠겼을까? 젊은 시절의 영화를 되새겼을까? 아니면 숲속에 버리고 온 자신의 발자국들이 하얀 눈으로 덮이는 것을 보았을까? 그렇게 꿈꾸는 모습으로 영원히 눈을 감았다.

산지기들이 호랑이의 사체를 수습했다. 나는 조심스럽게 두개골을 집어 올렸다. 두개골이 묵직하니 시베리아호랑이의 두개골 중에서도 아주 큰 편에 속했다. 눈구멍은 깊었고 뭉툭한 턱에 하얗게 탈색된 이빨들이 가지런히 박혀 있었다. 송곳니 네 개도 길고 굵직했다. 그중 하나가 썩어 있었다. 제일 안쪽, 어금니도 하나는 시커멓게 썩어 있고 또 하나는 빠지고 없었다. 이빨을 한참 들여다보았다. 아래쪽 어금니였다. 나는 두개골을 들고 석상처럼 우두커니 서 있었다. 누군가 내 손에서 두개골을 빼앗아 포대에 집어넣었다. 상념에서 깨어나 고개를 들었다. 검푸른 밀림이 아스라이 뻗어 있었다.

간간이 불어오는 바람이 바위 더미에 부딪혀 작은 회오리를 만들었다. 그 회오리바람에 가랑잎들이 둥실 떠올라 나풀나풀 날아갔다. 얼마 남지 않은 빛바랜 호랑이털도 한 올 두 올 바람에 날아올라 홀씨처럼 광활한 숲의 창공을 맴돌다 하늘로 사라졌다.

그 모습을 지켜보던 한 산지기가 쓸쓸한 목소리로 말했다.

"용의 등뼈로 돌아왔구나. 이제 네 애비가 있는 엔두리의 곁으로 가렴. 용의 정령이 되어서…"

에
필
로
그

물 맑은 숲에서 일어난 일

안톤은 내려다보던 시선을 들어 올렸다. 발자국들이 눈밭을 가로질러 맞은편 숲으로 들어갔다. 숲은 푸른 어스름에 덮여 황톳빛 구름과 힘을 겨루고 있었다. 그 사이를 가지에서 가지로 건너뛰며 박새들이 하룻밤 잠자리를 찾아 천천히 이동했다. 새해에 쓸고기가 저 숲속에 있다. 페치카 위에서 펄펄 끓는 솥, 그 속에서 피어오르는 진한 고기 냄새, 그걸 바라보는 아이들의 눈망울, 안톤은 어깨에 걸쳤던 카빈총을 내려 양손으로 움켜잡았다. 그리고 싱싱한 발자국을 따라 숲으로 들어갔다.

🐾 에필로그는 라조 인근의 빠르치잔스크에서 일어난 사건을 다룹니다. 필자가 직접 경험하지는 않았지만, 사후 자료조사와 관련자 인터뷰를 통해 재구성했습니다. 등장인물들의 이름은 가명임을 밝혀둡니다.

숲속은 검푸른 어스름이었다. 하루를 마친 박새들이 몸을 움츠리고 미약한 신음을 흘렸다. 발자국들이 오솔길을 따라 조심스럽게 나아갔다. 묵은눈들이 발밑에서 바스락거렸다. 나무 사이로 한참 걸어가던 안톤은, 문득 숲을 울리는 것이 자신의 발자국 소리뿐이라는 사실을 깨달았다. 걸음을 멈추었다. 숲은 고요했다. 안톤은 숲의 숨소리가 다시 들려올 때까지 나무 옆에 서서 가만히 기다렸다. 멀리서 큰 날개를 가진 날짐승이 느릿느릿 홰를 쳤고, 집으로 돌아가던 떼까마귀는 괜스레 까옥거렸다. 시간이 흐르며 박새의 신음소리도 다시 들려왔다.

버석, 어딘가에서 마른 눈이 부서졌다. 안톤은 카빈총을 들어올려 소리 나는 쪽으로 겨눴다. 헐벗은 나무들 너머로 어스름이 짙어졌다. 저기 어딘가에 사슴들이 어슬렁거리고 있을 것이다. 미끈한 사슴을 생각하자 긴장감마저 감미로웠다.

버석, 다시 눈이 부서졌다. 안톤은 소리가 난 느릅나무 군락으로 천천히 총구를 돌렸다. 검은 형체가 얼핏 나타났다가 어스름 속으로 사라졌다. 이번엔 그 뒤쪽에서 버석거렸다. 안톤은 방아쇠 위에 놓인 검지를 슬쩍 누르며 가늠자 속의 시선을 뒤쪽으로 옮겼다. 어스름은 점점 부풀어 올라 세로로 서 있는 나무들이 어렴풋했다. 그 뒤에 가로로 길쭉한, 검은빛의 커다란 형체가 서 있었다.

안톤은 두개골을 조준했다. 나뭇가지 사이로 비스듬히 스며든 달빛이 두개골에 어슴푸레 빛났다. 검지를 천천히 당겼다. 그 순간 앞으로 집중하던 두개골이 자신을 향해 방향을 틀었다. 두개골이 크고 둥글었다. 그 가운데서 무심한 듯 이글이글 불타는 눈동자가 자신을 바라보고 있었다. 허공에 걸린 화등잔처럼 은은하면서도 찌르는 눈빛이었다. 그 눈빛이 숲에 깔린 어스름과 중첩되며 소용돌이치기 시작하더니 블랙홀처럼 순식간에 의식을 빨아 당겼다. 자신에게 맞춰진 상대의 눈동자가 한 발 가까워지는 듯싶었다. 검지가 당겨졌다. 추위를 견디지 못한 호수의 얼음이 터져버린 듯, 고요하던 공기가 팽팽해지며 숲을 흔들었다. 검은 형체가 펄쩍 뛰어올랐다. 박새들이 날아올랐고, 화약 냄새 매캐한 바람을 타고 검은 그림자가 집채만 한 파도로 달려들었다. 안톤은 돌아서 달렸다.

마을은 어둠에 잠겨 있었다. 새벽까지 보드카를 마시는지 허름한 불빛을 타고 마을 술집에서 구소련 시절의 노래가 흘러나왔다. '새 시대에 적응하지 못하는 낙오자들!' 하고 뇌까리면서도 레나는 지나온 시대에 대한 향수를 느꼈다. 레나는 종종걸음을 서둘렀다. 일주일에 다섯 번 새벽 출근을 같이하지만 남편의 발걸음은 기다려주는 법이 없다.

마을을 벗어나자 멀리 통나무 간이역이 보였다. 그제야 레나는 숨을 돌렸다. 하얀 입김이 뿜어져 나왔다. 저만치 앞서가는 남편의 그림자가 눈 덮인 길 위에서 출렁거렸다. 그림자도 검은 입김을 토해냈다. 레나는 숲을 돌아보았다. 울창한 침엽수림 위로 달이 아직 밝았으나 달그림자에 휩싸인 숲은 어두웠다. 저기 어딘가에도 생명들이 살고 있겠지만, 길쭉이 서 있는 침엽수들의 컴컴한 침묵에 소름이 돋았다. 얼핏 숲이 차가운 숨을 내쉰다고 생각했다. 시선을 거두고 레나는 남편을 향해 다시 종종걸음쳤다.

달빛 아래 숲 그림자가 슬쩍 흔들렸다. 숲 그림자 속에서 더 검은 그림자가 튀어나오더니 레나를 향해 달리기 시작했다. 앞을 보고 걷던 레나는 덮쳐오는 숲의 숨소리를 들었다. 뒤를 돌아보았다. 한껏 날개를 펼친 검은 양탄자가 날아오고 있었다. 그 순간, 양탄자와 충돌하며 쓰러졌다. 장작 패던 도끼에 찍힌 듯한 통증을 오른쪽 어깨에서 느꼈다. 커허-헉, 야수의 울부짖음이 귓전을 때렸다. 몸이 붕 떠올랐다 길바닥으로 던져지며 핏물이 눈밭으로 날렸다. 멀리서 남편이 달려오는 것이 보였다. 레나는 남편을 향해 엉금엉금 기어갔다. 등 뒤에서 야수가 다시 다가오는 소리가 들렸다.

끝이라는 낭떠러지가 눈앞에 또렷이 펼쳐지며 혼자라는, 이제 혼자 가야 한다는 절망의 감정이 치밀었다. 낭떠러지 저편 허공으로 막 한 발을 내디뎠다. 그때 남편의 고함이 터져 나왔다. 레나의 등짝을 물어 올리던 야수가 남편을 바라보았다. 남편은 달려오던 그대로 야수를 들이받았다. 야수가 레나에게서 떨어져 주춤 물러났다. 남편은 고함을 치며 가방을 휘둘렀다. 레나는 네발로 간신히 기어 남편의 등 뒤로 숨었다. 커허-헉, 검은 양탄자가 다시 날았다. 그리고 남편을 덮어버렸다.

야수의 두개골이 남편의 목덜미 위에서 격렬하게 흔들렸다. 새벽 달빛이 두개골에 어슴푸레 빛났다. 그곳에 암흑으로 가득 찬 절망의 낭떠러지가 펼쳐져 있었다. 그곳으로 남편이 천천히 떨어져 내렸다. 레나는 흐릿해져 가는 의식으로 암흑이 자신을 당기는 것을 느꼈다. 희미한 시야에 절뚝이며 숲으로 들어가는 검은 그림자가 보였다.

디마는 황량한 겨울산을 바라보았다. 눈 쌓인 비탈마다 앙상한 나무들이 물끄러미 서 있었다. 저기 어딘가에 자신이 죽여야 할 생명이 서성거리고 있을 것이다. 그 생각을 하자 마음 한구석에 서늘한 냉기가 돌았다. 늙은 사냥꾼 디마는 발자국을 따라 숲으로 들어갔다. 도시에서 파견 나온 젊은 지휘관의 입김에서 보드카 냄새가 났다. 고역스러운 삶의 흔적은 어디서든 풍겼다.

흔적은 명확했다. 사냥개 바르보스가 냄새 맡을 필요가 없을 정도로 눈 덮인 개울을 타고 걸어간 발자국이 생생했다. 왼쪽 앞발을 딛지 못해 끌고 있었고, 끌린 자국마다 핏물이 떨어져 있었다. 골짜기로 들어갈수록 핏물이 더 붉어졌다. 여러 차례 멈춰 서서 핏자국을 들여다보던 디마가 말했다.

"먼저 총을 쐈어요. 그래서 부부를 해친 겁니다."

"부부에겐 총이 없었어."

"부부를 만나기 전 다른 누군가가 쏜 거죠."

젊은 지휘관은 의심스러운 눈빛으로 늙은 사냥꾼을 쳐다보왔다.

"이놈이 먼저 덤볐을 수도 있지."

"목숨이 위태롭거나 다쳤을 때 아니면 먼저 공격하지 않습니다. 죽인 남자를 먹지도 않았고."

"어쨌든 이놈 때문에 한 아이의 아버지가 죽었고 어머니는 크게 다쳤어."

"사람들이 그렇게 만든 겁니다."

"이놈을 죽이지 말자는 이야긴가?"

"죽여야죠… 더 많은 희생자가 나오기 전에. 그러나 이유는 알고 죽여야죠."

디마는 카빈총을 내려 걸쇠를 풀었다. 한나절을 걸어 들어가자 골짜기가 끝나고 가파른 산맥이 가로막았다. 바위 더미들이 즐비한 한쪽 구석에 쉬었던 흔적이 있었다. 오래 누워 있었던 듯 체온으로 눈이 녹아 물기가 보였다. 물기에 섞여 피가 고였다. 이 혹한에도 핏물은 얼어붙지 않았다. 추적대의 기척을 느끼고 떠난 지 얼마 되지 않았다. 누워 있었던 자리를 보면서 디마는 괜한 일을 하고 있다는 것을 깨달았다. 이 자리는 자신의 삶을 마감하기 위해 스스로 고른 자리였다. 이 자리에 누워 조용히 눈을 감고 싶었을 것이다. 핏물은 흥건했고 비탈로 올라간 걸음걸이는 애처로울 정도로 위태로웠다. '쓸데없이 마지막 행군을 부추겼어. 내버려 두어도 끝날 일을….'

오후의 석양이 산맥의 서쪽으로 기웃거렸다. 밤은 그들의 시간이다. 디마는 서두르기로 했다. 비탈을 오를수록 발자국은 헝클어졌고 핏자국은 더욱 붉어졌다. 고통스러운 흔적이 생생했고 거리는 점점 가까워지고 있다. 디마는 눈덩이를 한 움큼 집어 입에 넣었다. '상처받은 삶은 난폭한 것인데…' 마음 한편에서 서늘한 바람이 불었다. 자연과 맞설 때는 누구나 겁쟁이가 되는 법이다. 한편으론 그가 속한 종족의 방식대로 삶을 자연스럽게 마감할 기회를 주어야 한다는 생각이 발걸음을 붙잡았다. 죽을 곳을 찾아 헤매는 생명을 쫓는 것은 못할 짓이다.

앞서가던 바르보스가 전진을 멈추었다. 사타구니 사이로 꼬리를 말아 넣고 산등성이 한곳을 뚫어지게 쳐다보며 나지막하게 울더니 몸을 부르르 떨었다. 디마는 바르보스의 임무가 끝났음을 알았다. 이제 자신의 차례였다. 디마는 카빈총의 개머리판을 어깨에 붙였다. 산등성이는 가팔라 눈밭과 나무들, 드문드문 박힌 작은 바위들뿐, 그 너머는 보이지 않았다. 보이지 않는 상대를 느낀 바르보스가 몸을 사리며 뒤로 처졌다. 바르보스를 따라 젊은 지휘관도 물러났다. 그의 입에서 아직 보드카 냄새가 났다.

디마는 좌우를 자세히 살피며 눈 쌓인 비탈을 천천히 올라갔다. 비탈에 선 침엽수와 자잘한 바위들이 총구 위에서 이리저리 흔들렸다. 정상에 가까워질수록 능선 저쪽 편에서 거목들이 하나둘 나타나 이윽고 둥치 아래까지 보이기 시작했다. 굵은 잣나무들이 즐비했고 그 아래에는 자잘한 나무와 덤불들이 얽혀 있다. 커다란 둥치와 둥치가 서로 붙어 있는 틈새에 누르스름한 형체가 엎드려 있었다.

앞발과 뒷발은 바짝 당겨졌고 어깨와 엉덩이뼈는 불쑥 튀어나왔다. 금방이라도 달려들 자세였지만 움직이지를 못했다. 마지막 도약을 노리기에는 거리가 멀고 피도 너무 많이 흘렸다. 디마는 더 이상 다가가지 않았다. 검지를 방아쇠에 걸고 가늠자에 시선을 맞췄다. 그의 눈동자가 미동도 하지 않고 자신을 노려보았다. 디마는 그가 어서 끝내주기를 바란다고 생각했다. 이마를 정조준했다. 한방으로 끝내야 했다. 그는 움직이지 않았다. 쭈글쭈글한 디마의 손등에 핏줄이 굵어졌다. 이제 방아쇠 위에 놓인 검지를 당기기만 하면 끝이었다.

그때 그가 고개를 살짝 들었다. 총구를 보려고 했는지도 모른다. 아니면 숲을 보려고 했는지도. 그것도 아니면, 먼 옛날 어미와 함께 뛰놀던 산맥 저편의 굴을 생각했는지도 모른다. 이마가 훤하게 잘 보였다. 그곳에서 오후의 석양이 노랗게 빛났다. 검지를 당겼다. 펄쩍 뛰어올랐다. 머리를 흔들며 몇 발자국 비틀대더니 뒷다리를 꺾었다. 디마는 그의 울음소리를 들었다고 생각했다. 그의 몸 깊은 곳에서 울려 나온 나지막한 신음이 자신의 몸을 두어 차례 훑고 지나갔다고 생각했다. 사방이 고요해졌다. 산등성이를 넘어온 건들바람이 그의 갈기에서 가끔 나부꼈다.

다음 날, 젊은 지휘관과 도시의 높은 기관에서 나온 사람들이 죽은 호랑이를 둘러싸고 영웅처럼 서 있는 사진이 빠르치잔스크

신문에 실렸다. 사진 위에는 커다란 활자로 '살인호랑이 사살!'이라고 쓰여 있었다.

빠르치쟌스크는 산 좋고 물 맑다고 해서 '수청水淸'이라고도 불린다. 이 수청 사건은 꼬리가 마을을 습격하기 시작하던 해 겨울에 일어났다. 범인은 배고픔이었다. 배고픔이 증오를 불렀고 증오가 죽음을 불렀다. 이미 죽어 엎어진 주검이나 아직 살았지만 죽음으로 몰리고 있는 삶이나 참혹하긴 마찬가지였다.

꼬
리